AF130997

THOMAS ERLE

DIE KAPELLE

THOMAS ERLE

DIE KAPELLE

ROMAN

Immer informiert

Spannung pur – mit unserem Newsletter informieren wir Sie
regelmäßig über Wissenswertes aus unserer Bücherwelt.

Gefällt mir!

Facebook: @Gmeiner.Verlag
Instagram: @gmeinerverlag

Besuchen Sie uns im Internet:
www.gmeiner-verlag.de

© 2024 – Gmeiner-Verlag GmbH
Im Ehnried 5, 88605 Meßkirch
Telefon 07575 / 2095 - 0
info@gmeiner-verlag.de
Alle Rechte vorbehalten
1. Auflage 2024

Lektorat: Claudia Senghaas, Kirchardt
Umschlaggestaltung: U.O.R.G. Lutz Eberle, Stuttgart
unter Verwendung der Fotos von: © pixonaut / istockphoto.com
und SchmitzOlaf / istockphoto.com
und julianpictures / stock.adobe.com
Druck: GGP Media GmbH, Pößneck
Printed in Germany
ISBN 978-3-8392-0580-8

Für Rosemarie

»*Jenseits von richtig und falsch liegt ein Ort. Dort treffen wir uns.*«

Dschalāl ad-Dīn Muhammad Rūmī (1207–1273)

*

»*Alles, was du dir vorstellen kannst, ist real.*«

Pablo Picasso (1881–1973)

*

»*Der Mensch findet zuletzt in den Dingen nichts wieder, als was er selbst in sie hineingesteckt hat.*«

Friedrich Nietzsche (1844–1900)

KAPITEL 1

Es war Montagnachmittag um 15.30 Uhr, und es wurde dunkel. Je weiter ich durch Günterstal fuhr, desto enger drängten die Hänge des Tales aufeinander zu. An der Endhaltestelle der Freiburger Straßenbahn hatte man neben dem überdachten Wartehäuschen die gut zwei Meter hohe Spitze eines der vielen Türmchen des Münsters aufgestellt. Ein gut gemeinter Willkommensgruß für all diejenigen, die vom Schwarzwald herunter in die Stadt fuhren.

Ich musste schmunzeln. Vielleicht war es auch umgekehrt, und die von mittelalterlichen Steinmetzen kunstvoll gehauenen Ornamente und Blumen der Sandsteinplastik bildeten eine Markierung, ein Grenzzeichen, das an dieser Stelle darauf hinwies, dass von nun an die vertrauten und beruhigenden Zusammenhänge der Stadt nicht mehr galten.

Hinter dem Ortsausgang wurde das Tal wieder etwas breiter, und es hellte sich für kurze Zeit auf. Die letzten Häuser zogen an mir vorbei, alte Villen mit riesigen, mauerumfassten Vorgärten, hinter denen sich alte Geschichten versteckten, von denen nie jemand erzählen würde.

Am Ende eines geraden Wegstücks tauchte ein Gebäude auf, dessen Anblick mich sofort faszinierte. Es war anders als die, an denen ich zuvor in Günterstal vorbeigefahren war – stattlich, mehrstöckig, das Dach mit schwarzen Schieferschindeln gedeckt. Schwere hölzerne Fensterläden und großzügig geschnitzte Dachbalken erinnerten an eine Zeit, als Reisende auf dem Weg über die Berge hier Halt machten, übernachteten oder ein letztes Mal Verpflegung zu sich nahmen, und an einen Ort, an dem die Kutsch- und Reitpferde versorgt wurden. Aus meinen Studien wusste ich, dass es im Schwarzwald einige solcher Häuser gab. Die meisten waren der unaufhaltsamen Welle von Fortschritt, Komfort und Geschwindigkeit nicht gewachsen gewesen und aufgegeben oder einer anderen Funktion zugeführt worden. Vor allem entlang der Schwarzwald-Hochstraße führten ein paar wenige ein erbarmungswürdiges Dasein als *Lost Places*, deren Besitzer nicht einmal das Geld für einen vernünftigen Abriss ausgeben wollten.

Ich dachte an die Aufgabe, die vor mir lag. Die Barbarakapelle in Todtnauberg hatte noch keine große Vergangenheit. Sie war kurz nach dem Krieg eilig errichtet worden als Dank, dass das Dorf und seine Bewohner von den schrecklichen Ereignissen weitgehend verschont geblieben waren. Man hatte damals weder die besten Baumaterialien noch das Geld für eine angemessene Innengestaltung. Die Fotos, die Georg mir zur Verfügung gestellt hatte, hatten mir einen ersten Einblick gegeben.

Ein einfaches Standbild der Jungfrau, dahinter eine Wandmalerei, ausgebleicht und rissig. Der Putz blätterte ab, das Alter zeitigte Risse und Falten in den Wänden. Die Natur ließ sich nicht aufhalten. Die Menschen starben, die Kunst überdauerte sich selbst.

Ars longa, vita brevis.

Der Anblick der Straßengabelung direkt vor dem Haus riss mich aus meinen Gedanken. Die Abzweigung nach rechts führte nach Horben, dem letzten Freiburger Ortsteil am Rande des Schwarzwalds. Ein buntes Schild mit einer stilisierten Gondel wies auf die Talstation der Bergbahn hin. Georg hatte mir bei seiner Wegbeschreibung stolz davon erzählt, dass über den Wipfeln der Tannen und Fichten auf den Schauinsland die älteste und bis heute längste Umlaufseilbahn der Welt fuhr.

Der Freiburger Hausberg mit dem vielversprechenden Namen war sommers wie winters eine der Hauptattraktionen für Städter und Touristen gleichermaßen. Vom Gipfel auf fast 1.300 Metern konnte man nicht nur die Vogesen im Elsass jenseits der Rheinebene, sondern mit etwas Glück sogar die Bergkette des Schweizer Jura im Süden bestaunen.

Georg war richtiggehend ins Schwärmen gekommen, zumal er selbst Besitzer einer Jahreskarte war und bei jeder freien Gelegenheit die »Fahrt in den Himmel«, wie er es nannte, unternahm.

Nicht zuletzt hatte er mir von der Alternativroute über Kirchzarten und Oberried abgeraten. »Der Schauinsland ist besser, du wirst schon sehen. Außerdem ist der Fahrweg bestens ausgebaut, schließlich war hier sogar schon mal eine Bergrennstrecke.«

Zumindest mit der Straßenbeschreibung schien er Recht zu haben. Direkt hinter der Bushaltestelle neben dem alten Hotel ging es auf breiter Straße zügig aufwärts. Doch bereits in der dritten Kurve bekam ich eine Ahnung, worauf ich mich eingelassen hatte. Die 180-Grad-Kehre war so steil, dass sie mich nicht nur überraschte, sondern trotz heftigen Lenkens auf die Gegenfahrbahn zwang. Ich hatte Glück, dass in diesem Moment kein Fahrzeug entgegenkam. Mit etwas Geschick bekam ich den Octavia wieder in den Griff, und das Ganze verlief glimpflich.

Doch von diesem Moment an begleitete mich ein unbestimmtes Gefühl der Furcht, das sich mit jeder weiteren Kurve verstärkte. Es ging beständig aufwärts. Direkt am Straßenrand zur Linken der Berghang – ein steiler, nur spärlich bewachsener Fels, an dessen Fuß vereinzelt abgebrochene Steinbrocken lagen. Zur rechten Seite schlossen sich die eng aneinander stehenden dunklen Fichten schon nach wenigen Metern zu einer dichten, bedrohlich wirkenden Wand, an der der Blick abglitt und jegliche Sicht ins Tal verwehrte.

Das Gefühl, in einem Tunnel zu fahren, verstärkte sich durch plötzlich aufkommende Nebelfetzen, die aus dem Nichts auf die Fahrbahn krochen und sich zu einer immer dichter werdenden milchweißen Decke zusammenzogen, je mehr Höhe ich gewann.

Es begann zu regnen, und ich schaltete das Licht ein. Ich nahm mein ohnehin langsames Tempo weiter zurück. Die Kurven blieben unvorhersehbar. Es gab rhythmisch aufeinanderfolgende angenehm geschwungene Passagen, an denen bei schönem Wetter sportlich fahrende Biker gewiss ihre Freude hatten. Es gab lang gezogene Biegungen, die ich regelmäßig unterschätzte, weil sie kein Ende nehmen wollten. Und immer, wenn ich es am wenigsten erwartete, überraschten mich eklige 180-Grad-Kehren, deren alleinige Anwesenheit jeglichen fahrerischen Übermut zum Verstummen brachten.

Nur zwei Autos kamen mir entgegen, beide ohne Licht und mit erstaunlichem Tempo. Der Fels zur Linken und die Baumkulisse auf der Talseite blieben meine ständigen Begleiter. Ab und an passierte ich eine Haltebucht.

Nach einer Weile hatte ich jegliches Zeitgefühl verloren. Ich hatte versäumt, unten beim Einstieg an der Weggabelung auf den Kilometerstand zu achten, auf die Uhrzeit sowieso, ich wollte schließlich keine Rekorde aufstellen. Von Georg wusste ich nur, dass ich um die 1.000 Höhenmeter zu bewältigen hatte. Wie lange das dauern würde, hatte er nicht verraten. Im Augenblick hatte ich genug damit zu tun, das Auto auf der nassen Straße sicher durch die Kurven zu steuern.

Aus dem Nichts tauchte eine Abzweigung auf, eine schmale, kaum sichtbare Straße verlor sich im Scheitelpunkt einer Linkskurve zur anderen Seite in den Wald. Die Namen auf dem Schild sagten mir nichts.

Am Ende der Serpentine glitt plötzlich und lautlos ein riesiger dunkler Schatten durch den Nebel über mir. Mir stockte der Atem. Reflexartig nahm ich das Gas weg und lenkte den Wagen zur Seite. Was war das? Ich hielt an und ließ das Fenster heruntergleiten. Der Schatten war so rasch verschwunden, wie er gekommen war.

Aus der Ferne hörte ich ein metallisches Rumpeln. Sonst blieb es still, die Nebelschwaden zogen über mir weg, die Wipfel der Fichten schwangen kaum wahrnehmbar im Wind.

Erst als es für einen Moment heller wurde, erkannte ich die beiden dunklen Seile, die wie archaische Zeichen in die milchige Suppe eingeschrieben standen. Sekunden später waren sie erneut verschluckt.

Natürlich! Dies musste die Seilbahn sein, die zum Gipfel führte. Und ich hatte eine der Gondeln gesehen. Ich schüttelte den Kopf über meine Schreckhaftigkeit, die ich sonst gar nicht von mir kannte. Aber es war ein Zeichen, dass ich aufpassen musste.

Der kurze Zwischenfall brachte mich einigermaßen zur Besinnung. Ich zwang mich wieder zu konzentriertem Fahren. Der Regen wurde dichter und durchsetzte sich mit nassen Schneeflocken. Längst liefen die Scheibenwischer auf der zweiten Stufe.

Seltsamerweise wurde es jetzt wieder heller. Kurz darauf drängte ein ausladender Parkplatz den Steilhang nach hinten. Auf den paar wenigen Autos lag eine dünne weiße Schneedecke.

›Schauinsland-Passhöhe – 1.200 m ü.d.M.‹ Das Schild war sogar im Nebel nicht zu übersehen.

Ich hatte es geschafft. Am liebsten hätte ich eine

kleine Pause eingelegt. Doch um mich herum gab es keine einzige Stelle, die das Halten gelohnt hätte. In dieser Höhe gab es zwar kaum mehr Bäume, was die unverhoffte Helligkeit erklärte. Doch an eine Aussicht irgendeiner Art war nicht zu denken. Mir schien es nicht weiter schlimm, das konnte ich später nachholen. Allerdings verriet der Blick zur Uhr, dass mich der langsame Anstieg viel Zeit gekostet hatte. Ich wollte unbedingt vor Einbruch der Dunkelheit ankommen. Ich hasste es, mich in der Nacht an einem unbekannten Ort zurechtfinden zu müssen.

Ich legte den Gang ein und fuhr weiter.

Ich hatte erwartet, dass es nach der Passhöhe in ähnlicher Weise wie beim Anstieg von Günterstal aus abwärts ginge. Doch es kam anders. Der Nebel riss auf, und ich sah, wie die Straße auf einer Hochebene weiterführte. Wald gab es auf dieser Höhe keinen mehr, lediglich ab und an tauchten vereinzelte oder sich in kleinen Gruppen aneinander kauernde sturmzerzauste Bäume auf, deren bizarrer Wuchs ihnen ein geheimnisvolles Aussehen verlieh. Die Äste waren wie knorrige Zeigefinger in die Richtung gekrümmt, die ihnen der allgegenwärtige Wind vorgab, und der auch mich jetzt zwang, das Lenkrad mit beiden Händen festzuhalten.

Der Regen hatte sich endgültig in Schnee verwandelt. Dicke, nasse Flocken klatschen an die Windseite meines Wagens und lösten sich auf in wässrige Schlieren, die mir jegliche Sicht nahmen. Die Fahrbahn vor mir verschwand innerhalb von Sekunden unter einer schmierigen Schicht, die sich mehr und mehr in eine gleichförmige weiße Fläche verwandelte.

Zweifel stiegen in mir auf, ob mein Wagen für die Weiterfahrt genügend vorbereitet war. Seit Jahren hatte ich keine Winterreifen mehr aufgezogen. Zu Hause, am Rand der Rheinebene, waren Schnee und Eis in den zurückliegenden Wintern selten geworden. Beim Abschied von Georg in Freiburg hatten in den Gärten der umstehenden Häuser Forsythien, Krokusse und die ersten Veilchen geblüht, die Osterglocken hatten gelbe Spitzen getragen.

»Oben ist es noch frisch.« Mehr hatte Georg mir nicht mit auf den Weg gegeben. Der Euphemismus des Jahres.

Der Wind zerrte an meinem Wagen. Die beiden Scheibenwischer liefen ohne nennenswerten Erfolg auf höchster Stufe. Ein weiteres Mal passierte ich eine Kreuzung, deren beide Abzweigungen nach links und rechts in eine konturlose Suppe führten. Danach wieder eine nach allen Seiten ausgebreitete helle Fläche. Eine Szene wie in einem Traum, wären da nicht das unaufhörliche Heulen des Windes und die allmählich aufkommende Kälte gewesen, die mich zurück in die unerbittliche Realität zogen.

Jetzt wurde mir auch die Bedeutung der meterhohen Holzstangen klar, die mich von Beginn des Aufstieges an dem alten Landhotel begleiteten. Im Abstand von wenigen Metern waren sie links und rechts der Fahrbahn in die Erde gerammt und zeigten den Verlauf der Straße an. Jetzt war ich dankbar darum, da ich inzwischen keinen Unterschied mehr zu der umliegenden Fläche auszumachen vermochte. Nicht auszudenken, wenn ich hier oben den Wagen ins Gelände lenken würde.

Ich atmete einmal tief durch, nahm erneut ein wenig Tempo heraus und tastete mich weiter vorwärts. Erst als allmählich aus dem Nichts die ersten Bäume auftauchten, wurde es etwas besser. Immer noch ging die Straße nur leicht abwärts, doch die Orientierung war nun leichter.

Unvermittelt tauchte vor mir ein Gebäude auf. Die Straße führte direkt darauf zu. ›Waldhotel‹, stand auf dem schwach erleuchteten Schild über dem Eingang. Ich konnte die Größe des Gebäudes nur abschätzen, den Fenstern nach zu schließen musste es Platz für viele Gäste haben. Im Moment deutete nichts darauf hin. Schräg vor dem Eingang stand ein Lieferwagen mit Freiburger Kennzeichen. Die Windschutzscheibe war mit Schnee zugeweht.

Ein Schild auf der gegenüberliegenden Straßenseite. ›Notschrei-Passhöhe, 1.120 m ü.d.M.‹ Ein weiterer Pass. Notschrei. Wahrscheinlich verdankte der Ort seinen eigenartigen Namen einem meiner Vorgänger, der irgendwann einmal an gleicher Stelle wie ich auf den Höhen des Schwarzwaldes umhergeirrt war.

Immerhin hatte ich das schützende Blech meines Octavia um mich herum.

Die Straße, die von unten heraufkam und vor dem Hotel einmündete, war offenbar der Weg, von dem Georg mir abgeraten hatte. Der Gedanke, dass diese

Streckenführung noch schlimmer gewesen sein konnte als das, was ich bisher mit Glück und Bangen hinter mich gebracht hatte, war wenig tröstlich. Denn das, was vor mir lag, sah keineswegs so aus, als sollte es von hier aus besser werden.

›Todtnau 7 Kilometer‹. Wenigstens war ich auf dem richtigen Weg. Von dort musste es irgendwo eine Abzweigung nach Todtnauberg geben. Es konnte nicht mehr weit sein.

Ich hatte die Heizung angestellt, die Schneeflocken schmolzen auf der Scheibe und lösten sich in rasch davoneilenden Tropfen auf. Es wurde dunkler. Nebel oder tief hängende Wolken – ich wusste es nicht. Die konturlose Masse trübte sich rasch von milchigem Weiß in trauriges Grau.

Ich setzte den Blinker, obwohl auch hier weit und breit kein anderes Fahrzeug zu sehen war, und bog nach rechts ab. Ein paar Hinweisschilder am Straßenrand auf Skilifte und Loipen, dann verschluckte mich wieder das Dunkel.

Von hier an ging es sofort deutlich bergab. Meine Zuversicht wandelte sich rasch in Bangen. Das Schneegestöber blieb so dicht wie das dunkle Grau, das meine Sicht auf wenige Meter beschränkte. Ich war dankbar um jeden Leitpfosten, um jede Fahrbahnkennzeichnung. Ob es dahinter Hang oder Wald, Fels oder Abgrund gab, konnte ich nur erahnen. Ich fuhr jetzt so langsam, dass ich befürchten musste, von hinten könnte ein anderer auf mich auffahren. Doch es blieb mir nichts anderes übrig. Selbst meine geringe

Geschwindigkeit genügte, dass ich beim Bremsen ins Rutschen kam.

Schweiß trat auf meine Stirn. Ich reduzierte das Tempo auf eine Geschwindigkeit, bei der ich selbst hätte neben mir herlaufen können. Den schweren Wagen hielt ich, so gut ich es vermochte, in der Mitte der Fahrbahn. Ich konnte nur hoffen, dass ein entgegenkommendes Fahrzeug mich rechtzeitig bemerken würde.

Anfangs war es mir seltsam vorgekommen, doch inzwischen war ich froh darum, dass es so wenig Verkehr gab. Außer den beiden Autos gleich zu Beginn des Anstiegs hatte ich keine weiteren gesehen.

Wahrscheinlich waren die Menschen in dieser Gegend vernünftiger als ich und blieben zu Hause. Vernünftiger jedenfalls als der Restaurator und Kunsthistoriker, der mehr Ahnung hatte von den Feinheiten der Kulturepochen in der italienischen Renaissance als von den Widrigkeiten des Wetters in den Bergen im deutschen Südwesten.

In einer Kurve, die länger und länger wurde, endete meine Fahrt abrupt und unmissverständlich. Mein überhasteter Bremsversuch blockierte die Reifen, gleichzeitig ließ der Schwung den Wagen sich drehen und zur Seite rutschen. Für einen langen Augenblick hatte ich keinerlei Kontrolle mehr.

Mit einem hässlichen dumpfen Knall kam ich am Ende der Biegung an der Leitplanke zum Stehen.

Mein erster Gedanke nach der Schrecksekunde war, dass ich keinen Meter mehr weiterfahren würde. Nicht jetzt, nicht bei diesem Wetter. Meine Hände zitterten, als ich den Kofferraum öffnete und das Warndreieck hervorholte. Ob es irgendeinen Sinn machte, es aufzustellen, wusste ich nicht. Ich handelte kaum mehr als instinktiv. So hatte ich es gelernt, so war es richtig. Ich stapfte zurück zum Auto, schaltete den Warnblinker ein und sank erschöpft in den Fahrersitz. Es ging nicht weiter. Alles andere war lebensgefährlich.

So merkwürdig es auch war – ich war erleichtert. Nachdem die Entscheidung gefallen war, dauerte es nicht lange, bis ich mich beruhigt hatte. Mein Atem wurde gleichmäßiger, ebenso mein Herzschlag. Aus den Händen löste sich die Verkrampfung, der Schweiß auf der Stirn trocknete. Am Ende blieb nur ein ungläubiges Kopfschütteln über meine eigene Blauäugigkeit.

Oder war es nichts anderes als Dummheit? Das Leben war, wie es war und scherte sich wenig darum, was in meiner Vorstellung vor sich ging.

Wie lange war es her, dass ich zum letzten Mal die Natur in dieser Intensität erlebt hatte? Fünf Tage Wandern im mallorquinischen Hinterland im vorletzten Sommer, Tagestouren mit Vollpension und zertifiziertem Guide auf bestens ausgeschilderten Wegen, gut begehbar, mit ausgesuchten Zwischenstopps mit Gelegenheit zur Erfrischung und zum Tausch verschwitzter T-Shirts.

Natur. Alles bestens geplant und durchgetaktet. Schon am ersten Tag hatte ich mir eine Blase an der linken Achillessehne gelaufen. Beim Aufstehen am

nächsten Morgen fuhr mir der Schmerz in die Lenden-
wirbel, am Abend blühte der Sonnenbrand auf allen
nur denkbaren Körperflächen.

Alles für Renate. Nur für Renate.

Alles für eine Beziehung, die längst keine mehr war.

Im darauffolgenden Herbst hatte Renate den Mut, es
auszusprechen. Nach dem gemeinsamen Besuch einer
klassischen Klaviermatinee, die sich quälend lange
hingezogen hatte, hatte ich mich zu Hause, so rasch
es ging, meiner Ausgehkleidung entledigt und war
zurück in die Bequemlichkeit von Jeans und Haus-
schuhen geschlüpft.

»Ich gehe.«

Ein einfacher Satz, nicht mehr. Zwei Worte für einen
Schlussstrich. Noch am selben Abend war sie weg.

Es dauerte Wochen, ehe ich realisiert hatte, was dieses Wegsein bedeutete. Sie war nicht unterwegs zum
Einkaufen, nicht beim Treffen mit der Kaffeefreun-
din. Auch nicht bei einem der üblichen Dreitagebe-
suche bei ihrer Mutter im Seniorenheim in Bielefeld.

Zum ersten Mal wurde mir bewusst, dass es einen
Unterschied gab zwischen »nicht da« und »weg«.
Keine vorübergehende Lücke, die ich zu oft nicht einmal bemerkte. Kein vertrautes Kratzen des Schlüssels
an der Wohnungstür irgendwann.

Zurück blieb ein Nichts, formlos. Zusammenge-
setzt aus Erinnerungen und vergessenen Gefühlen, eingerahmt in hilflose Konstruktionen meines Verstandes, der ohnmächtig zuerst nach Erklärungen, dann
nach Rechtfertigungen suchte und ungläubig erfahren

musste, dass alle Deutungen am Schmerz der Realität zerschellten.

Renate war weg. Und ich tat genau das, was sie mir zuvor zunehmend vorgehalten hatte. Ich stürzte mich in die Arbeit, wissend, dass es Ablenkung war. Es waren ihre Augen, die mich vom ersten Moment an fasziniert hatten. Und nicht nur das. Das glänzende Blau hatte ein Tor aufgestoßen, das mir bisher verschlossen geblieben war. Das ich bis dahin noch nicht einmal bewusst wahrgenommen hatte. Verführerisch die smaragdgrünen Einsprengsel, Wegweisern gleich, ebenso wie ein Versprechen auf das, was damals jenseits meiner Vorstellungskraft lag. Dass es auch eine Warnung sein konnte, wollte ich nicht wahrhaben.

Später verloren die Augen ihren Glanz, schlossen sich die Tore wieder. Bis zuletzt weigerte ich mich zu begreifen, dass ich selbst es war, der das Leuchten im anderen hervorrief, dass ich es war, der die Welt dahinter zum Leben erweckte.

Seither hatte ich sie immer wieder gesucht, in meinen Erinnerungen, in den einsamen Stunden im Lesesaal der Fachbibliothek, in den Galerien, wenn ich vorsichtig und konzentriert die Farbschichten des Bildes untersuchte, mit dem ich gerade beschäftigt war.

In den Nächten, wenn der Traum kam. Der Traum, der sich wiederholte, der immer dann zurückkam, wenn ich gehofft hatte, die Endgültigkeit akzeptiert zu haben. Der Traum, in dem ich vor zwei verschlossenen Türen stand, Türen ohne Knauf, ohne Griff, ohne Schloss. Ich flehte, schluchzte, hämmerte mit den Fäusten, bis ich zusammensank, verzweifelt. Aus der Mitte erstanden zwei zitternde Funken, die größer wurden, leuchtender, stechendes Licht kam direkt auf mich zu, weißes Flackern, ein grellroter Blitz, ich riss erschrocken die Arme hoch, schütze mein Gesicht, mächtiges Grollen, ein tiefes Brummen bringt meinen Leib zum Erzittern.

Es klopfte, zweimal, dreimal. Eisiger Wind fegte durch die Wagentür zu mir herein. Ich blinzelte in den lichtumkränzten Schatten, der sich über mich beugte.

»Was ist los? Hast du eine Panne? Bist du verletzt?«

Ich fand mich wieder auf dem Fahrersitz meines Octavia. Das Lenkrad war kalt, die Scheiben beschlagen. Im Rückspiegel zwei Lichter.

Die Stimme störte und gab Halt zugleich. Die Lichter – vorne, von hinten, von der Seite. Mein Traum löste sich auf in Kälte und Wind. Das Geräusch eines Lkw-Motors.

»Sag doch was! Geht's?«

Der Mann, zu dem die Stimme gehörte, stand vornübergebeugt neben der Wagentür. Er trug eine dicke orangefarbene Jacke, breite weiße Streifen reflektierten das rhythmisch aufleuchtende Blinklicht.

Ich stieg aus. Die Straße war weiß und glatt, meine Beine versagten den Dienst. Ich musste mich am Wagendach festhalten.

Der Mann griff mir unter die Arme. Er war kleiner als ich, doch sein Griff war kräftig.

»Was ist mit dem?«

Eine zweite Stimme, etwas tiefer als die erste, aber mit einem ähnlichen Singsang, der die Sprache der Gegend auszeichnete. Die beiden sprachen kurz miteinander, ich verstand nur einzelne Worte.

»... Stadt ... Glück gehabt ... spinnt ...«

»Kannst du fahren?« Ich realisierte, dass die Frage an mich gerichtet war. Der Mann gab sich Mühe, verständlich zu klingen.

»Ich denke schon. Aber die Straße ...«

»Hier kannst du nicht bleiben. Du holst dir den Tod heute Nacht. Ist außerdem zu gefährlich, dein Auto direkt an der Straße.«

Der zweite Mann schob mich zur Seite und zwängte sich auf den Fahrersitz. Sekunden später hörte ich das Geräusch des Anlassers. Der Motor lief. Kurz darauf bewegte sich das Fahrzeug.

»Du steigst bei mir ein. Der Kollege fährt hinter mir her.«

Ich war jetzt wieder so weit bei Bewusstsein, dass ich erkennen konnte, was geschah. Die beiden Männer gehörten offenbar zum Straßendienst. Das große Räumfahrzeug stand einige Meter hinter uns in der Kurve. Die Scheinwerfer brannten hell, dazu das rhythmische Zucken der Signallampe über der Fahrerkabine.

Ich protestierte nur schwach. Das schräg gestellte glatte Eisenblech des Schneeschiebers, die matt glänzenden Schneeketten auf den nassen Reifen, der orangegelbe Anstrich – ich registrierte alles, ohne wirklich hinzuschauen. Auf dem Beifahrersitz des Lkws lag eine Decke, die Kabine war warm, im Radio lief ein deutscher Schlager.

Der Fahrer zog das Lenkrad nach links, legte den Gang ein und fuhr los. Im Rückspiegel sah ich, wie mein Octavia sich ebenfalls in Bewegung setzte. Draußen war es stockdunkel. Die Scheinwerfer des Räumfahrzeugs bohrten einen Tunnel in das Dunkel. Ein paar Meter gleichförmiges Weiß leuchteten vor mir auf, das war alles.

Seltsamerweise fühlte ich mich jetzt sicher und zufrieden. Eingehüllt in einen Kokon aus Wärme, Scheinwerferlicht, Motorbrummen und dem eigenartigen Kratzen unter uns, mit dem der Schneeschieber die Fahrbahn räumte, war es mir, als seien für diese Minuten sämtliche Unbilden nicht nur ausgespart, sondern in einer anderen Welt verschwunden.

Ich spürte, wie die Anspannung von mir abfiel und einer wohligen Müdigkeit wich. Der gleichförmige Rhythmus der Schlagermusik, die mich sonst eher nervte und die ich unter anderen Umständen keine drei Minuten aushielt, wirkte einlullend und beruhigend.

Für ein paar Augenblicke unterbrach das gelbe Licht einiger Straßenlaternen den monotonen Anblick. Flüchtig nahm ich ein paar Häuser wahr, eine Bushaltestelle, durch die mein Fahrer einen eleganten Schlenker zog, die grünen Leuchtbuchstaben eines Hotels.

»Ist das Todtnau?«

»Muggenbrunn.«

Ich verstand nicht, was er meinte, und wiederholte

die Frage. »Nach Todtnau! Ist es noch weit dahin? Gehört dieser Ort schon dazu?«

»Nein, das ist Muggenbrunn.«

»Ich muss nämlich noch von dort nach Todtnauberg, wissen Sie? Ich werde dort erwartet!«

Der Fahrer lachte kurz auf, gab aber keine Antwort. Stattdessen begann er, mit den Fingern im Takt der Musik auf das Lenkrad zu klopfen. »Durch die Nacht, mit dir allein …« Er summte die Melodie und sprach den Refrain mit.

Wieder wurde alles schwarz. Mir fiel auf, dass uns jetzt an der rechten Fahrbahnseite eine durchgehende Leitplanke begleitete, an manchen Stellen mit Schnee zugeweht. Es sah so aus, als ginge es jetzt abwärts. In diesem Moment war ich heilfroh, nicht in meinem Auto zu sitzen und mir mühsam den Weg ertasten zu müssen.

»Das geht heute nicht mehr.« Die Stimme des Fahrers klang unaufgeregt. Beiläufig. Als ob er gar nicht mit mir gesprochen hätte. Den Inhalt verstand ich wieder nur halb.

»Wie bitte?« Ich wandte mich zu ihm. Sein Gesicht blieb im Dunkel. Ich sah einzig, dass er eine Mütze trug.

»Du kommst heute Nacht dort nicht mehr hin.«

»Wohin?«

»Nach Todtnauberg.« Seine Finger klopften immer noch auf das Lenkrad.

Wieder war ich unsicher, was er meinte. Fuhren wir etwa nicht nach Todtnau?

»Aber ich muss dorthin. Ich bin angemeldet. Ich werde erwartet.« Mir fiel ein, dass ich die Adresse notiert hatte. Georg hatte von seinem Institut aus alles für mich organisiert. Eine kleine Ferienwohnung in einer Pension.

»Du sollst dich ganz um die Arbeit kümmern können. Abends kannst du dir etwas selbst kochen. Oder du gehst in ein Restaurant. Dort gibt es einige.«

Ich griff nach meinem Geldbeutel und zog den Zettel mit der Adresse heraus. Ich musste mich weit nach vorn zu der Instrumentenbeleuchtung bücken, um lesen zu können.

»Pension *Alpenblick*. Todtnauberg, Vordere Hangstraße 12. Eine Frau Wehrle. Erika Wehrle. Eine Telefonnummer habe ich auch.«

»Ja so. Die Erika.« In seinem Tonfall schwang so etwas wie Überraschung. »Ja, das ist gut. Aber heute nicht mehr.«

»Wie, heute nicht mehr?«

Der Fahrer hob das Kinn und wies nach draußen. Der Schneefall hatte zugenommen. Dicke weiße Flocken leuchteten im Scheinwerferkegel auf und verschwanden Sekunden später aus dem Blickfeld, nur um unablässig von anderen ersetzt zu werden. Kleine Windstöße wirbelten.

»'s Wetter.«

Einiges Nachfragen und ein paar Missverständnisse später verstand ich, dass ich heute nicht mehr an meinem Ziel ankommen würde. Der plötzliche Wetterumschwung hatte dazu geführt, dass auf den Straßen der Gegend das Chaos herrschte. Alle Räumfahrzeuge des Bezirks waren im Dauereinsatz. Dennoch reichte es nur, um die wichtigsten Landesstraßen befahrbar zu halten. Der Weg nach Todtnauberg gehörte nicht dazu. Es hätte ein eigenes Fahrzeug gebraucht, das mit nichts anderem beschäftigt wäre, als die Strecke pausenlos auf- und wieder abzufahren.

»Ja, aber das geht doch nicht«, wagte ich einzuwerfen. »Man kann doch nicht einen ganzen Ort von der Welt abgeschnitten lassen.«

»Machen wir auch nicht. Heute Nacht hört es auf zu schneien, und morgen früh geht's gleich los. Um 5 Uhr.«

»Und es gibt keinen, der mich dort hochbringen könnte? Taxifahrer mit Schneeketten?«

Der Fahrer unterbrach sein Trommeln und schüttelte den Kopf. »Keinen. Taxifahrer schon gar nicht. Der Özkan hat sich seine beiden Daimler erst letztes Jahr gekauft. Das Risiko geht der nicht ein. Auch nicht mit Schneeketten.«

Er wandte sich zu mir und tätschelte beruhigend meinen linken Arm. »'s isch schlimm. Bleibsch halt hit Nacht in der Stadt, morge sieht's besser aus. Do kasch selber hochfahre.«

Ich verzichtete auf weiteres Nachfragen. Im Grunde hatte der Mann Recht. Es war die einzige vernünftige Möglichkeit. Zudem spürte ich, wie die Müdigkeit jetzt mit bleiernen Schritten durch meinen Körper stapfte. Ich konnte froh sein, überhaupt so weit gekommen zu sein. Wer weiß, wie ich die Nacht allein im Auto überstanden hätte.

»Gibt es ein Hotel in Todtnau?«

»Schon. Ein paar. Aber die werden voll sein. Touristen. Und Burefasnet.«

»Burefasnet?«

Seine Finger nahmen den Rhythmus wieder auf.

»Ich bring dich zum Sepp, der hat bestimmt noch was.«

»Wer ist Sepp?« Ich wurde skeptisch. Das Ganze klang verdächtig nach Holzhütte, Scheune und Stroh. »Giuseppe Bertolotti. Sein Sohn backt die beste Pizza im Schwarzwald. Der hat Fremdenzimmer.«

An den Seitenfenstern glitten vereinzelte Häuser vorbei. Zu den Scheinwerfern des Räumfahrzeugs kam das Licht von Straßenlaternen. Vor uns tauchte eine Kreuzung auf. Ich las etwas von Basel und Donaueschingen, doch mein Fahrer bog ohne anzuhalten scharf nach links in Richtung Ortsmitte ab. Hier war die Straße bereits geräumt worden. Zusätzlich hatte man Salz und Splitt gestreut. Zum ersten Mal seit Stunden sah ich wieder Asphalt. Er war nass und glänzte. Am Rand der Straße zog sich ein kniehohes Band aufgeworfenen Schnees.

Der Fahrer drückte einen der Knöpfe am Armaturenbrett und hob den Schneeschieber an. Sofort war das Kratzen und Schaben unter uns verschwunden.

Vereinzelt kamen uns Autos entgegen. Die meisten von ihnen hatten Schnee auf dem Dach und auf der Kühlerhaube. Hinter einer Tankstelle, deren Firmenzeichen weiß und blau in den milchigen Abendhimmel leuchtete, bogen wir ein weiteres Mal ab. Verschneite Autos am Straßenrand, ein paar kahle Bäume, milchiges Licht, die Silhouette einer Kirche mit zwei mächtigen Zwiebeltürmen.

Mein Fahrer blieb mit dem Wagen mitten auf der Straße stehen. »Endstation. Kannst aussteigen.« Es knirschte unter meinen Füßen, als ich von den Stufen der Fahrerkabine hinunter auf die Straße sprang. Im nächsten Moment knickten mir die Beine weg. Gleichzeitig bohrte sich die eisige Luft wie ein Speer in meine Lungen. Ich hatte Mühe, mich aufrecht zu halten, und stützte mich an eines der Räder des Räumfahrzeugs ab.

Das nasse Metall der Schneeketten, der dick mit Eisschnee verkrustete Kotflügel, das zuckende Licht der Signallampe, ein paar Stimmen im Dunkel, die ich nicht auseinanderhalten konnte ...

Jemand packte mich unter den Achseln und schob mich vorwärts. Ein paar Stufen, eine Tür. Sekunden später fand ich mich in einem großen hellen Raum voller Tische und Stühle wieder. Ich spürte, wie mich jemand aus meiner Jacke befreite, mich auf eine Bank zog, mir ein Kissen unterschob. Meine Hände umfassten ein bauchiges Gefäß, es war warm und roch einladend.

»Du musst essen.« Die Stimme der Frau war sanft und einladend. »Die Suppe ist gut.«

Die Frau hatte lockige schwarze Haare. Ein Paar kräftiger Arme zeichneten sich unter einer kurzärmeligen roten Bluse ab. Sie redete weiter auf mich ein, italienisch-deutsch-alemannisch. Ich verstand nur wenig von dem, was sie sagte. Doch es war nicht wichtig. Eine sizilianische Mutter, die ihr Kind besänftigte.

Der erste Löffel der heißen Suppe verbrannte mir Lippen, Zunge und Gaumen. Ich musste husten. Sofort spürte ich ein beruhigendes Klopfen auf meinem Rücken.

»Langsam. Musst puste. Feste puste.«

Es war der Moment, an dem ich wieder zu mir kam. »Feste puste«, wiederholte ich, hustete noch einmal, nahm einen zweiten Löffel, vorsichtig.

Wieder verbrannte ich mir den Mund, doch dieses Mal aß ich tapfer weiter. Die heiße Flüssigkeit lief mir wie ein Flammendolch die Kehle hinunter. Tränen traten mir in die Augen, ich hustete wieder. Dann musste ich lachen. Das Gesicht meiner Gastgeberin leuchtete auf. Vorsichtig nahm ich einen dritten Löffel und blies so lange darüber, bis meine Hand zu zittern begann.

»Minestrone.« Die Frau nickte mir aufmunternd zu.

»Tut gut.« Sie schob mir ein Körbchen zu, in dem sich ein paar dick geschnittene Weißbrotscheiben türmten.

»Iss. Gut für die Kraft. Gut für alles.«

Während ich einen zweiten Teller aß, wurde mein Bewusstsein klarer. Es sah so aus, als habe mich der Räumdienstfahrer in ein italienisches Restaurant gebracht. Doch außer der resoluten Signora war im Gastraum niemand zu sehen, auch nicht mein hilfsbereiter Fahrer. Er musste längst wieder unterwegs sein.

Doch was war mit meinem Auto? Was war mit der Pension *Alpenblick*, in der ich mit Sicherheit längst erwartet wurde?

»Ich muss telefonieren«, sagte ich und legte den Löffel zur Seite. »Und mein Auto, wo ist es?«

Ein Schlüsselbund fiel neben mir auf die Tischplatte. »Dein Auto steht hinten im Hof.« Die etwas hohe Stimme gehörte einem Mann, der von hinten an den Tisch herangetreten war. »Deine Tasche ist schon oben. Anrufen brauchst du nicht mehr«, sagte der Mann. »Erika weiß Bescheid. Und jetzt iss weiter.«

Im nächsten Moment flogen ein paar italienische Satzfetzen hin und her.

Ich erinnerte mich, meinem Fahrer die Adresse der Unterkunft gezeigt zu haben, und verzichtete darauf nachzufragen. Hier schien jeder jeden zu kennen. Der Ortsfunk klappte vorzüglich.

Ich löffelte die Suppe bis zum letzten Tropfen aus. Meine Hände waren in der Zwischenzeit warm geworden, die kräftigen Gewürze ließen meine Wangen und den Magen glühen. Feste-Puste wollte noch einmal nachfüllen, doch ich wehrte ab. Ich hatte Mühe, den Kopf aufrecht zu halten, meine Augenlider wurden mit jeder Minute schwerer.

Wieder wechselten die beiden ein paar italienische Worte, dann fühlte ich mich gepackt und sanft, aber bestimmt ein paar Treppenstufen hinaufbugsiert. Ein Zimmer mit einem Fenster, durch das das Licht der Straßenlaterne auf ein breites Bett fiel. Im Halbschlaf registrierte ich, wie der Mann mir beim Ausziehen half. Augenblicke später sank ich in weiche, duftende Bettwäsche und fiel in einen traumlosen Schlaf.

KAPITEL 2

Das rhythmische Aufblitzen der Scheinwerfer verschmolz zu gleichförmiger Klarheit. Ich blinzelte in den mit Tageslicht erfüllten Raum. Um mich die Wärme des Schlafes. Es roch nach Kaffee.

Die Matratze stöhnte leise, als ich aufstand. Die Hose und das Hemd an meinem Körper brachten die Erinnerung an den gestrigen Tag zurück. Man hatte mich in dieses Zimmer gebracht, mir Schuhe und Socken ausgezogen und mich ins Bett gelegt. Italienisch. Ein Mann, eine Frau.

Wärme.

Ich trat zum Fenster und schob den mit großen bunten Blumen bedruckten Vorhang zur Seite.

Gegenüber eine durchgehende Häuserfront mit Schaufenstern im Erdgeschoss, unter mir die Straße, Autos am Gehweg, verschneit. Die Sonne über den Dächern nur als helles Leuchten hinter einer durchgehenden Wolkendecke.

Meine Reisetasche stand auf dem Boden hinter der Zimmertür. Ich kramte Bürste und Zahnpasta heraus, trat an das Waschbecken und begann, die Zähne zu putzen.

Nach dem Ausspülen schlug ich mir ein paar Hände voll Wasser ins Gesicht. Eine Angewohnheit seit Kindertagen und eine bewährte Methode, um rasch wach zu werden. Dann erst der erste richtige Blick, der normalerweise eher flüchtig und unbewusst vorübergeht.

Ich gehöre nicht zu den Menschen, die sich gleich zu Tagesbeginn im Spiegel ausführlich betrachten. Es war mir nie wichtig, wie zerknittert oder gealtert oder attraktiv ich aussah. Die seit Jahren grassierende Mode, dass Männer ihr Aussehen mit allerlei straffenden, schützenden, nährenden, duftenden Cremes und Wässern glaubten beeinflussen zu müssen und zu können, war mir bis heute unverständlich und fremd geblieben. Ich war mir sicher, dass Belmondo, Adorf oder Connery einen guten Teil ihrer Attraktivität dem Umstand verdankten, dass sie der Natur weitgehend ihren Lauf ließen.

Ich weiß nicht, was es war, dass ich heute ein paar Momente länger vor dem Spiegel stehen blieb als üblich. Meine hellbraunen Haare, in denen sich vereinzelte Silbersträhnen abzeichneten, strebten reichlich zerzaust in alle Richtungen. Die kleinen Säckchen unter den Augen waren wie in jeder Nacht etwas größer geworden, Wangen und Kinn zierten dunkelblonde Bartstoppeln. Die Haut blass mit ein paar wenigen hellbraunen Flecken. Ein ganz normaler Mittvierziger, der den Großteil seines Lebens in Bibliotheken, Seminarräumen, Museen und Kirchen verbracht hatte, ein Gesicht so spannend wie die Zeitung von gestern.

Ich sah auf die Uhr, es war kurz vor 7.30 Uhr. Im

Haus war es ruhig. Ich räumte meine Sachen in die Tasche, kippte das Fenster und trat hinaus auf den Flur.

Im dämmrigen Morgenlicht sah ich ein paar weitere Türen, die der glichen, hinter der ich die Nacht verbracht hatte. Auf Augenhöhe waren kleine ovale Messingschildchen mit der Zimmernummer angeschraubt.

Am Ende des Ganges hing ein protziger Spiegel mit mehrfach verziertem Goldrahmen, der überhaupt nicht zu der ansonsten eher zweckmäßigen Ausstattung passte. Die Grünlilie auf der Kommode darunter teilte sich den Platz mit einem Strauß rot-weißer Plastikblumen, dazwischen ein Stapel großzügig ausliegender Hausprospekte. Sie bestätigten meine verschwommenen Erinnerungen an den gestrigen Abend. ›Ristorante Pizzeria Venezia, Fremdenzimmer. Inhaber Giuseppe und Rosa Maria Bertolotti, Todtnau, Marktplatz‹.

Auf halber Treppe wurde ich mit einem freudigen Ausruf empfangen.

»Signore Benedetto! Sie haben gut geschlafen?«

Ohne auf die Antwort zu warten, zog mich Giuseppes Frau, von der ich jetzt wusste, dass sie Rosa Maria ließ, zu einem kleinen Tisch in einer Nische am Fenster. Auf einer frisch gebügelten weißen Tischdecke standen ein Teller mit Messer und Gabel, daneben das frisch gefüllte Brotkörbchen von gestern. Dazu je ein Schälchen mit Marmelade und Honig, ein Glas Wasser und eine Serviette.

»Kommt gleich Espresso. Francesco!« Sie rief laut, im nächsten Moment erklang aus dem Dunkel hinter der Theke das Gurgeln und Zischen einer Kaffeemaschine.

Rosa Maria setzte sich zu mir und deutete auf den Teller: »Iss. Du hast Hunger.«

Ich ließ mich nicht lange bitten. Seit der Abfahrt gestern Mittag in Freiburg hatte ich bis auf die Gemüsesuppe am Abend nichts gegessen. Ich war hungrig und durstig. Das Glas Wasser trank ich in einem Zug leer. Mit Wohlwollen beobachtete Rosa Maria, wie ich in kürzester Zeit den Brotkorb leerte. Der Kaffee, der mir gebracht wurde, war klein, heiß und italienisch stark.

Mit sichtlichem Stolz stellte die Wirtin den jungen Mann vor: »Francesco, mein Sohn.« Und zu ihm gewandt: »Begrüße den Professor, er ist ein großer Künstler!«

Francesco nickte etwas bemüht und verzog sich rasch wieder ins Hinterzimmer. Rosa Maria nutzte die Gelegenheit zum Einstieg in die Präsentation ihrer Familie und deren Geschichte. Ich ließ die übrigen Söhne, Töchter, Väter, Mütter, Cousins, Kinder und zu erwartende Enkel an mir vorübergleiten, ohne wirklich zuzuhören.

Nach dem zweiten Espresso, der zwischenzeitlich lautstark geordert und ein weiteres Mal von Francesco serviert wurde, war ich einigermaßen wach und klar im Denken, dass ich mich auf den eigentlichen Grund meiner Anreise konzentrieren konnte. Ich musste dringend in Todtnauberg anrufen, außerdem wusste ich immer noch nicht, was mit meinem Auto war.

Rosa Marias Redefluss wurde erst gebremst, als Giuseppe auftauchte. Er hatte eingekauft, in den Armen trug er zwei prall gefüllte Papiertüten.

Ich nutzte die Gelegenheit, mit dem Handy meine künftige Vermieterin anzurufen. Doch es meldete sich niemand. So konnte ich nur hoffen, dass es nicht allzu unhöflich war, wenn ich unangemeldet vor der Tür stehen würde. Wenn ich es richtig verstanden hatte, war sie bereits gestern informiert worden, dass etwas dazwischengekommen war.

Es drängte mich jetzt zum Aufbruch. Ich wollte so bald wie möglich meine Aufgabe beginnen.

Rosa Maria schien meine Gedanken zu erraten. »Du willst hochfahren, richtig? Du bist ein fleißiger Mann. Aber es ist schwierig. Giuseppe, sag ihm.«

Ihr Mann hatte den Einkauf inzwischen in der Küche abgeliefert und kam eben mit einer Tasse Kaffee zurück.

»Francesco hat sich dein Auto angesehen«, sagte er und setzte sich. »Das wird nicht gehen, ist zu gefährlich. Die Straße ist jetzt geräumt, aber mit deinen Reifen ... Es ist steil und glatt.«

»Aber was soll ich tun?«

»Johannes macht dir Winterreifen darauf. Vielleicht auch Schneeketten. Er hat eine Werkstatt vorne an der Tankstelle. Ich habe ihn angerufen, bis morgen früh kann er fertig sein.«

»Morgen früh? Das geht nicht, da sitze ich einen ganzen Tag hier fest.«

Giuseppe trank einen Schluck und fuhr sich mit der Zunge über die Lippen. »Wir haben einen Bus. Ist sicher. Du fährst nachher hoch und holst morgen dein Auto. Oder übermorgen. Ganz wie du willst. Dort oben brauchst du sowieso kein Fahrzeug.«

Ich überlegte. Vielleicht war es das Beste so. Es genügte, wenn ich zu Beginn meine Tasche dabeihatte. Ich konnte mich einrichten und schon einen ersten Blick auf meine Aufgabe werfen.

Ich warf einen Blick aus dem Fenster. Es war immer noch trüb und verhangen, vielleicht würde es sogar noch einmal schneien. Die Erinnerung an die Fahrt über den Schauinsland steckte mir noch in den Knochen. Das musste ich nicht noch einmal haben.

»Wann fährt der Bus?«

Giuseppe trank seinen Espresso mit einem Schluck aus und schob das winzige Tässchen zur Seite. »Unter der Woche dreimal am Tag, morgens, mittags und abends.« Er klopfte auf seine Armbanduhr. »Um 11.30 Uhr am Marktplatz. Du hast noch Zeit. Soll ich Johannes Bescheid geben? Francesco kann das Auto hinbringen.«

Ich nickte. Seit ich gestern Abend am Straßenrand im Schnee gestrandet war, war ich in der Stimmung, alles mit mir geschehen zu lassen. Warum auch nicht. Die Hilfsbereitschaft der Menschen klang ehrlich, und ich kam auf diese Weise leichter zum Ziel, als wenn ich alles selbst hätte erkunden und erledigen müssen.

Ich gab Giuseppe die Autoschlüssel zurück, die die ganze Zeit neben dem jetzt leeren Brotkorb gelegen hatten, und signalisierte mein Einverständnis. Giuseppe erteilte seinem Sohn die nötigen Instruktionen, während Rosa Maria mir zum wiederholten Mal den Arm tätschelte. »Es wird alles gut«, sagte sie beruhigend. »Die Madonna freut sich, wenn du sie wieder schönmachst. Alles wird gut.«

Trotz meiner misslichen Lage konnte ich mir ein inneres Schmunzeln nicht verkneifen. Es war erstaunlich, was Rosa Maria und auch die anderen, mit denen ich bisher zusammengekommen war, über mich zu wissen schienen. Die Visitenkarte mit meinen Kontaktdaten und meiner Berufsbezeichnung war anscheinend ergiebig genug, mich als Maler und Künstler anzusehen, ein Eindruck, den zu korrigieren ich verzichtete. Natürlich verstand ich auch etwas von Farben und Malerei, vielleicht sogar mehr als mancher Künstler, der mit seinem Werk in die Öffentlichkeit ging. Aber ich sah mich in erster Linie als Handwerker. Eine allzu freie Interpretation meiner Arbeit musste ich mir verkneifen. Es sei denn, der Auftraggeber wollte es so, was aber bisher nur selten vorgekommen war.

Auch Rosa Marias Bemerkung zur Madonna ließ ich unkommentiert stehen. Es sah ganz so aus, als sollten in den nächsten Tagen noch einige Überraschungen auf mich zukommen. Ich beschloss, mich nicht allzu weit aus dem Fenster zu lehnen, und konnte nur hoffen, dass die Hiesigen mir weiterhin wohlwollend gesinnt waren. Egal, was ich sagte oder zurechtrücken würde – sie würden sich so oder so ihr eigenes Bild von dem Fremden aus der Stadt machen.

Die Kosten für die Übernachtung waren erfreulich moderat. Rosa Maria ließ sich nicht davon abbringen, mir zum Abschied einen weiteren Espresso aufzunötigen. Mit einem letzten bekräftigenden »Alles wird gut!« entließ sie mich hinaus auf die Straße.

Der Marktplatz war nur wenige Schritte entfernt, und ich hatte noch fast eine Stunde Zeit, mich umzusehen.

Die düstere Stimmung des Vorabends war einem grauen Spätwintertag gewichen. Überall lag noch Schnee, die Gehwege waren notdürftig mit Sand bestreut, die Straße zeigte vor allem rund um die Gullydeckel vereinzelt abgetaute Flächen.

Der Marktplatz war überschaubar. Er war vollständig von Gebäuden umschlossen. Ein paar Wohnhäuser, dazwischen zwei Restaurants, eine Eisdiele, ein Laden für Schreibartikel und Zeitschriften, der gleichzeitig als Postagentur diente, und eine Apotheke.

Ich betrachtete die Auslagen des Sportgeschäfts, das neben Wanderstöcken, einem Langlaufskiverleih und vor allem Winterkleidung aller Art und Farben auch wetterfeste Schuhe anbot. Wenn es weiter so winterlich blieb, würde ich nicht umhinkommen, mich entsprechend auszustatten.

Die Erwartung, Anfang März in einen milden Vorfrühling zu gelangen, hatte sich rasch als naive Vorstellung erwiesen. Zu Hause vielleicht, in Freiburg bestimmt. Aber hier? Für den Einkauf würde ich allerdings einige Zeit brauchen, also verschob ich das Ganze. Ich hatte keine Lust, stundenlang auf den Abendbus warten zu müssen.

Ich hatte den Marktplatz zweimal umrundet, als aus

einer Nebenstraße der Bus auftauchte und in der vorgesehenen Haltebucht stoppte. Auf der Anzeige über der Fahrerkabine leuchtete das Wort »Todtnauberg« auf. Der Fahrer, ein untersetzter Mann, dessen Wangen rot und fleckig leuchteten, stellte den Motor ab, stieg aus und zündete sich eine Zigarette an.

Ich trat neben ihn und vergewisserte mich vorsichtshalber, ob der Bus tatsächlich nach Todtnauberg fahren würde. Der Mann nickte und hustete.

Es war immer noch eine halbe Stunde vor Abfahrtstermin. Ich deutete auf meiner Armbanduhr. »Dürfte ich jetzt schon einsteigen?«, fragte ich höflich. »Es ist kalt.«

Der Mann zog an seiner Zigarette, musterte mich von Kopf bis Fuß, dann nickte er erneut.

»Ausnahmsweise.« Seine Stimme hatte einen slawischen Akzent. »Eigentlich ist das nicht erlaubt. Aber das geht schon in Ordnung.« Er drückte einen Knopf neben dem Einstieg, die Seitentür zischte, als sie aufschwang. Mit einem Nicken bedeutete er mir einzusteigen. Nach der Fahrkarte fragte er nicht.

Ich bedankte mich und stieg ein.

»Sie müssen rechts sitzen. Da ist die beste Aussicht.« Eine Stimme klang hinter mir, die nicht dem Busfahrer gehörte. »Nach oben rechts, runter links.«

Der Mann musste um die 70 sein. Er trug eine dick gefütterte dunkelblaue Steppjacke, die ihm weit über die Hüften reichte, an den Füßen hatte er pelzverbrämte Lederstiefel. Unter einer knallgelben Bommelmütze lugte ein wirrer Kranz grauer Haare hervor.

Mit einem erleichterten Seufzer ließ er sich in den Doppelsitz vor mir fallen. Er stellte einen kleinen Lederrucksack neben sich auf den freien Platz, dann nestelte er an seiner Jacke, bis er zufrieden schien. Seine hellen Augen blitzten neugierig, als er sich zu mir umdrehte.

»Sie sind also der Maler!«

Mich überraschte nichts mehr. Ich nickte und wartete, was kommen würde.

»Ich habe Sie schon lange erwartet. Die anderen auch.«

»Die anderen?«

Der Alte senkte für einen winzigen Moment den Blick, so als ob er versehentlich zu viel gesagt hätte. Doch ich hatte mich wahrscheinlich getäuscht. Schon im nächsten Moment richtete er seine Augen auf mich und fuhr fort. »Oh, Entschuldigung, dass ich einfach so drauflosrede. Ich habe immer viel mit Menschen zu tun. Früher noch mehr. Das bin ich einfach so gewohnt.«

Er griff an den Saum seiner Bommelmütze, so als hätte er einen Hut auf und wollte ihn zur Begrüßung ziehen. Er beließ es jedoch bei der kurzen Geste.

»Martin Winterhalter. Früher Ortsvorsteher von Todtnauberg. Jetzt im Unruhestand.« Er kicherte über die platte Floskel.

Im selben Moment hörte ich vom Buseinstieg her lautes Rufen und Gelächter. Eine Gruppe Kinder zog der Reihe nach ihre Dauerkarten und steuerte zielsicher die hintere Bank an. Ihre Ranzen, Rucksäcke und

Taschen verteilten sie achtlos auf den Sitzen. Sofort zückten die meisten ihre Handys und begannen, darauf herumzutippen.

»Zu meiner Zeit hatten wir noch eine eigene Schule im Dorf. Ich war selbst dort, bevor ich aufs Gymnasium in Schönau kam. Das waren noch andere Zeiten. Alles zu Fuß, keine Handys. Was haben wir alles getrieben auf dem Schulweg. Meistens …« Der Ortsvorsteher unterbrach sich, schüttelte kurz den Kopf, als ob er die Erinnerungen abstreifen wollte.

»Den Kindern haben wir zu verdanken, dass es einen Bus gibt«, fuhr er fort. »Sonst wären wir ganz abgeschnitten.«

Weitere Schüler drängten herein und nahmen die restlichen Plätze lautstark in Beschlag. Ein paar grüßten andeutungsweise Richtung Winterhalter. Von mir nahm keiner Notiz.

»Von denen habe ich allen die Geburtsurkunde unterschrieben«, meinte Winterhalter mit einer Mischung aus Stolz und Schwermut. Es war ihm anzusehen, dass er seiner aktiven Zeit nachtrauerte.

»Das war natürlich nicht alles, dazu ist der Posten des Ortsvorstehers zu schlecht bezahlt.« Winterhalter schien meine Gedanken zu erraten. »Wir haben Zimmer an die Feriengäste vermietet. Da war immer etwas los. Und der Hof natürlich. 23 Milchkühe standen auf der Hochweide. Ein paar Ziegen, Hühner, Hasen. Harte Arbeit.«

Für einen Moment hing Winterhalter erneut seinen Erinnerungen nach. Dann straffte er sich. »Ein kaputtes Knie ist geblieben und Rückenschmerzen in der Nacht beim Liegen. Vom vielen Schreibtisch. Wenigstens meine Josephine ist immer noch da.«

»Ihre Frau?«

»Meine Frau. Die Kinder, die Enkel. Es geht weiter. Das ist der Trost des Alters. Und das hier.« Er zog eine längliche Pappschachtel aus seiner Einkaufstasche. Der Aufdruck glänzte blau und golden.

»Extra Flor Fina«, las ich. »Zigarren?«

Winterhalter nickte und schnupperte erwartungsvoll an der Schachtel, obwohl sie ganz in Plastikfolie eingeschweißt war.

»Mein letztes Laster. Alkohol, Koffein – alles hat mir der Arzt verboten. Nikotin eigentlich auch. Aber Herz und Lunge sind noch tipptopp.« Er steckte die Schachtel zurück und streckte sich im Sitz aus.

Das klopfende Geräusch des Motors ertönte, kurz darauf hupte es zweimal durchdringend. Zwei Schülerinnen, die bis zum Schluss vor der Tür gestanden und sich unterhalten hatten, stiegen ein und setzten sich auf den Schwerbehindertenplatz direkt hinter dem Fahrer. Die Tür schloss sich, und der Bus setzte sich in Bewegung. Sekunden später hielt er wieder an, ein Zischen, die Tür schwang erneut auf.

Die Frau, die einstieg, mochte Mitte 30 sein. Sie trug einen etwas schäbig wirkenden dunklen Wintermantel und ein Paar für die Kälte viel zu leichte braune Schuhe. Um den Hals hatte sie einen rot-blau gestreiften Schal geschlungen. Hinter sich hievte sie einen Einkaufstrolley die Stufen hinauf.

Von den Schülern machte keiner Anstalten, zur Seite zu rücken oder einen der Sitzplätze zu räumen. Sogar Winterhalter schien unwillig. Er begann eifrig, in seiner Tasche zu kramen, als ob er etwas suche.

Ich nahm mein Gepäck auf den Schoß als Zeichen, dass ich den Platz neben mir zur Verfügung stellte.

Doch die Frau vermied den Augenkontakt und blieb im Mittelteil des Busses stehen. Mit einer Hand hielt sie sich an einer der Längsstreben fest, die andere hielt den Griff ihres Ziehwagens umklammert.

Der Bus fuhr los. Ein paar Abzweigungen weiter waren wir auf der Hauptstraße. An ein paar Häusern und einem kleinen Supermarkt vorbei ging es zum Ortsausgang. Kurz hinter dem Ortsschild tauchte eine Einmündung auf, bei der der Fahrer nach rechts abbog. Nach wenigen Kurven ging es steil nach oben. Ich konnte hören, wie der Fahrer zweimal nacheinander einen Gang nach unten schaltete.

Ich konnte den Blick nicht von der Frau lösen. Sie hielt den Kopf zum Fenster gerichtet, sodass ich sie ungestört und ohne aufdringlich zu wirken von der Seite betrachten konnte.

Ihr Gesicht war ungeschminkt und auf schlichte Weise schön. Die von der Kälte bleichen Lippen waren halb unter dem Schal verborgen, den sie auch im gut gewärmten Bus nicht abnahm. Die Nase war leicht nach unten gebogen und ging in einem sanften Schwung in die Nasenflügel über. Über ihre Stirn drängelten sich dunkle Locken, die auch ihre Ohren verdeckten. Ich versuchte mir vorzustellen, wie ihre Augen waren, welche Farbe sie hatten, ob sie leuchteten oder eher matt nach innen gewandt waren. Es wollte mir nicht gelingen.

In einer der Straßenkehren, in denen der Bus jetzt den Hang hinaufkeuchte, verlor sie kurz die Balance und drehte für einen Moment ihr Gesicht in meine Richtung. Bildete ich mir ein, dass sie in diesem Augenblick zu mir hergesehen hatte? Ich weiß nur noch, dass mich ihr Anblick auf eigentümliche Weise faszinierte. Ich spürte, dass ich diese Frau kennenlernen musste. Wenn sie wie ich in Todtnauberg wohnte, konnte ich vielleicht …

»Schauen Sie dort!«

Winterhalter fasste mich am Arm und riss mich aus meinen Träumereien. Mein Blick folgte seinem ausgestreckten Arm. Die Straße hatte inzwischen den Anstieg über der Stadt erklommen. Hinter einem weit geschwungenen Bergvorsprung öffnete sich ein nach drei Seiten abgegrenztes Hochtal. Über weitläufigen verschneiten Hängen zog sich ein kilometerlanges Waldstück, auf den offenen Flächen duckten sich verstreute Baumgruppen. Die Straße ging ab hier leicht abwärts. Ein paar Kurven führten auf eine Ansammlung von Häusern zu.

Am Gegenhang, etwa 200 Meter oberhalb eines allein stehenden Bauernhofes, stach die weiße Silhouette einer kleinen Kapelle gegen einen Kranz graugrüner Bäume hervor. Ein kleiner, mit dunklem Dach geschützter Turm ragte zum Himmel wie ein stummer Fingerzeig. Ein einsamer Wächter über dem abgeschiedenen Tal.

»Die Sankt-Barbara-Kapelle. Ihr künftiger Arbeitsplatz«, erklärte Winterhalter eifrig. »Wenn kein Schnee liegt, kann man mit dem Trecker hochfahren. Jetzt werden Sie laufen müssen.«

Für ein paar Augenblicke verdeckten ein paar hochgewachsene Fichten den Anblick, doch schon nach der nächsten Kurve weitete sich das Panorama. Ich sah, dass der Ort, dem wir uns näherten, einen Kern um eine Kirche bildet. Dort standen die Häuser dichter beieinander, vereinzelt stiegen grauweiße Rauchfäden aus den Schornsteinen nach oben und verloren sich in den Resten der milchigen Wolken, die vom Vortag zurückgeblieben waren und mit nichts mehr an das Unwetter von gestern erinnerten.

Die Kapelle stand klar und deutlich über dem Ort. Ich schätzte, dass ich vom Dorfzentrum aus mindestens eine Stunde zu Fuß würde gehen müssen. Keine ermutigenden Aussichten. Vielleicht fand ich wenigstens einen Unimog oder ein anderes Forstfahrzeug, das mir beim ersten Mal meine Materialien und Werkzeuge nach oben schaffen würde.

Einige 100 Meter vor dem Ortsschild, dessen goldbraune Farbe weithin durch den trüben Mittag zu sehen war, hielt der Bus zum ersten Mal seit unserer Abfahrt. Drei Schüler stiegen aus und verschwanden irgendwo im Gehölz am Rande der Straße. Ein Haus war nicht zu sehen. Mir fiel ein, dass ich keine Ahnung hatte, wo die vorgegebene Adresse zu finden war. Ich griff nach meiner Brieftasche, die in der Innentasche meiner Jacke steckte, holte die Karte heraus und zeigte sie Winterhalter. Der Alte streifte sie nur kurz.

»Steigen Sie in der Dorfmitte aus«, meinte er. »Von dort aus sind es nur ein paar Meter. Ich zeige es Ihnen.«

Während ich mich noch fragte, wie weit in der hiesigen Sprache »ein paar Meter« sein könnten, hielt der Bus erneut, dieses Mal vor einer kleinen Ladenzeile. Sie bestand aus zwei Schaufenstern, in deren Mitte eine einfache Holztür mit einem Glasfenster in Augenhöhe nach innen führte. ›Hannas Lädele‹, stand auf einem dunkelblauen Holzschild, in das die Buchstaben etwas ungelenk eingeschnitten und mit weißer Farbe betont waren. Über dem rechten Fenster hing ein gelb-rotes Postschild, an der Innenseite des Schaufensters war ein großes Werbeposter angebracht, das ein junges, gut aussehendes Paar vor dem Hintergrund eines mit Palmen gesäumten Sandstrandes zeigte. Beide sahen sich übertrieben glücklich und lächelnd in die Augen, der Mann mit einem Handy, die Frau mit einem Glas Sekt in der Hand, beide spärlich-sommerlich und bunt gekleidet, beide barfuß. ›Wenn Träume wahr werden‹, prangte in scharf geschnittenen Buchstaben über der untergehenden Karibiksonne.

Durch das andere Fenster konnte ich in einen Raum sehen, in dem Licht brannte. Die Scheibe war von innen beschlagen, sodass ich keine Details erkennen konnte. Regale mit Büchsen, Dosen, Schachteln und Flaschen.

»Einen Laden gibt es hier?«, fragte ich erstaunt. »Das hätte ich nicht gedacht.«

»Bei Hanna kriegen Sie alles«, bestätigte Winterhalter. »Außer Zigarren«, grinste er. »Verhungern werden Sie nicht. Sie macht jeden Tag auf. Normalerweise.«

Ich seufzte. Der Supermarkt in meinem Heimatort war von 7 bis 22 Uhr geöffnet. Jeden Tag, die ganze Woche. Ich würde mich daran gewöhnen müssen, meine Einkäufe zu planen.

»Gibt es denn ein Restaurant hier oben?«, fragte ich mit wenig Hoffnung.

Zu meiner Überraschung nickte Winterhalter eifrig. »Der *Hirschen*, das ist sogar ein Hotel, nicht weit von hier, die *Jägerstube* oben beim Wanderheim und dann noch das *Goldene Kreuz*, da ist unser Stammtisch. Eine Zeit lang gab's mal eine Dönerbude. Aber da ist niemand hin, noch nicht einmal die Jungen. *Ali Baba* hieß der, der Öztürk Murat war eigentlich ganz in Ordnung, er hat dann zugemacht, wohnt aber immer noch da. Jetzt arbeitet er unten in der Bürstenfabrik. Seine Frau auch.« Der ehemalige Ortsvorsteher war ein wandelndes Gemeindelexikon.

Den letzten Sätzen hörte ich nur mit halbem Ohr zu. Die Schüler der hinteren Bänke drängten lautstark ins Freie. Als alle an ihr vorbei waren, folgte ihnen die Frau mit dem Einkaufswagen in einigem Abstand. Ich folgte ihr mit dem Blick, bis sie im toten Winkel des Seitenfensters verschwand.

»Normalerweise steige ich hier auch aus«, beeilte sich Winterhalter zu betonen. »Aber ich zeige Ihnen gerne noch, wohin Sie gehen müssen. Es ist nicht mehr weit.«

Im Bus war es jetzt ruhig. Lediglich einer der Schüler saß drei Plätze vor uns und starrte aus dem Fenster.

»Die Erika ist eine ganz Nette. Bei ihr sind Sie gut untergebracht. Sie kennt sich bestens aus.«

Das war zu befürchten. Seit gestern Abend kümmerte man sich in einer Weise um mich, wie ich es von zu Hause nicht gewohnt war. Natürlich kannte man sich, die Nachbarn grüßten höflich und pflichtschuldigst, einmal im Jahr gab es ein Stadtteilfest, zu dem Renate früher regelmäßig einen selbst gebackenen Kuchen beigesteuert hatte. Doch privat ging jeder seiner Wege. Es hatte seine Vorteile.

Hier im abgeschiedenen Schwarzwald würde ich mich umstellen müssen. Falls ich versuchen würde, mich abzusondern und für mich zu bleiben, falls das überhaupt gelänge, konnte es nicht ausbleiben, dass ich einen aufgeblähten Sack voller Gerüchte, Vermutungen und Fantasien hinter mir herzog. Das konnte mir egal sein. Aber ob es die sinnvolle Art war, ein paar Tage, vielleicht Wochen hier zu verbringen, war zweifelhaft. Ich war auf den guten Willen der Menschen angewiesen. Ihre Bereitschaft zur Hilfe hatte ich ja bereits zur Genüge erfahren dürfen. Und das war durchaus nicht unangenehm.

Die andere Möglichkeit war, von Anfang an offen zu sein und nicht zu versuchen, krampfhaft Dinge für mich behalten zu müssen. Warum sollte ich Winterhalter nicht nach der Frau fragen? Ich war neu am Ort, ich war der Fremde, der sich unverfänglich nach seinen Mitbewohnern erkundigte.

»Außer den Schülern fahren ja nicht viele mit dem Bus«, begann ich, um nicht gleich mit der Tür ins Haus zu fallen. Ich traute ihm zu, dass er meine neugierigen Blicke zu der Frau längst bemerkt und auf seine Weise interpretiert hatte.

»Das stimmt. Die meisten haben ein Auto. Ich sagte ja schon, wenn die Schüler nicht wären. Für mich ist es ein Segen, wissen Sie, ich kann nicht mehr so richtig, Bandscheiben. Und die Augen.«

»Und die Frau, die am Schluss eingestiegen ist?« Winterhalters Augen bewölkten sich für kurzen Moment. »Die Wintererin ...« Er stockte, als ob er überlegen müsse, was er antworten sollte. »Die hat ... also ... ja, die fährt auch manchmal.«

Eine elegante Kurve. Winterhalter drückte sich, das war spürbar. Ich wollte trotzdem nachhaken, als er plötzlich aufstand. »Wir sind da. Endstation. Da vorne wendet der Bus und fährt zurück. Kommen Sie!«

Er stützte sich an den Sitzlehnen ab, während er gleichzeitig nach vorne zum Ausgang stapfte. Kurz darauf hielt der Bus an. Es zischte, und die Türen öffneten sich.

Der Schnee knirschte, als ich auf die Straße trat. Kalte Luft schlug mir entgegen. Der Fahrer ließ trotzdem die Türen offen stehen. Er schloss seine Kartenkasse, stellte den Motor ab und stieg ebenfalls aus. Ich sah, wie er sich eine Zigarette anzündete und dann an die Kühlerhaube des Busses lehnte.

Winterhalter ließ es sich tatsächlich nicht nehmen, mich zu begleiten. Er wies mit der Hand bergauf und bedeutete mir mitzukommen.

Der Weg führte durch einige kleine Sträßchen vorbei an stattlichen und weniger ansehnlichen Häusern, zu denen er jeweils ein paar Sätze zu sagen wusste. Ich hörte kaum zu. Stattdessen war ich damit beschäftigt, mit meinen dünnen Schuhen den Schneeverwehungen und gefrorenen Pfützen auszuweichen. Das Gewicht meiner Tasche zog mich andauernd zur Seite, und ich hatte Mühe, das Gleichgewicht zu wahren.

Beim Anblick des Winters wuchsen meine Zweifel, ob ich es mit meinem Auto und dem übrigen Gepäck überhaupt hier herauf schaffen würde.

Hinter einem Brunnen, dessen Trog mit Schnee gefüllt war und an dessen Rand drei hüfthohe Milchkannen aufgereiht waren, bog der Weg ab und stieg steil an. Schon nach wenigen Schritten musste ich zum ersten Mal innehalten. Ich rang heftig nach Luft.

»Wie lange wollen Sie bleiben?«, fragte Winterhalter, dem trotz seines Alters das alles nichts auszumachen schien.

»Eine Woche müsste genügen«, stieß ich hervor, »vielleicht zehn Tage. Wenn ich die Kapelle aus der Nähe gesehen habe, kann ich es besser beurteilen.«

»Und was machen Sie da genau?« Winterhalter bemühte sich erst gar nicht, seine Neugier zu verbergen. Ich entschied mich, ihm meinen Auftrag kurz zu skizzieren. Spätestens morgen würde er sowieso Bescheid wissen.

»Ich will mir ein möglichst umfassendes Bild vom Gesamtzustand machen. Wie ist die Bausubstanz, der

Erhaltungsgrad, das Dach. Und natürlich vor allem das Altarbild. Ich will prüfen, ob es kunsthistorisch wertvoll ist.«

»Kunsthistorisch wertvoll? Wer will denn so etwas wissen? Die Kapelle steht seit dem Krieg. Ob da irgendetwas wertvoll ist, hat im Dorf bisher niemanden interessiert.«

Bei diesen Worten wurde ich aufmerksam. Und vorsichtig. Konnte es sein, dass Winterhalter als ehemaliger Dorfvorsteher nichts von den Plänen wusste? Von meiner Einschätzung würde die Zukunft der Kapelle abhängen. Falls nichts Ernsthaftes dagegen sprach, würde der Bauunternehmer, der zusammen mit einer Hotelkette und einer Investorengruppe eine Feriensiedlung plante, grünes Licht für sein Vorhaben bekommen. Ob die Kapelle das überlebte, lag dann ganz in den Händen des Architekten. Georg hatte erzählt, dass die Kirchenverwaltung bereits ihre Zustimmung zum Abriss signalisiert hatte. Pecunia non olet.

Natürlich musste die Landesregierung auf Nummer sicher gehen. Die unzähligen Kleinkunstwerke, vor allem in den ländlichen Gebieten, waren noch lange nicht umfassend kartiert, schon gar nicht die unzähligen Kapellen, Bildstöcke, Wegkreuze und andere, die unter der Verwaltung der Kirchenoberen standen. Viele von ihnen waren schlichtweg vergessen.

Ich war mir ziemlich sicher, in der Barbarakapelle auf keine erhaltenswerten Schätze zu stoßen. Wahrscheinlich war es einer der vielen, aus der Volksfrömmigkeit erwachsenen lokalen Andachtsorte, der mit viel Engagement und wenig Kunstverstand entstanden war, aber heute keine Rolle mehr spielte.

Trotzdem war das Thema heikel. Ich spürte, dass ich vorsichtig sein musste, bei aller Offenheit, die ich mir eben erst vorgenommen hatte. Ich verspürte nicht die geringste Lust, in einen dorfinternen Streit hineingezogen zu werden. Also: andeuten und nichts sagen.

Ich zuckte also möglichst beiläufig mit den Schultern und wiederholte das, was ich bereits gesagt hatte.

»Mehr kann ich nicht sagen. Die Arbeit ist Teil eines Projekts, das über Jahre angelegt ist. Das Kultusministerium stellt die Gelder zur Verfügung, und dieses Jahr ist unter anderem die Barbarakapelle dran.« Ich stapfte wieder los, den Hügel hinauf. »Jedenfalls bin ich gespannt und freue mich darauf.«

Winterhalter neigte den Kopf, so als ob ihn meine Antwort nicht ganz überzeugt hatte. Zum Glück verzichtete er darauf weiterzufragen. Ich war mir dennoch sicher, dass er nicht aufgeben würde.

Die letzten steilen Meter zog ich mich an einem einfachen Holzgeländer hoch. Die Stufen mündeten in eine Straße, die in einem großen Bogen von unten heraufführte.

»Eine Abkürzung«, schmunzelte Winterhalter, der meinen fragenden Blick wahrgenommen hatte. Er deutete auf ein großes Haus direkt auf der anderen Straßenseite. Ein Schild über dem Eingang sagte mir, dass ich vor der Pension *Alpenblick* angekommen war.

Das Haus hatte zwei Stockwerke und war in den Hang hinein gebaut. Vor den oberen Fenstern gab es einen Balkon, der über zwei Seiten um das Haus herumführte. Das Holzgeländer trug ein einfaches Schnitzwerk, am oberen Rand hingen ein paar leere Blumenkästen. Auf der linken Seite schloss sich direkt an die Außenwand eine großzügige Doppelgarage an, hangabwärts deuteten eine verschneite Hecke und ein kahler Rosenbogen auf einen Garten hin.

Noch ehe ich läuten konnte, öffnete sich die Haustür, und zwei Kinder stürmten heraus.

»Opa! Opa!«

Der Junge und das Mädchen mochten im Kindergartenalter sein. Beide trugen knallbunte Schneehosen, Stiefel und Jacken, das Mädchen hatte eine Strickmütze über zwei kurze geflochtene Zöpfe gezogen, der Junge, der etwas älter war, trug eine Schildmütze mit dem Logo des *SC Freiburg*, die weit über die Stirn reichte und seine Augen fast verdeckte.

Winterhalter begrüßte seine Enkel ausgiebig.

»Hast du etwas aus der Stadt mitgebracht?«

»Spielst du mit uns?«

»Gehen wir Schlittenfahren?«

Die Sätze flogen rasch durch die kalte Mittagsluft. Gleichzeitig erschien eine Frau in der Eingangstür. Winterhalter machte sich von den beiden Kindern frei und stellte mich vor.

Meine Zimmerwirtin Erika Wehrle erwies sich als erfreulich gradlinig und unkompliziert. Nach einer kurzen, herzlichen Begrüßung, während der sie mich eindringlich von Kopf bis Fuß musterte, führte sie mich ohne weitere Umschweife in meine Unterkunft.

»So, das ist jetzt Ihre Wohnung«, sagte sie.

Während der kurzen Einweisung bemühte sie sich, einigermaßen Hochdeutsch zu sprechen. Sie machte nicht viele Worte. In wenigen Minuten hatte sie mir das Nötigste erklärt. »Frische Bettwäsche kriegen Sie einmal die Woche, immer dienstags. Den Müll bitte selber raustragen, die Tonne steht hinter der Garage. Ihr Auto können Sie dann in der Einfahrt parken.« Natürlich wusste sie längst, dass ich meinen Wagen noch in der Werkstatt hatte.

Ich nickte nur und nahm einen kleinen Schlüsselbund entgegen, an dem ein aus Holz geschnitzter Vogel hing.

»Gelber Ring: Haustürschlüssel. Blauer Ring: Wohnungsschlüssel.«

»Und der große?« Ich betrachtete neugierig den dritten Schlüssel. Er war mehr als doppelt so lang wie die anderen, hatte einen altertümlichen Bart sowie einen Ring am Ende, der so groß war, dass ich meinen Finger durchstecken konnte.

»Das ist der Schlüssel zur Kapelle. Mit freundlichem Gruß von Patrick.«

»Patrick Bernauer, der jetzige Ortsvorsteher«, hörte ich Winterhalters erklärende Worte. Er war unbemerkt hinzugetreten und sah sich neugierig um.

Ich war überrascht. »Der Ortsvorsteher? Ja, vielen Dank! Aber warum der Ortsvorsteher? Ich dachte, der Pfarrer …«

»Der Pfarrer?« Winterhalter schüttelte den Kopf. »Den interessiert St. Barbara überhaupt nicht. Der kommt zweimal die Woche hoch von Todtnau, zur Messe am Sonntag und zum Bibelkreis am Mittwoch. Ja, als der Jörgli noch da war ...«

»Komm, Vater, lass das jetzt«, unterbrach ihn die Zimmerwirtin. »Das wird den Herrn kaum interessieren.« Sie zog ihn am Arm zur Tür. »Wir lassen ihn jetzt in Ruhe auspacken. Vielleicht will er ja nachher noch hochgehen!«

Ehe sie die Wohnung verließ, deutete sie auf die Lampe an der Decke. »Nicht vergessen, immer das Licht ausschalten, wenn Sie gehen!«

Die Tür schloss sich, und ich war allein. Von draußen hörte ich, wie die beiden beim Weggehen noch einige Worte miteinander wechselten, dann war es still.

Insgeheim hatte ich mir eine Einladung zu einem Begrüßungskaffee erhofft, doch Erika Bühler schien diesbezüglich eher das Gegenteil ihres Vaters zu sein. Anscheinend war die Neugier der Dorfbewohner fürs Erste gestillt, von nun an war ich auf mich selbst gestellt.

Mit einem Seufzer ließ ich mich in den Sessel fallen. Zwei Fenster ließen genügend Licht herein, sodass ich tagsüber auf die Deckenlampe verzichten konnte.

Ich ließ den Blick durch die Wohnung wandern. Das Zimmer war überraschend groß. Der Raum war einfach und zweckmäßig eingerichtet. Außer dem Sessel, dessen Federn mich schon nach kürzester Zeit zu drücken begannen, gab es ein Sofa an der Wand, links und rechts daneben je ein spärlich gefülltes Bücherregal, auf der gegenüberliegenden Seite eine mächtige

Kommode, über die eine bunt gestickte Decke gebreitet war. Neben der Eingangstür hing als Garderobe eine Kleiderhakenleiste, darunter eine Gummimatte für die Schuhe. Unter dem Fenster, das in Richtung Garten führte, stand ein mächtiger Schreibtisch aus dunklem Holz, darauf eine Lampe, davor ein Stuhl mit geschnitzter Rückenlehne, darunter ein Papierkorb. Die Ecke zwischen den Fenstern füllte ein alter Röhrenfernseher aus. Das Ganze machte den Eindruck, als hätten die Vermieter sämtliche Möbel zusammengetragen, die keiner mehr wollte, die ihnen aber zu schade zum Wegwerfen schienen.

Ich stand auf und öffnete die beiden Türen, die nach hinten zum Berghang hin führten. Hinter der einen lag ein winziges Schlafzimmer, dessen Bett aber so groß war, dass ich kaum an der Seite vorbeigehen konnte. Die zweite Tür öffnete sich zu einem kleinen Badezimmer, das offenbar als einziger Raum erst kürzlich renoviert worden war.

Der Blick aus dem Fenster war herrlich und entschädigte mich für die doch etwas bescheidene Unterkunft. Vor mir lag das ganze Todtnauberger Hochtal. Um den Ortskern, wo ich aus dem Bus ausgestiegen war, drängten sich in lockeren Grüppchen die Häuser unter ihren weißen Dächern. In manchen Fenstern brannte Licht. Das Tal war auf drei Seiten von sanft ansteigenden Hängen begrenzt. Auf der talabwärts gelegenen Seite sah ich die Kurven der Straße, die von Todtnau heraufführte. Im oberen Teil stieg das Talende steil an und war über der Kuppe von Felsen gekrönt, die mit ihren seltsam gleichmäßigen Formen wirkten, als seien sie absichtlich so aufgestellt worden.

Als ob eine unausgesprochene Botschaft der steinernen Wächter deutlich machte, dass es hier nicht weiterging.

Direkt vor mir, am gegenüberliegenden Hang, stand die Kapelle. Ein paar Einzelheiten konnte ich erkennen. Der Turm schien zum Greifen nah, ich meinte sogar, die Glocke im kleinen Aufbau zu sehen. Das Dach glitzerte nass und silbern, von der Spitze des Glockenturms zuckten goldene Strahlen.

Der Anblick nahm mich völlig gefangen.

Ein seltsames blauviolettes Licht schien vom Inneren der Kapelle auszugehen. Ich fühlte mich emporgehoben, keine Schwere, keine Kälte hielt mich zurück. Die Farben der Kapelle begannen sich zu bewegen, als ob sie miteinander sprachen. Ihre Worte bargen Töne in sich, tief, wohltönend, dann wieder hoch und tanzend. Ich sah, wie sie einander umspielten, sich berührten, umschlangen und wieder lösten. Melodien entstanden und vergingen, breiteten sich aus und zogen sich wieder zusammen, ehe endlich, wie von unsichtbarer Hand geführt, ein einziger Akkord erstand, mächtig, umfassend, der Gleichklang aller Gleichklänge.

Als ich die Augen aufschlug, fand ich mich in dem Sessel wieder, in dem ich zu Beginn gesessen war. Langsam kehrte mein Alltagsbewusstsein zurück, ich spürte die Schwere meines Körpers, die harte Sprungfeder, die sich mir in die Hüfte grub, ich sah das Sofa, den

Schreibtisch, das Fenster. Ich sprang auf und sah hinaus. Der Dunstschleier hatte sich weiter verdichtet, tief hängende Wolkenfetzen zogen über das Tal. Die Kapelle war jetzt nicht mehr als ein grauer Schatten, der sich kaum wahrnehmbar an den gegenüberliegenden Hang klammerte.

Die hellen Stimmen der beiden Kinder brachten mich endgültig in die Gegenwart zurück. Sie hatten ein Auto entdeckt, das zügig die schmale Straße zum Haus fuhr. Der anthrazitfarbene Geländewagen hielt direkt vor dem Haus. Sofort waren die Kinder zur Stelle und umringten den Mann, der jetzt ausstieg.

Kurz darauf klopfte es an meine Tür.

»Kilian Bühler«, stellte sich der hochgewachsene Mann vor. Er trug schwere Stiefel, eine derbe Hose und über einem Hemd mit grobem Würfelmuster eine Kombination aus Felljacke und Daunenweste.

»Meine Frau hat mir gesagt, dass Sie schon da sind.« Er blieb unter der Tür stehen. »Ich war gerade in der Nähe und dachte, vielleicht mögen Sie ja schon mal einen ersten Besuch in der Kapelle machen. Ich meine, also, bevor Sie richtig anfangen zu arbeiten.«

Ich sah ihm an, dass er sich unter meiner Arbeit nur wenig vorstellen konnte. Er selbst schien viel draußen zu sein. Sein Gesicht war braun gebrannt, die Wangen leuchteten rot. Die Hand, die er mir zur Begrüßung hingestreckt hatte, war groß wie ein Teller und konnte zupacken.

Ich sah auf die Uhr, es war 14.30 Uhr. Schon bald würde der trübe Tag in die Abenddämmerung übergehen. Eigentlich hatte ich mir vorgenommen, früh am nächsten Morgen hochzulaufen. Die Kapelle war ein gutes Stück entfernt, und für heute war es genau genommen schon zu spät. Zumal ich nicht wusste, ob es in dem Gebäude Licht gab.

»Wenn Sie wollen, fahre ich Sie ein Stück!«

Ich zögerte immer noch. Es gab einiges zu tun. Das Zimmer sollte eingeräumt werden, ich wollte in der Werkstatt anrufen, um zu hören, wann ich mein Auto abholen konnte, auch Georg in Freiburg wartete bestimmt schon darauf, dass ich mich meldete. Der Kühlschrank war leer, wenn ich heute Abend und morgen früh etwas essen wollte, musste ich sehen, dass ich im Dorfladen noch etwas bekam. Und was das Wichtigste war: Ich hatte nichts Vernünftiges zum Anziehen bei der Kälte.

Doch die Kapelle rief mich. Der Lichtakkord hallte immer noch wider.

»Warum eigentlich nicht«, hörte ich mich sagen. »Ich ziehe mich rasch an.«

Auf dem Flur erwartete mich Erika. Über ihrem Arm hing eine dicke Jacke, darauf lagen eine Strickmütze und ein Paar Handschuhe.

»So kannst du nicht gehen. Zieh das an.« Sie reichte mir die Kleidungsstücke, dann deutete sie auf ein Paar Stiefel, die hinter der Wohnungstür auf dem Boden standen. »Die müssten passen.«

Dankbar nahm ich die Sachen entgegen, zog alles über und kletterte zu Kilian Bühler auf den Beifahrersitz des Geländewagens.

Der Innenraum war von der vorangegangenen Fahrt noch warm, sodass ich mit meinen ungewohnten Kleidern rasch ins Schwitzen kam.

Bühler fuhr in zügigem Tempo den Hang hinunter. Die schneebedeckten Straßen schienen weder den Wagen noch ihn zu beeindrucken.

»Aus Freiburg bist du nicht!« Bühler hatte inzwischen zu der hier anscheinend üblichen vertraulichen Anrede gewechselt. In seiner Feststellung lag eine neugierige Frage. Offenbar gab es doch noch weiße Flecken im Wissen der Dorfbewohner.

Ich antwortete pflichtgemäß. Er nickte und schien zufrieden, während ich Mühe hatte, bei seinem rasanten Fahrstil die Ruhe zu bewahren.

Wir durchquerten das Ortszentrum, wo im Lädele inzwischen die Lotto-Leuchtreklame eingeschaltet war. Von dem Platz davor ging es in ein paar engen Kurven zunächst weiter nach unten. Hinter einer Brücke, die einen kaum erkennbaren schmalen Bach überspannte, führte die Straße sofort wieder aufwärts.

Bühler deutete auf eine Gastwirtschaft, an die sich zu beiden Seiten einfache Häuser anschlossen. »Hinterm *Hirschen* geht der Fußweg hoch. Den kannst du nachher zurücklaufen. Wir fahren außen herum.«

Während der Fahrt sah ich nun deutlich, dass die Häuser des Ortes nicht zufällig durcheinandergewürfelt gebaut waren, sondern einem Schema folgten. Die meisten standen zu zweit oder zu mehreren entlang der Straße, die, ähnlich der Rebwege in einem Weinberg, zwischen Kurven und steilen Anhängen immer wieder gerade Passagen folgen ließen und auf diese Weise den Hang terrassenförmig aufteilten. In den meisten Häusern war inzwischen Licht eingeschaltet.

Wir gewannen rasch an Höhe. Inzwischen waren wir schon über zehn Minuten unterwegs. Ich hoffte, dass der Fußweg deutlich kürzer sein würde, denn ich konnte kaum erwarten, jeden Tag den Hin- und Rückweg von einem freundlichen Helfer wie Bühler erleichtert zu bekommen.

Die Kapelle war zwischenzeitlich aus dem Blickfeld verschwunden. Längst war die befestigte Straße in einen Wirtschaftsweg übergegangen. Wir fuhren weiter bergauf, inzwischen passierten wir ein kleines Waldstück. Es wurde steiler, die Kurven wurden enger, die Bäume standen dicht an dicht.

Nach einer weiteren engen Kurve hielt Bühler unvermittelt an. Er deutete auf ein Schild, das an den Stamm einer mächtigen Fichte montiert war.

»Dort ist der Weg, den Rest musst du laufen. Es ist nicht weit«, fügte er lächelnd hinzu, als er meinen besorgten Blick sah. »Einfach immer den Weg weitergehen.« Er tippte mit dem Finger an seine Schläfe, als wolle er mir Glück wünschen, wendete den Wagen und war Sekunden später talabwärts verschwunden. Ein paarmal hörte ich noch den Motor seines Wagens aufheulen, dann war es still.

»Sankt Barbara Kapelle 0,6 km«, las ich auf dem Schild, darunter zwei weiter entfernte Ziele, deren Namen ich nicht kannte, bestätigt durch Logos des örtlichen Wandervereins und der Gemeinde. Darunter ein verblichener Aufkleber, der auf eine mobile Discoveranstaltung im Sommer des vergangenen Jahres hinwies.

Ich zog meine Jacke fest um mich und lief los.

Ich hatte Glück, der Pfad war schmal, aber gut begehbar. Die Wipfel der riesigen Fichten um mich herum hatten den Schneefall von gestern weitgehend abgehalten, stattdessen war der Weg übersät mit abgerissenen Zweigen und rotbraunem Laub vom letzten Herbst.

Langsam stieg in mir die Spannung. Auch wenn ich überzeugt war, nicht mehr als eine Routinearbeit vor mir zu haben, stellte sich ein leichtes Kribbeln ein, so wie jedes Mal, wenn ich eine neue Aufgabe anging.

Als Kind hatten mich von jeher weniger die gängigen Spielsachen, sondern vielmehr das Alte interessiert. Die Skulpturen, Plastiken und Bilder, die so seltsam naturgetreu gestaltet waren und wie eingefrorene Träume darauf zu warten schienen, dass ein neugieriger Blick sie zu neuem Leben erweckte. Die patinabehauchten Farben, die so völlig anders waren als der schreiende Hochglanz, der in der sogenannten modernen Welt Auge und Ohr bei jeder Gelegenheit überfiel. Der Geruch von Holz, Lack und Wachs machte mir die Kunstwerke lebendig.

Später war es so geblieben. Veränderung bis hin zum Verfall war für mich in ihrer Wirklichkeit greifbarer und berührte mich tiefer als die große Oberflächlichkeit, die sich seit Jahrzehnten in den Alltag gedrängt und inzwischen über das Leben gelegt hatte wie ein Kunstharzsiegel um eine Bernsteinmücke.

Mein Berufswunsch stand früh fest. Ich wollte dieser Welt nahekommen, sie fühlen, erforschen, erleben. Diese Welt, die sich fast nur noch in Museen und Kirchen finden ließ.

Ich beschloss, Kunstgeschichte zu studieren, gleichzeitig nutzte ich jede Gelegenheit, mir bei dem Restaurator, zu dem ich zusätzlich in die Lehre ging, seine Kniffe und Fertigkeiten abzuschauen und anzueignen. Unzählige Male war ich dabei, als er den Geheimnissen des Verborgenen unter den Ringen der Zeit nachspürte und diese freilegte.

All das war im Laufe der Jahre immer stärker, fast schon zur Sucht geworden. Selbst die Urlaubstage nutzte ich, um auf Studienreisen quer durch Europa den geliebten Kunstwerken ehrfürchtig vor Ort gegenübertreten zu können.

Renate hatte ich in einem Museum für Frühgeschichte in den Pyrenäen kennengelernt. Sie war wie ich, mein Gegenüber im Geiste. Es war berauschend, wir erfreuten uns aneinander und miteinander. Anfangs.

Es war zu wenig. Es konnte nicht gut gehen.

Ich trat aus dem Wald heraus. Vor mir stand die Kapelle, der Fußweg führte direkt auf sie zu.

Ich musste mir eingestehen, dass der erste Anblick enttäuschend war. Die leuchtend klingende Vision, die ich aus der Ferne erfahren hatte, fand in dem schlichten Gemäuer keinerlei Widerhall. Wären der gedrungene Turm mit seinem angedeuteten Zwiebeldach und der kleine Glockenaufbau nicht gewesen, hätte man den einfachen Bau als gemauerte Schutzhütte ansehen können. Das weiß getünchte Gebäude zeigte keinerlei Verzierungen, lediglich ein zinkgrauer Dachkandel mit Abflussrohr hinterließ seine Spur. Ein einziges schmales Fenster unterbrach die eintönige Außenwand.

Talwärts reichten von der Wiese herauf Schneewehen bis über den Fuß der Außenmauer heran.

Auch beim Näherkommen gab es nichts, was meine Aufmerksamkeit gefangen genommen hätte. Das Ganze wirkte etwas lieblos, so als hätte man über die Jahre hinweg immer nur das Allernötigste getan, um den Zerfall aufzuhalten. Wenn das Innere sich ähnlich darbot, würde meine Aufgabe ein rasches Ende finden.

Ich ging einmal um die Kapelle herum. Auf beiden Längsseiten gab es je eine schmale verglaste Fensteröffnung, kaum breiter als eine Elle, nach oben halbkreisförmig gerundet. Der jahrhundertelang bewährte einheitliche Stil. Auf der dem Tal zugewandten Seite des Turmes, der wahrscheinlich – wie ich vermutete – gleichzeitig als Apsis diente, gab es in Reichhöhe eine kreisrunde Öffnung, in die ein Metallkreuz eingelassen war.

Der unscheinbare Glockenturm war mit einfachen Holzlatten verkleidet. Die Glocke selbst war von unten nicht zu sehen. Einzig nennenswerter Schmuck war die vergoldete Kugel auf der Spitze des Zwiebeldachs, die ich vor Stunden so herrlich in der Mittagssonne hatte glänzen sehen. Jetzt und aus der Nähe betrachtet wirkte sie stumpf, als habe sie sich in den Winterschlaf zurückgezogen.

Der Eingang, eine schlichte Holztür, befand sich zum Hang hin. Jetzt erst sah ich, dass dort ein freier

Platz eingeebnet war, etwa 15 Schritte im Durchmesser. Direkt zur Kapelle gewandt stand, an eine mit Natursteinen gemauerte Wand gelehnt, eine Sitzbank, nicht mehr als ein über zwei Steine gelegter Holzbalken. Ein ausgeblichenes Emailleschild wies auf die Bedeutung des Ortes hin: »Sankt Barbara Kapelle, ursprünglich erbaut im 16. Jahrhundert, letztmals renoviert 1962 durch die Gemeinde Todtnauberg. Sankt Barbara, Schutzpatronin der Bergleute, bitte für uns.«

Dürre Informationen, die nach Meinung der Ortsverwaltung für den gelegentlichen Besucher ausreichten.

Das war in etwa auch das, was Georg mir mit auf den Weg gegeben hatte.

»Zumindest die Fundamente und einzelne Mauerteile sind über 400 Jahre alt. Das ist der Hauptgrund, warum das Ministerium auf einer detaillierten Expertise besteht. Viel Glück!«

Das waren seine Worte gewesen, die wenig Hoffnung vermittelten. Alte Grundmauern sind in der Regel, kunsthistorisch gesehen, wenig ergiebig. Aber es war ein Anfang. Es musste ein Anfang sein.

Als ich den Schlüssel hervorkramte, stellte sich trotz der wenig ermutigenden Aussichten wie immer ein erwartungsvolles Kribbeln ein. Ich war gespannt, was mich im Inneren erwarten würde.

Die vom Wetter gezeichnete Holztür knarrte und quietschte in den Angeln, als ich sie aufzog. Ich ging ein paar Schritte vorwärts und blieb dann stehen. Ein Geruch empfing mich, wie ich ihn von vielen Besuchen zuvor kannte: kaltes Wachs, abgebrannte Kerzendochte, Spuren von Weihrauch, trockener Staub. Das Ganze durchzogen von einem deutlich wahrnehmbaren Hauch von Patina und Moder.

Ich brauchte eine Weile, um meine Augen an das Dunkel zu gewöhnen. Nur ein dünner langer Lichtstreifen auf dem Boden fiel von der offenen Tür herein. Durch die beiden schmalen Fenster und die runde Öffnung, die ich von außen gesehen hatte, drang spärliches Licht. Sie waren entweder verhängt oder verschmutzt, das konnte ich im ersten Moment nicht sehen.

Ein paar Schritte vor mir brannte eine einfache Kerze. Es war ein kleiner mit Wachs gefüllter roter Zylinder, ein 24-Stunden-Licht, wie man es besonders im Herbst gerne auf Friedhöfen verwendet. Die winzige Flamme knisterte und flackerte kaum wahrnehmbar in der frischen Luft, die durch die Tür hereinstrich.

Ich war überrascht. Wer hatte die Kerze angezündet? Und wie war derjenige hereingekommen? Mir fiel ein, dass ich draußen vor der Tür Fußspuren gesehen hatte. Aber war nicht die Tür abgeschlossen gewesen?

Doch ich machte mir keine weiteren Gedanken. Meine Augen gewöhnten sich zunehmend an das schummrige Licht, sodass ich mich mehr umsehen konnte.

Das Friedhofslicht erhellte notdürftig die Apsis, ein angedeuteter Altarraum, der mit einem kniehohen Holzgitter optisch abgeteilt war. In einer Vase auf der mittleren der drei Steinstufen stand ein Strauß Wachsblumen, auf dem Staub lag.

Einen richtigen Altar gab es nicht. Stattdessen stand in der Mitte der obersten Stufe eine Art Podest. Es sah aus wie der Fußteil einer griechischen Säule, die man in Hüfthöhe abgeschnitten hatte. Darauf lagen eine helle Decke mit Häkelrand und eine weitere Wachsblume.

Die Nische dahinter war mit bemalten Holztafeln eingerahmt, die vom Steinboden bis zu der niedrigen Decke reichten. In der Düsternis fielen nur spärliche Motive auf – Naturdarstellungen von Bäumen und Felsen, in denen bäuerliche Gestalten ihrer Arbeit nachgingen.

Das zentrale Motiv war jedoch das Bild der Heiligen Barbara. Im Gegensatz zu den beiden Bilderflügeln war es nicht auf Holz, sondern direkt auf die hintere Innenwand der Apsis gemalt. Ob es ein Fresko oder eine einfache Steinmalerei war, konnte ich auf Anhieb nicht mit Bestimmtheit sagen.

Doch was ich im Schein des wenigen Lichtes erkennen konnte, überraschte mich. Der Künstler hatte sich alle Mühe gegeben, die Präsenz der Heiligen anschaulich zu machen.

Das Gewand war ganz im Stil traditioneller Symbolik gehalten und erinnerte an unzählige Mariendarstellungen, die ich zur Genüge kannte. Der Kopf der Heiligen war nach vorn geneigt, ihr Gesicht lächelte in zeitloser Güte. In ihren Armen hielt die Figur die typischen Insignien, die man im Mittelalter den Heiligen zusprach, und an denen sie der einfache Gläubige sofort erkannte. Hier waren es ein Palmzweig und ein stilisierter Burgturm, der an die Gefangenschaft bei ihrem eigenen Vater erinnern sollte.

Etwas überraschend war die Darstellung von Schaufel, Hacke und Hammer, Werkzeuge der Bergleute, als deren Schutzpatronin sie seit je verehrt wurde. Verwunderlich deshalb, weil dies in den Augen der damaligen Kirchenbeamten zu profan war und deshalb nur sehr selten verwendet wurde. Genügend interessant für mich war es immerhin, und sofort wurde in mir die Neugier erweckt, mehr darüber zu erfahren.

Doch all das würde ich mir für später aufheben müssen. Der erste oberflächliche Eindruck musste für heute genügen, zumal das Tageslicht nun rasch abnahm. Es würde zwar noch eine Weile dauern, ehe die Sonne unterging, aber ein kurzer Blick nach draußen zeigte, dass ähnlich wie gestern das Wetter sich gegen Abend hin zuziehen würde.

Abschließend warf ich einen flüchtigen Blick auf den weiteren Innenraum der Kapelle. Die beiden schmalen Öffnungen in den Seitenwänden waren mit Holzläden abgedeckt. Links und rechts des Mittelgangs standen jeweils drei Reihen Bänke, am Eingang direkt hinter der Tür an der Wand hing ein winziges Weihwasserbecken aus Metall, das leer und ausgetrocknet war. In der hinteren Ecke gab es ein meterhohes Kruzifix mit einem aus Holz geschnitzten leidenden Jesus, daneben in naiver Weise die Marterwerkzeuge übereinander aufgereiht: Hammer, Nägel und Dornenkranz.

An der Wand gegenüber hingen einige Votivtafeln, handgemalte Bitt- oder Dankesgebete, die direkt an die Heilige gerichtet waren. Die Schrift war zum Großteil so verblasst, dass ich sie kaum entziffern konnte.

Ein letzter Blick, ehe ich zurück ins Freie trat. Mein geübtes Urteil sagte mir, dass ich nicht lange brauchen würde, eine Entscheidung zur kunsthistorischen Bedeutung des Gebäudes zu fällen. Dennoch wollte ich die Aufgabe nicht auf die leichte Schulter nehmen. Es war etwas an diesem Ort, das mich zögern ließ. Etwas, das hinter dem auf den ersten Blick einfachen Äußeren auf seine Entdeckung zu warten schien. Ich würde …

»Sie tun ihr nichts, oder?«

In dem Moment, als ich mich unter der Tür umdrehte, wäre ich fast auf eine Frau geprallt. Meine beiden Hände zuckten instinktiv nach vorne, um mich abzustützen, als sie auch schon erschreckt zurücksprang und mich aus sicherer Entfernung neugierig und ängstlich zugleich musterte. Sie musste mich schon seit einiger Zeit beobachtet haben.

Ich ließ die Hände sinken, verbunden mit einer beruhigenden Geste.

»Sie wollen ihr nichts Böses! Nichts Böses!«

Ihre Stimme hatte einen flehenden Unterton und klang in der Stille ein wenig schrill. Ich blieb stehen, um sie nicht weiter zu reizen. Die Frau war untersetzt und reichte mir kaum zur Brust. Sie trug einen verschlissenen blauen Anorak, unter dem ein langer Rock, dicke Strümpfe und ein Paar vor Jahren gebräuchliche Moonboots hervorsahen. Ihre Hände steckten in rot-weiß gefleckten Fäustlingen, auf dem Kopf trug sie einen verbeulten Filzhut, dessen Krempe heruntergeklappt war und einen Teil ihres Gesichts verdeckte. Ihr Alter konnte ich nur ungefähr schätzen. Sie mochte um die 70 sein.

»Ich will Ihnen nichts Böses«, sagte ich, nachdem ich mich selbst von der Überraschung gefangen hatte. »Sehen Sie …« Ich trat einen Schritt auf sie zu, worauf sie sofort zur Seite auswich.

»Weg! Weg!«, rief sie, begleitet von einer heftigen Bewegung ihrer Arme, als ob sie einen Schwarm unerwünschter Insekten verscheuchen wollte.

Ich versuchte es noch einmal, wobei ich dieses Mal stehen blieb.

»Liebe Frau, Sie müssen nicht erschrecken.« Ich wendete ihr meine beiden Handflächen zu, um zu zeigen, dass ich keinerlei böse Absichten hatte. »Ich bin nur hier, um mir die Kapelle anzusehen. Die Heilige Barbara.«

Ich unterbrach mich für einen Moment, als ich sah, wie sie zusammenzuckte. »Ein wunderschönes Bild. Es gefällt mir.«

Sie sagte nichts und beäugte mich weiter misstrauisch.

Plötzlich hatte ich einen Einfall. »Die Kerze, haben Sie die Kerze angezündet?«

Sie ließ die Hände sinken, die sie die ganze Zeit vor sich ausgestreckt hatte. »Die Kerze.« Sie nickte. »Ja, die Kerze.«

»Haben Sie die Kerze angezündet?«, wiederholte ich meine Frage. Ich war mir unsicher, ob die Frau verwirrt war oder ob ich sie so erschreckt hatte, dass sie nicht normal sprechen konnte.

»Die Kerze. Ja, die Kerze. Und die Blumen. Schöne Blumen für Barbara. Und für den Franz.«

Sie sprach schnell und abgehackt. Gleichzeitig dämpfte sie ihre Stimme, als ob sie nicht zu mir, sondern zu sich selbst sprechen würde.

»Ein guter Junge. Ein guter Junge, mein Franz. Sie tun ihr nichts, oder?« Wieder starrte sie mich mit weit aufgerissenen Augen an.

Was war es, das sie derart in Unruhe versetzte? Hatte sie Sorge, dass ich die Kerze auslöschen würde? Die Blumen aus Plastik konnten es nicht sein. Oder war mit »sie« die Heilige Barbara gemeint? Oder gar die Kapelle, die ihr offenbar viel bedeutete?

Ich war unschlüssig, was ich tun sollte. Die Frau war vernünftigen Worten nicht zugänglich. Zumindest im Moment nicht. Vielleicht konnte ich die Situation auflösen, wenn ich ihr den Eindruck vermittelte, dass ich nichts von ihr wollte. Ich drehte mich also um, schloss in Ruhe die Tür, dann zog ich meine Jacke fester um mich und wandte mich zum Fußweg, den ich gekommen war.

Es war genau das Verkehrte. In dem Moment, als ich einen Schritt auf sie zumachte, hob die Frau beide Hände zum Schutz vor das Gesicht, wie um einen Schlag abzuwehren. Gleichzeitig stieß sie einen Schrei aus, der an einen aufgeschreckten Eichelhäher erinnerte. Im nächsten Moment wandte sie sich um und stolperte zur schneebedeckten Wiese hinter der Kapelle.

Ich versuchte erst gar nicht, sie aufzuhalten. Von der schmalen Böschung an der Seite der Kapelle aus sah ich ihr nach, wie sie wild gestikulierend den Hang hinunterlief. Augenblicke später war sie außer Hörweite und nur noch als dunkle Silhouette in der hellen Schneefläche wahrnehmbar.

Ein paar Schritte weiter entdeckte ich zu meiner Überraschung einen Steg, der vom Dorf zur Kapelle heraufführte. Dies musste der Fußweg sein, von dem Kilian Bühler gesprochen hatte.

Ich beschloss, mich ebenfalls auf den Weg zu machen. Es war bereits nach 17 Uhr und wurde nun merklich düsterer. Die Sonne war hinter dichten Wolken nur zu erahnen, der Gegenhang über dem Hochtal war bereits in konturloses Grau getaucht. In den verstreut stehenden Häusern brannte überall Licht. Vom Talausgang her frischte Wind auf, und es wurde kühler.

Hangabwärts gab es ein paar sporadisch eingefügte Treppenstufen, ab und an ein einfaches Holzgeländer und nicht zuletzt die Fußspuren der Frau, die mir den Weg wiesen.

Ich kam bei Weitem nicht so flott voran. Einige Male rutschte ich aus oder stolperte über Wurzeln, die unter dem Schnee verborgen waren. Außerdem war ich das Bergabsteigen in keiner Weise gewohnt. Schon nach wenigen Minuten spürte ich ein Ziehen in meinen Oberschenkeln, Knie und Fußknöchel wurden weich. Doch es war immer noch besser, als den ganzen Weg auf der Straße zurücklaufen zu müssen, über die mich Kilian Bührer hochgefahren hatte. Auf den ausladenden Serpentinen hätte ich gewiss die dreifache Zeit gebraucht.

Beruhigend war, dass ich bei meinem steilen Abstieg das Ziel immer vor Augen hatte. Hier würde ich mich nicht verlaufen, selbst wenn die Dunkelheit unverhofft hereinbrechen würde.

Meine Knie waren inzwischen wachsweich geworden, sodass ich wiederholt kleine Verschnaufpausen einlegen musste. Die Frau war längst aus meinem Blickfeld verschwunden.

Was hatte diese Begegnung zu bedeuten? Ich hatte keine Vorstellung, wer sie gewesen sein konnte. Eine Touristin bestimmt nicht, ihre Kleidung und ihre Sprachmelodie wiesen viel eher auf eine Dorfbewohnerin hin. Was hatte sie dort oben gewollt? Was hatte sie dazu bewogen, bei dem schlechten Wetter den steilen Hang hinaufzusteigen? Und vor allem – was war es, das sie derart in Aufregung versetzt hatte?

»Sie tun ihr nichts, oder?«

Am Fuße des Hanges war ich endgültig so erschöpft, dass ich mich am Geländer des Stegs, der als Fußgängerbrücke über den Bach führte, abstützen musste. Mein Atem ging heftig, kleine Wölkchen pufften aus meinem weit aufgerissenen Mund. Gerne hätte ich mich hingesetzt, aber es gab weder eine Bank noch eine Mauer oder einen Stein.

Mit wackeligen Knien hielt ich mühsam stand. Von unten schlug mir die unsichtbare Kälte des Bergbaches entgegen und biss sich in meinen schwitzenden Körper. Ich musste aufpassen, dass ich mich nicht erkältete. In meiner Wohnung würde ich als Erstes eine heiße Dusche nehmen müssen.

Noch lagen ein paar Straßen und Wege vor mir. Entlang des Baches führte ein schmaler Fahrweg talabwärts, Spuren von Traktorreifen zeichneten sich im Schnee ab wie der Abdruck zweier Tatzelwürmer, die nebeneinander gekrochen waren.

Ein Pfad ähnlich dem, den ich gerade heruntergeklettert war, führte im Zickzack den Gegenhang hinauf und verlor sich hinter einer Holzscheune, auf die einige Wohnhäuser folgten. Mit einem Seufzer riss ich mich von dem stützenden Geländer los und machte mich auf den Weg.

Wie viele Umwege und falsche Abzweigungen ich gegangen war, wusste ich nicht, als ich eine gute halbe Stunde später endlich zurück in meiner Ferienwohnung war. Nach einer kurzen Verschnaufpause nahm ich eine heiße Dusche. Im Hängeschrank über dem Küchenherd fand ich eine angebrochene Packung mit Teebeuteln. Ich brühte mir eine Tasse auf, hüllte mich in eine Decke und ließ mich auf dem Sofa nieder.

Während der Tee zog und ein prickelnder Pfefferminzduft das Zimmer erfüllte, versuchte ich vergebens, die Tankstelle im Tal anzurufen. Ich hatte Pech, das Netzsignal meines Handys blieb stumm. Ich stellte die Tasse ab, stand auf und lief ohne Erfolg durch die Wohnung auf der Suche nach einer Netzverbindung. Es gab keine.

Das waren keine guten Aussichten. Ich hatte fest eingeplant, meine Untersuchungen parallel mit Netzrecherchen und Rückrufen sowohl bei Georg als auch in meinem Institut zu begleiten. Natürlich konnte ich auch von anderswo telefonieren, sofern ich irgendwo im Dorf eine Verbindung fand. Vielleicht durfte ich sogar den Apparat meiner Vermieter nutzen. Doch all das war extrem umständlich und würde den Ablauf empfindlich verzögern und erschweren.

Als ich eben den ersten Schluck Tee nahm, klopfte es an der Tür. Ohne mein »Herein« abzuwarten, trat die Zimmerwirtin ein.

»Der Patrick, also Patrick Bernauer, der Ortsvorsteher, lädt Sie ein, morgen früh zu ihm zu kommen. Um 11 Uhr in seinem Büro im Gemeindehaus.«

Ich bedankte mich. »Und wo ist das?«

»Die Straße runter, dann rechts, ein paar Meter hinter der Bushaltestelle.«

Im Gegensatz zu den bisherigen redseligen Bekanntschaften blieb die Frau kurz angebunden. Von Neugier keine Spur. Keine Frage, ob mir die Wohnung gefiel, keine Frage nach der Autofahrt mit ihrem Mann, keine Frage nach meiner ersten Begegnung mit der Kapelle.

Sie nickte mir kurz zu, was wohl einem knappen Gruß entsprach, und wandte sich zur Tür. Es gelang mir eben noch, ihr einen Satz hinterherzuschicken.

»Ein Telefon gibt es hier nicht?«

»In der Wohnung? Doch, schon, aber der Anschluss ist gestört. Die *Telekom* kommt erst nächste Woche. Handy ist leider auch schwierig. Manchmal geht es, manchmal nicht.« Sie zuckte mit den Schultern. »Wir sind ein wenig abgeschieden hier.«

Ehe sie endgültig verschwand, drehte sie sich noch einmal um. »Ach ja, es gibt eine Telefonzelle, hinterm Lädele um die Ecke. Wenn sie geht.«

Mit einem angedeuteten Lächeln, das wohl eine Art Mitgefühl mit dem armen Städter ausdrücken sollte, verschwand sie nach draußen.

Ich hätte mich gerne noch für die Schuhe und vor allem für die warme Jacke bedankt, doch es war zu spät.

Dafür machte sich in mir eine stumme Verzweiflung breit. Was ich zu hören bekommen hatte, bedeutete nichts anderes, als von der Welt abgeschnitten zu sein. Natürlich ließ sich das alles mit zeitlichem und organisatorischem Aufwand irgendwie bewerkstelligen. Aber es würde dauern. Und vor allem würde ich meine Arbeitsweise umstellen müssen. Es bedeutete, dass ich auf meinen gewohnten Zugriff auf Informationen würde verzichten müssen, zumindest vorläufig.

Ich erinnerte mich an die Frühzeit der Computertechnik Anfang der 90er-Jahre. An das Internet war damals noch nicht zu denken, man war in erster Linie auf Bibliotheken und Fachliteratur angewiesen. Oft genug musste ich tagelang warten und meine Geduld trainieren, bis ein ausgeliehenes Buch zurückkam oder über die Fernleihe von irgendwoher irgendwann zur Verfügung stand.

Ich dachte an das, was ich von zu Hause mitgebracht hatte, und von dem das meiste noch im Kofferraum meines Wagens verpackt war. Meine üblichen Fachbücher, auf die ich ungern verzichtete, dazu ein paar Werke zur Baugeschichte ländlicher Kapellen und sakraler Kunst. Es würde mir nichts anderes übrig bleiben, als zunächst einmal Fakten zusammenzutragen und zu sammeln. Was ich nicht gleich auswerten konnte, musste warten. Im ungünstigsten Fall, bis ich wieder zu Hause war.

Ich trank den Tee aus und stellte die Reisetasche auf den Tisch. Die Hälfte des Inhalts bestand aus meiner Fotoausrüstung, die ich nur ungern alleinließ. Die empfindlichen Geräte waren sorgfältig verpackt.

Ich breitete alles auf dem Tischtuch aus: die japanische Kamera, die ich vor vier Jahren gekauft hatte, die aber dennoch in ihrer Qualität heute noch unerreicht war, dazu ein zweites Gehäuse und ein elektronischer Blitz, dessen Lichtkraft ich in winzigsten Nuancen einstellen konnte. Natürlich die Objektive – vom 18-Millimeter-Makro, mit dem ich das Auge einer Libelle fotografieren konnte, bis zum 300er Tele, das es mir möglich machte, den über den Wolken kreisenden Bussard zu mir herunterzuholen. Dazu ein paar nützliche Kleinigkeiten, die ich eher selten benutzte, die sich aber im Laufe der Zeit angesammelt hatten – ein Fischauge, ein Weitwinkel und diverse Filter. Nur das etwas sperrige Stativ war vorläufig im Kofferraum zurückgeblieben.

Ich betrachtete zufrieden meine Ausrüstung. Ja, das war in Anbetracht der Umstände der beste Weg, ich würde zunächst die Kapelle bis in alle Einzelheiten fotografisch dokumentieren.

Ich trat ans Fenster und sah hinüber zu der Kapelle, die grau und unscheinbar am Waldrand klebte und in der aufziehenden Dunkelheit kaum mehr zu erkennen war.

Wenn ich ehrlich war, drängte sich vom rein beruflichen Standpunkt ein Urteil bereits jetzt schon auf.

Was ich gesehen hatte, war zweifellos interessant. Aber auch nicht mehr. Kein künstlerisch herausragendes Altarbild, keine Figur, die vom Alter her schützenswert gewesen wäre. Kein besonderer Schmuck, keine Ornamentik, keine architektonischen Besonderheiten. Keinerlei Hinweis darauf, dass das Ensemble als Ganzes über einen bescheidenen Durchschnitt hinausging, geschweige denn als solches an genau diesem Ort erhaltenswert gewesen wäre. Das Wenige, was blieb, konnte man im örtlichen Museum unterbringen oder in die neue Kirche integrieren, deren modernen Dreiecksglockenturm ich unweit der Bushaltestelle gesehen hatte.

Natürlich würde ich trotzdem meine Aufgabe ernst nehmen. Dazu brauchte ich unter anderem die Fotos, die ich zusammen mit meinem Bericht den Auftraggebern vorlegen würde. Bei ihnen lag die Entscheidung. Aber das ginge mich dann nichts mehr an.

Das Knurren in meinem Magen erinnerte mich daran, dass ich seit dem Frühstück bei Rosa Maria heute Morgen nichts mehr gegessen hatte. In der Küche war außer den Teebeuteln nichts weiter zu finden, das würde ich dringend ändern müssen. Ich sah auf die Uhr, es war kurz vor 18 Uhr. Wenn ich Glück hatte, war der Dorfladen noch geöffnet.

Es widerstrebte mir, nach der heißen Dusche erneut in die Kälte hinauszugehen. Ich zog mich so warm an, wie es ging, und trat vor die Tür. Es war deutlich kälter als am Nachmittag. Die Sonne war hinter dem Bergkamm am Ende des Tales verschwunden, von Osten drängte die Nachtdunkelheit heran.

Auch wenn meine Knie immer noch schmerzten, nahm ich die Abkürzung über den Pfad, den ich mit Winterhalter hochgekommen war. Ich biss die Zähne zusammen und stapfte abwärts über die vereisten Stufen.

Als ich auf die Straße stieß, wurde es einfacher. Auf dem festgetretenen Schnee war Splitt gestreut.

Nach ein paar Minuten erreichte ich die Bushaltestelle in der Dorfmitte. Zu meiner Enttäuschung hatte der Laden schon geschlossen. Die Schaufenster waren dunkel, lediglich das Toto-Lotto-Schild warf sein grellgelbes Licht auf den Gehweg.

Ich klopfte an die Tür, doch nichts regte sich.

Ich überlegte, ob ich in der Wohnung darüber klingeln sollte, doch ich verzichtete darauf. Stattdessen notierte ich mir die Öffnungszeiten, die von innen an das Fenster der Ladentür geklebt waren. Morgen früh ab 7 Uhr würde ich die nächste Gelegenheit bekommen.

Der Handyempfang war auch hier schlecht bis unmöglich. Bevor ich das halbe Dorf nach einer geeigneten Stelle absuchte, erinnerte ich mich an die Telefonzelle, die ich an der von meiner Vermieterin angegebenen Stelle fand.

Der Modernisierungswahn der Telekommunikationsgesellschaft war noch nicht bis hier oben vorgedrungen. Hinter der Ladenzeile stand eines der Häuschen, wie ich es von früher kannte und wie es sie an jeder zweiten Straßenecke gegeben hatte. Die gelbe Farbe war reichlich verblichen, die Tür schloss nicht richtig, und ein Telefonbuch gab es offenbar schon lange nicht mehr, ebenso wenig wie ein Licht, von dem nur die traurigen Reste der Neonröhre herunterhingen.

Als ich den Hörer abhob, hörte ich zu meiner großen Überraschung und Erleichterung das vertraute Freizeichen. Ich kramte die Nummer der Tankstelle aus dem Geldbeutel, warf eine Münze ein und wählte.

Eine junge, ziemlich gelangweilte Frauenstimme gab mir zu verstehen, dass ich mit der Kasse des Tankstellenshops verbunden war. Die Werkstatt sei geschlossen, und von einem Octavia und Winterreifen wisse sie nichts.

Ich fragte höflich nach, ob sie mir nicht eine Nummer geben könne, wo ich mehr erfahren könne. Doch es ließ sich nicht mehr aus ihr herausholen. Mit einem mürrischen »Ich habe Kundschaft!« kam das Gespräch zu einem abrupten Ende.

Ich gab mich noch nicht geschlagen, warf eine weitere Münze ein und hatte nach zweimaligem Läuten Rosa Maria am Apparat.

Sie freute sich über die Maßen, meine Stimme zu hören. »Benedetto, ragazzo, wo bist du? Wie geht es dir? Hast du ein gutes Zimmer? Hast du schon gegessen?«

Ich antwortete so knapp, wie sie es zuließ und ohne unhöflich zu wirken. Bei der ersten Atempause brachte ich die Frage nach meinem Auto unter.

Sie rief ihren Mann, und ich hörte, wie sie sich im Hintergrund austauschten.

»Morgen Mittag ist fertig«, sagte sie. »Francesco kann hochfahren.«

Das war mir dann doch zu spät. Ich bedankte mich und gab ihr mit ein wenig Überredung zu verstehen, dass ich das selbst übernehmen würde. Außerdem bräuchte ich noch ein paar Sachen, die ich in der Stadt einkaufen wollte.

Ihr Protest fiel kurz und milde aus. »Aber du kommst vorbei?« Ein Satz, der weniger Nachfrage war als dass er nach einem freundlichen Befehl klang.

»Mal sehen.« So höflich es ging, brachte ich das Gespräch zu Ende.

Das Gespräch mit Georg verschob ich auf morgen.

An der Bushaltestelle sah ich nach den Abfahrtszeiten. Der Morgenbus ging bereits gegen 6.30 Uhr, das passte. Allerdings bezweifelte ich, dass ich dann den Termin beim Ortsvorsteher würde einhalten können. Zumal ich nicht wusste, wann das Sportgeschäft öffnete, bei dem ich mich einigermaßen winterfest ausstatten wollte. Ich würde also den Mittagsbus nehmen und hoffen, dass die Straße in den Abend hinein gut befahrbar sein würde.

Überall waren in der Zwischenzeit die Straßenlaternen angegangen. Dennoch war diese Art der Beleuchtung alles andere als das, was ich von der harten künstlichen Helligkeit der Stadt her kannte und gewohnt war. Die Leuchten standen unregelmäßig in großem Abstand voneinander, sodass die Lichtkegel wie kleine Inseln die Gassen säumten. Der Schnee warf ein leicht rosa Glühen zurück. Dort, wo keine Häuser standen, drängte sofort die Dunkelheit herein und vermischte sich mit der Stille zu einer Welt, in der ich das Gefühl bekam, ein Fremder zu sein.

Ich beschloss, auf das Abendessen zu verzichten. Winterhalter hatte mir zwar ein paar Gasthöfe genannt, aber es widerstrebte mir, im Halbdunkel auf die Suche zu gehen. In den letzten 24 Stunden war ich genügend umhergeirrt.

Mit der Erinnerung an Rosa Marias reich gedecktem Frühstückstisch machte ich mich auf den Weg zurück in meine Unterkunft. Bühlers Geländewagen stand inzwischen vor der Tür, im ganzen Haus brannten die Lichter, aus einem der Zimmer flackerte der bläuliche Schimmer eines Fernsehapparats.

Vielleicht war es das Beste, wenn ich heute beizeiten zu Bett ging.

Ich drehte die Heizung um zwei Stufen höher, dann machte ich mir einen weiteren Tee, um den ärgsten Hunger zu beruhigen. Im Schlafzimmerschrank fand ich eine Wolldecke, unter der ich es mir auf dem Sofa gemütlich machte.

Durch die Zimmerdecke über mir klang in unregelmäßigen Abständen das Geräusch von Schritten, ab und zu lautes Gelächter. Ich empfand es nicht als störend. Im Gegenteil gab es mir das Gefühl, nicht ganz alleine zu sein. Der Gedanke, einfach die Treppe hochgehen zu können, um jemanden zu treffen, hatte inmitten der Fremdartigkeit des Bergdorfes etwas Beruhigendes.

Als ich den Tee zur Hälfte ausgetrunken hatte, schaltete ich den Fernseher ein. Obwohl ich hundemüde war, war ich gleichzeitig sehr aufgekratzt. So konnte ich nicht schlafen.

Da ich kein Fernsehprogramm zur Hand hatte, zappte ich eine Weile hin und her, doch ich fand nichts, was mich angesprochen hätte. Die Nachrichten waren wie von einer anderen Welt, die Filme fast alles Krimis, bei denen ich nicht wusste, worum es ging. Mit den unvermeidlichen Talkshows hatte ich schon früher nichts anfangen können. Gespräche, in denen Leute, die ich nicht kannte, selbst wenn sie als prominent angekündigt waren, Statements über Themen abgaben, die mich nicht berührten. Ein echtes Gespräch gab es nur selten, und wenn, ging es nur darum, die eigene Position zu bekräftigen und durchzusetzen.

Die Privatsender ignorierte ich. Ich konnte kaum etwas weniger ausstehen als Werbeunterbrechungen, die jegliche Stimmung zerstörten.

Irgendwann blieb ich bei einer Tierdoku über den Herbst im kanadischen Westen hängen. Ich ließ die ruhigen Bilder sich vor mir wie einen weichen Teppich ausbreiten, die sonore Stimme des Kommentators perlte an mir herunter wie sanfter Regen an einer Fensterscheibe. Wohlige Müdigkeit.

Die Glocke der Kapelle läutete.

Ich wusste sofort, dass es die Kapelle sein musste. Ein Klang irgendwo zwischen dem Gebimmel eines alten Bahnübergangs und dem tiefen, bestimmten Dröhnen einer Kirchenglocke. Der Klang überspannte das Tal und berührte mich, als sei er alleine für mich bestimmt. Er war da, klar und deutlich vernehmbar.

Es läutete für mich. Sprach zu mir, nicht in Worten, nicht einmal in der Klangmelodie. Aber ich hörte Aufforderung und Warnung zugleich, Mühe und Erleichterung, Schmerz und Freude. Eine vielfältige Botschaft, klar und doch unerreichbar. Für mich.

Die Zweifel meines Verstandes verstummten rasch. Dass die Glocke seit Jahren nicht mehr genutzt worden war, dass ich den Türmchenaufbau als halb zerfallen wahrgenommen hatte – das war mir nicht wichtig. Ebenso wie die Frage nach dem, der läutete.

Ich stand auf, ging ans Fenster und öffnete die beiden Flügel. Frische Luft strömte herein, doch es war nicht kalt. Immer noch umhüllte mich der Klang und ließ gleichzeitig seine Stimme in meinem Inneren aufleuchten zu einem Bild, das ich kannte, aber nicht verstand.

Unterhalb der Kapelle blitzte es auf. Ein kalter Funke stieß in den Himmel, dann ein zweiter, dritter, ein summendes Nest glühender Bienen fand sich zu einem glosenden Feuerball, zitternd, vibrierend und tanzend setzte er sich in Bewegung, drehte sich um sich selbst, hüpfte dann gleich einem Rad den Hang hinunter in zuckenden Sprüngen, die bei jedem Aufprall eine stiebende Funkenwolke in den Himmel schleuderten.

Noch während die glühende Walze in Richtung Tal rollte, flammte es an anderer Stelle ein zweites Mal auf, dann noch einmal. Das Schauspiel wiederholte sich. Es war, als schriebe die Hand eines Nachtriesen mit glühendem Griffel Zeichen in den Berg, vergänglich und doch von urmächtiger Gewalt.

Ich stand starr, mein Blick wie magisch angezogen in ungläubigem Staunen. Gleichzeitig mischte sich dumpfes Trommeln in das Geläut, hohl und hölzern klingende Schläge, die die rollenden Feuerbälle begleiteten und weiter antrieben. Es gab keinen Rhythmus, kein erkennbares Muster, keinen Ort, von dem aus das klagende Dröhnen seinen Ursprung hätte. Es war überall und gleichzeitig, Myriaden winziger Bilder, von denen trotzdem jedes einzelne das ganze Tal auszufüllen schien.

Ich spürte keine Kälte, keine Müdigkeit. Kein Bedürfnis, verstehen zu müssen, was geschah.

Alles war.

Und dann sank alles kaum merklich zusammen wie ein holzgefüttertes Lagerfeuer, das sich langsam Zentimeter für Zentimeter zurückzieht, sich auf sich selbst besinnt, von der Flamme zur Glut wird und zu einem letzten Fauchen, nichts zurücklassend als verkohlte schwarze Trümmer und graue Asche, deren Flocken sich lösen und kraftlos zur Seite fallen.

Es wurde dunkel, und es wurde stumm.

Ich weiß nicht, wie lange ich gestanden war. Eine Weile starrte ich ungläubig hinaus in die völlig schwarze Nacht. Irgendwann schloss ich das Fenster. Ich legte mich auf das Bett und spürte, wie die Stille mich davontrug.

KAPITEL 3

Helles Licht von draußen weckte mich. Ich stand auf, duschte und half mir mit dem letzten Teebeutel, das Knurren im Magen zu besänftigen. Vor dem Fenster zog der Morgennebel über das Tal, von irgendwo her brummte der Motor eines Fahrzeugs.

Ein seltsames Gurgeln erregte meine Aufmerksamkeit, ein zaghaftes Tropfen wie von einem Wasserhahn, der nicht ganz zugedreht war. Dazwischen ein Geräusch, als ob jemand einen schweren Teppich über glatte Steinfliesen zog.

Als ich eine halbe Stunde später vor das Haus trat, bemerkte ich die Veränderung deutlich. Es war bei Weitem nicht mehr so unangenehm kalt wie in den beiden Tagen zuvor. Die dicke Jacke der Vermieterin konnte ich vorne offen lassen, auch brauchte ich die Handschuhe nicht mehr.

Trotz der vereinzelten Nebelfetzen, die sich noch um die Hausdächer tasteten, war die Luft klar und frisch und auf angenehme Weise mit lauem Wind durchsetzt. Zwischen den weißgrauen Wolkenlandschaften über mir rissen kleine Inseln auf, bewegliche Fenster, durch die sich ein freundliches Blau quetschte und warme Hoffnungskeime über Tal und Dorf streute.

Es taute. Auf dem Weg hinunter zum Dorfladen spürte, hörte und sah ich es. Der Schnee auf den Hausdächern hatte sich bereits deutlich gelichtet, die schweren nassen Reste sackten mit dem seltsam schürfenden Geräusch unaufhaltsam weiter nach unten. Die wenigen überlebenden Eiszapfen trugen glitzernde Tropfen und wurden zusehends schlanker, die Sträucher reckten mit neu erwachtem Mut ihre immergrünen derben Blätter dem Licht entgegen, als ob sie dessen Helligkeit wie einen Kraftstrom in sich aufsaugten.

Mir ging es nicht anders. Ich kurvte um die Schneereste auf dem Weg wie ein übermütiger Schuljunge, trat kräftig in das Eis der flachen Pfützen, die zurückgeblieben waren, und kickte die Zapfen der alten Kiefer, deren Rinde in frisches Rotbraun getaucht leuchtete, in hohem Bogen über den Straßenrand.

Die Düsternis der letzten 36 Stunden hatte sich zurückgezogen, ich spürte, wie meine gute Laune und mein Optimismus zurückkehrten. Ich hatte das Gefühl, in diesen Momenten überhaupt erst angekommen zu sein.

Ich freute mich auf den Tag, auf das Treffen mit dem Ortsvorsteher, auf den Einkauf in der Stadt, mein Auto. Und ich würde Zeit finden, ein weiteres Mal die Kapelle zu besuchen.

Ich warf meine letzte Münze in den Schlitz der Telefonzelle und rief in der Werkstatt an, wo man mir versicherte, dass der Octavia spätestens am frühen Nachmittag abholbereit sei. Auf die Schneeketten könnte ich ja wohl verzichten, das Wetter habe sich schließlich geändert, und es würde wohl die nächsten Tage so bleiben.

Ich ließ mir den Weg beschreiben und versprach, mit dem Mittagsbus zu kommen.

Doch jetzt musste ich unbedingt etwas essen. Der Laden war geöffnet, vielleicht konnte ich sogar einen frisch gebrühten Kaffee bekommen.

Ein paar Schritte zum Lädele, der Eingang, die Tür öffnete sich …

Ich sah nur ihre Augen.

Die Welt um mich herum zog sich in einem plötzlichen Moment zusammen und riss mich hinein in einen vibrierenden Schoß aus Wärme, Heimat, Tiefe und Nähe. Ein Raum breitete sich aus, weit um mich und über mich, jenseits allen Wissens und Verstehens, eine vollkommen klare Leere, in der es zwei gab, die eines waren.

Es waren ihre und meine Hände, die als Erstes wieder zu sich kamen, sich spürten und verlegen voneinander lösten. Ihre Einkaufstasche war zu Boden gefallen, ein Apfel war herausgekullert, leuchtendes Rot auf grauem Asphalt.

»Ich …«

Der Moment sackte in sich zusammen wie ein Traum beim Aufwachen. Ich konnte nicht sprechen, mich nicht rühren.

Nicht denken.

Dabei hätte ich gerne den Augenblick festgehalten,

ihr mein Inneres entgegengewandt, ihr alles gesagt, was jetzt aus einem plötzlichen Riss meiner Seele in mich einströmte.

Die Frau aus dem Bus bückte sich nach dem Apfel und steckte ihn zurück in die Tasche. Ein zweiter Blick, anders, überrascht, neugierig, ängstlich. Und eine Nuance länger, als es notwendig gewesen wäre.

»Entschuldigung, ich habe nicht aufgepasst.«

Die Welt fand zu mir zurück in einem Satz, der ebenso einfach wie hilflos war.

»Das macht nichts.«

Zum ersten Mal hörte ich ihre Stimme. Dunkel, wohltönend, mit einem winzigen Zagen. Eine Stimme, die ich kannte, die mich berührte und anrührte zugleich.

Wieder suchte ich nach Worten, nach einer Antwort, nach einer Fortführung. Doch ich konnte nicht.

Dann war es vorbei. Die Frau zog ihren Mantel um sich, fasste die Einkaufstasche, wandte sich entschlossen um und ging mit raschem Schritt davon. Kein Blick zurück.

Im nächsten Moment wurde ich unsanft zur Seite geschoben.

»Nicht einschlafen, junger Mann! Sie müssen schon woanders stehen, nicht hier unter der Tür.«

Erschrocken sprang ich zur Seite, als zwei resolute Damen sich an mir vorbei den Weg bahnten.

Erst jetzt sah ich, dass ich direkt unter dem Ladeneingang mit der Frau zusammengestoßen war. Ich murmelte eine Entschuldigung. Dann atmete ich ein paar Mal tief durch, ehe ich schließlich eintrat.

Der Einkauf lenkte mich ab und brachte mich einigermaßen zur Besinnung. Ich wählte vor allem das, was ich für die kommenden Tage am Morgen brauchen würde: Teebeutel, Brot, Butter, Käse, Wurst, ein wenig Obst. Zum Kochen hatte ich weder Lust noch das nötige Geschick. Eines der von Winterhalter genannten Lokale würde mir bestimmt weiterhelfen. Außerdem war ich zum Arbeiten hier und fest gewillt, den Aufenthalt nicht länger auszudehnen als nötig.

Neugierige Blicke begleiteten mich auf dem Weg die Regale entlang. Nach den Erfahrungen von gestern nahm ich an, dass die meisten wussten, wer ich sei. Die anderen würden es spätestens jetzt und im Laufe des Vormittags erfahren. Ein paar der ausschließlich weiblichen Kunden steckten die Köpfe zusammen, wobei sie immer wieder betont unauffällig zu mir herübersahen.

»Die Zeitung von heute haben wir auch.« Der dickliche, gemütlich aussehende Mann an der Kasse ließ meine Einkäufe langsam über den Scanner gleiten, so als ob er sich genau einprägen wollte, was ich ausgesucht hatte. Dabei nickte er zu den beiden schmalen Stapeln neben der Kasse – das allgegenwärtige Boulevardblatt mit der üblichen fetten Schlagzeile, daneben die Lokalzeitung mit dem Namen in großen Frakturbuchstaben, die ein stilisiertes Wappenschild mit drei Tannen einschlossen.

Ich bedankte mich für den Hinweis und legte die örtliche Tageszeitung zu den anderen Einkäufen auf das Laufband. Es konnte nicht schaden, etwas mehr über den Ort und die Gegend zu erfahren.

»Wenn Sie ganz früh kommen, gibt es frische Brötchen!« Die Verkäuferin, die hinzugetreten war, war das weibliche Spiegelbild ihres Gatten – untersetzt, noch ein wenig rundlicher und mit ebenso roten Wangen. Dies musste Hanna sein, die Besitzerin des Lädele. Ihre Augen blitzten neugierig.

»Sie bleiben doch länger, oder?«, fragte sie.

Ich entschied mich, es für dieses Mal bei einer Andeutung zu belassen. »Kommt ganz darauf an«, antwortete ich vielsagend. So oder so würde ihr und der Kundschaft genügend Gesprächsstoff bleiben, sobald ich gegangen war.

»Für morgen gerne. Können Sie mir welche zurücklegen?«, fügte ich hinzu, um nicht ganz unhöflich zu erscheinen.

»Mache ich.« Nach meinem Namen fragte sie nicht. Das war wohl nicht nötig.

Allzu viel Zeit für ein ausgiebiges Frühstück blieb mir nach meiner Rückkehr in die Wohnung nicht. Der Termin beim Ortsvorsteher stand an, ich wollte auf keinen Fall zu spät kommen. Ich brühte mir eine Tasse Tee auf, stellte fest, dass ich vergessen hatte, Milch einzukaufen, und aß ein Butterbrot und eine Banane. Dabei überflog ich die Schlagzeilen der *Schwarzwälder Nachrichten*.

Es hätte mich nicht gewundert, wenn im Lokalteil über die Ankunft des berühmten Sachverständigen aus Freiburg berichtet würde, doch das blieb mir erspart.

Vereinsnachrichten, Lokalsport, Jubilare, Anzeigen … Im Mantelteil das übliche Parteiengezänke, die üblichen Katastrophen – eine Welt unendlich weit entfernt. Das alles hatte nichts mit mir zu tun.

»Das macht nichts.«

Ein Satz, drei Worte.

Ich ließ die Zeitung sinken. Ihre Stimme klang in mir nach. Ihr Blick hatte etwas angerührt, das ich lange nicht gespürt hatte. War es Sehnsucht? Das Bedürfnis nach Nähe? Oder heftiges Verlangen?

Im Bus hatte ich das Gefühl, dass sie von einer Aura umgeben war, die Distanz schuf, eine Abwehrhaltung, so als habe sie Angst, dass ihr jemand zu nahe kommen könnte.

Doch da war dieser winzige Moment, in dem unsere Blicke sich trafen, ein winziger Spalt ihres Seelenfensters, der sich geöffnet hatte, durch den etwas zu mir gesprochen hatte.

Wer war diese Frau?

Ich atmete tief durch und löste mich aus meiner Vorstellung. Was konnte ich tun? Sollte ich überhaupt etwas tun, sie kennenzulernen?

In ein paar Tagen würde ich zurück in meiner Wohnung in Heidelberg sein, in einer anderen Zeit, in einer anderen Welt. Es gab nichts, was uns verband. Und dennoch …

Der Blick zur Uhr zeigte, dass es höchste Zeit war. Ich trank den letzten Schluck Tee, der inzwischen lauwarm geworden war, dann stand ich auf, stellte die leere Tasse in die Spüle und ließ etwas Wasser einlaufen. Ich zog die Schuhe an, schlüpfte in die Jacke und zog die Wohnungstür hinter mir zu.

Die blauen Löcher am Himmel waren in der Zwischenzeit noch größer geworden. Ein kräftiger Wind blies die Wolken vor sich her hinunter ins Tal.

Im Nachbarhaus machte sich ein alter Mann mit einer gewaltigen Schaufel über die bereits deutlich abgeschmolzenen Schneereste auf dem Gehweg her. Ich nickte ihm zu, doch er zeigte keine Reaktion. Als ich mich einige Meter weiter noch einmal umdrehte, sah ich, wie er auf die Schaufel gestützt hinter mir her starrte.

Auf dem kleinen Platz vor dem Dorfladen fragte ich eine ältere Frau, die eben aus einem der Häuser kam und, gestützt auf einen Rollator, mühsam ihre Schritte auf den feuchten Asphalt setzte. Sie verstand zuerst nicht, was ich meinte, und musterte mich misstrauisch.

Doch dann zog plötzlich ein Leuchten über ihr Gesicht.

»Ach, zum Patrick willst du? Was willst du denn von dem? Der ist jetzt nicht daheim, der ist im Rathaus.«

Sie verschnaufte, dann wiederholte sie ihre Frage. »Was willst du denn von dem?«

Ich versuchte vergebens, ihr etwas von einem Termin und einer Besprechung zu erklären, doch sie schien nicht zu verstehen, was ich wollte.

Zum Glück kam eine junge Frau zu Hilfe, die eben ihr Fahrrad die Straße hochschob.

»Zum Ortsvorsteher?«, fragte sie. Sie hatte ein hübsches Gesicht, dem man die Anstrengung nicht ansah. Unter ihrer Strickmütze wippte ein Pferdeschwanz.

»Ja, ich habe einen Termin.«

»Einen Termin? Soso.« Um ihre Mundwinkel spielte ein Lächeln, das ich nicht deuten konnte. »Na dann.« Sie deutete auf einen zu beiden Seiten mit Kirschlorbeersträuchern eingefassten Pfad. »Da vorne den Fußweg rein, am Ende links, dann sind Sie schon da. Es sind nur ein paar Schritte.«

Ich bedankte mich und ging los. In meinem Rücken hörte ich jetzt wieder die Stimme der Alten. »Der ist nicht daheim. Was will er denn von dem?«

Die Ortsverwaltung war in einem der Gebäude untergebracht, wie sie zu Beginn des vorigen Jahrhunderts üblich waren. Zwei Stockwerke, kleine Fenster mit abgesetztem Sims und einfach verzierten Rahmen, ein stattliches Walmdach, darüber ein Glockenturm mit einer Uhr. Zum Eingang führte von zwei Seiten eine Treppe nach oben, darunter ein Schaukasten mit amtlichen Mitteilungen. In der Mitte des schmiedeeisernen Geländers prangten Hammer und Keil als Zeichen des früheren Bergwerkdorfes. Über der Eingangstür prangte in großen, eindrucksvollen Buchstaben das Wort ›Rathaus‹.

Ein poliertes Messingschild neben der Eingangstür gab mir die nötige Information. ›Ortsverwaltung Todtnauberg, Gemeinde Todtnau. Tourist Information. Sprechzeiten Dienstag 11 bis 12.30 Uhr und Donnerstag 16 bis 18 Uhr. Sowie nach Vereinbarung.‹

Die schwere Holztür quietschte, als ich sie aufdrückte. Im Flur war es dämmrig, doch der Hinweis auf das Büro des Ortsvorstehers war nicht zu übersehen. Ich klopfte und trat ein.

Ein heller, nüchtern eingerichteter Raum empfing mich. Ein Tresen wie in einer Arztpraxis, mit hellem Holz verkleidet, darauf ein paar Aufsteller mit Faltprospekten und Postkarten des Ortes. Etwas versetzt dahinter ein Schreibtisch, an dem ein Mann saß, vor dem Fenster eine kleine Sitzgruppe mit niedrigem Tisch und zwei Sesseln, daneben eine Yucca-Palme in Hydrokultur, deren Blätter traurige braune Ränder zeigten. Den Großteil der Wand nahm eine etwas naiv kitschige Darstellung des Dorfes ein mit einem Reh im Vordergrund, das eben aus dem Wald hervortrat und in das Hochtal hineinsah. Die linke Seitenwand war völlig mit einem Regal zugestellt, gegenüber ein Werbeposter des Tourismusverbandes Hochschwarzwald – ein Auerhahn mit erhobenem Kopf und gespreizten Flügeln, dahinter eine junge Familie in zünftiger Wanderkleidung.

Als der Mann mich sah, erhob er sich sofort, kam nach vorn und begrüßte mich. Mit einer Handbewegung lud er mich ein, in einem der Sessel Platz zu nehmen.

Ich hatte mir einen ehrwürdigen alten Herrn vorgestellt, eine Art Dorfpatriarchen, und war daher überrascht, als ich den Ortsvorsteher von mir sah. Er war höchstens Mitte 30, trug eine dunkle Anzughose und ein hellblaues Hemd mit offenem Kragen. Hinter einer modischen Brille musterten mich zwei wache Augen aufmerksam.

»Patrick Bernauer«, begrüßte er mich und schüttelte mir die Hand. »Schön, dass Sie gekommen sind. Ich liebe Pünktlichkeit.«

Dem Klang seiner Stimme nach zu schließen war das etwas, mit dem er bei einem Wissenschaftler und Kunsthistoriker nicht unbedingt rechnete. »Wir haben eine Stunde Zeit. Wissen Sie«, fügte er entschuldigend hinzu, »ich mache diesen Job nur nebenbei und zusätzlich zu meinem Beruf. Ich arbeite in einem Architekturbüro unten in Todtnau. Aber heutzutage will das ja keiner mehr machen.« Nach dem üblichen Austausch von Höflichkeiten erkundigte sich Bernauer nach meinem Befinden.

Er lachte, als ich ihm von meiner missglückten Ankunft erzählte.

»Das Wetter im Schwarzwald hat schon manchen überrascht.« Ein deutlich wahrnehmbarer Unterton in seiner Stimme klang nach »selber schuld«. Doch er blieb höflich.

»Winterreifen sind ein Muss, bis Ostern mindestens. Aber jetzt sind Sie ja bestens versorgt. Wann beginnen Sie Ihre Arbeit?«

Ich berichtete von meinen ersten Eindrücken am gestrigen Nachmittag. Als ich die Begegnung mit der Alten erwähnte, wusste er sofort, wen ich meinte.

»Die Gassnerin? Oh je. Man hätte Sie vorwarnen müssen. Ich hoffe, sie hat Sie nicht allzu sehr belästigt.«

Er lehnte sich zurück. »Johanna Gassner. Ein tragischer Fall. Oder komisch. Je nachdem, wie Sie es sehen. Ihr Vater ist damals im Berg geblieben. Verpuffung, Stolleneinsturz. Da war nichts zu machen. Danach hat man die Grube geschlossen. Dabei hatten viele gehofft, dass aus den alten Silbergängen noch etwas herauszuholen sei, was für die heutige Industrie nützlich sein könnte. Aber letztlich hat es sich nicht gelohnt. In Südamerika sind sie effektiver. Und vor allem billiger. Kaffee?«

Er stand auf, nahm zwei Tassen aus dem Unterschrank und begann, an der Kaffeemaschine zu hantieren, die neben dem Schreibtisch auf einem niedrigen Schränkchen stand.

»Milch? Zucker?«

Ohne meine Antwort abzuwarten, stellte er die Tassen, ein Schälchen mit Zuckerwürfeln und ein paar Döschen Kondensmilch auf den Tisch. »Bedienen Sie sich.«

Er rührte vier Stück Zucker in seinen Kaffee, dann fuhr er fort.

»Das war in den 60er-Jahren. Schon damals hatte Johannas Mutter, die alte Gassnerin, sich um die Kapelle gekümmert. Sauber machen, abstauben, frische Blumen, Kerzen und all das. Nach dem Tod ihres Mannes wurde das Ganze zu einer Obsession. Vermutlich dachte sie, sie könne über die Heilige Barbara Kontakt zu ihrem Mann aufnehmen. Ihre Tochter ist da hineingewachsen, die Kapelle ist ihr Ein und Alles.«

Der Kaffee schmeckte billig und zu stark. »›Tun sie ihr nichts‹, hat sie gesagt. Als ob sie Angst hätte.«

»Sie kennt Sie nicht. Wahrscheinlich hat sie irgendwie erfahren, dass jemand kommt, um sich in der Kapelle zu schaffen zu machen. Vielleicht etwas wegnehmen. So wie schon einmal.«

»Etwas wegnehmen? Wurde einmal etwas gestohlen?«

»Wie man's nimmt. Bei dem Unglück damals kamen einige Experten aus der Stadt, um die Grube zu untersuchen. Einer von ihnen interessierte sich für die Kapelle, kannte sich wohl auch aus. Dabei entdeckte er, dass die Statue der Heiligen Barbara vor dem Wandbild einen besonderen Wert hatte. Von oben wurde dann entschieden, dass die Gemeinde dem Kunstwerk nicht die ausreichende Pflege und Sicherheit zukommen lassen könne. Alle Proteste nützten nichts. Seither steht sie im Badischen Landesmuseum in Karlsruhe. Abteilung regionale Sakralkunst am Oberrhein.«

Der letzte Satz klang verächtlich. Ich kannte das. Schon einige Male hatte ich erlebt, dass sich übergeordnete Stellen einmischten, wenn es um die Konservierung und Aufbewahrung von Kunst ging. In den meisten Fällen hatten die kleinen Gemeinden das Nachsehen.

Durch Bernauers Schilderung ergab sich für mich ein neuer Sachverhalt, was die Bewertung der Kapelle betraf. Ich musste mehr darüber erfahren.

Bernauer schien meine Frage zu ahnen. »Wenn Sie mehr darüber wissen wollen, fragen Sie den Stocker Hansjörg. Unseren Pfarrer. Der hat das damals alles miterlebt.«

»Der Pfarrer? Aber ich dachte, das sei ein noch junger …?«

»Nein, den meine ich nicht.« Er schüttelte den Kopf. »Den alten müssen Sie fragen, seinen Vorgänger. Der wohnt inzwischen unten in Todtnau in einem Seniorenstift. Wenn Sie wollen, mache ich Sie bekannt.«

Er überlegte für einen Moment. »Wissen Sie was, ich nehme Sie mit meinem Auto mit runter in die Stadt, dann fahren wir kurz vorbei.«

Er trank seinen Kaffee aus und stand auf. »Ich habe noch etwas für Sie.« Bernauer trat an das Regal, nahm von einem Stapel Bücher das oberste herunter und reichte es mir. »Unsere Ortschronik. Letztes Jahr neu erschienen.«

Ich bedankte mich und steckte das Buch ein, ohne hineinzusehen, weil ich merkte, dass Bernauer ungeduldig wurde. Tatsächlich drängte er nun zum Aufbruch. »Wir müssen dann allerdings etwas früher los. Wie schon gesagt, ich muss rechtzeitig ins Büro.«

Während der Fahrt ins Tal wollte Bernauer mehr über meine Arbeit wissen. Vor allem interessierte ihn, wann ich die erste Einschätzung würde abgeben können. Die Art, wie er nachfragte, ließ keinen Zweifel daran, welche Interessen er verfolgte. Ebenso deutlich wurde, dass sein Architekturbüro dabei eine wichtige Rolle spielen würde.

»Sehen Sie, als Ortsvorsteher muss ich den Interessen möglichst aller gerecht werden. Das Alte bewahren und sich dem Neuen nicht verschließen. Das ist meine Devise.« Jetzt klang er wie ein echter Politiker.

»Aber es müssen Entscheidungen getroffen werden«, gab ich zu bedenken, während er in haarsträubendem Tempo eine der Serpentinen nahm. Unter den Reifen seines SUV spritzten die Schneereste auf.

»Ich bin auf alles vorbereitet. Es gibt bereits Entwürfe.«

»Und die Kapelle?«

»Mit der Kapelle oder ohne. Das hängt davon ab, was die Bevölkerung will. Und natürlich von Ihrer Einschätzung.«

Trotz seines atemberaubenden Fahrstils konnte ich mir ein verstecktes Grinsen nicht verkneifen. Es war offensichtlich, dass es nie zu einer öffentlichen Ausschreibung kommen würde. Der smarte junge Mann schien alles im Griff zu haben.

In Todtnau war der Schnee fast völlig verschwunden. Die Straßen und Gehwege glänzten feucht, an Bäumen und Sträuchern hingen Wassertropfen. Zwischenzeitlich gelang es sogar ein paar Sonnenstrahlen, sich durch die Wolken zu zwängen.

Das Seniorenstift lag mitten im Ort, eingerahmt von einem kleinen Park, unter dessen alten Kastanien und Ahornbäumen verstreut weiße Bänke standen. An der Seite plätscherte ein Flüsschen, dessen Schmelzwasser in seiner Wucht deutlich zu hören war.

Bernauer winkte der Dame am Empfang lässig zu und führte mich um einige Ecken zu einem Aufzug, der uns in die obere Etage brachte.

In einem der Seitenflügel erwartete uns ein heller Flur mit jeweils drei Türen auf beiden Seiten, an jeder Tür eine Nummer und ein Namensschild. Am Flurende standen vor dem Fenster zwei Stühle und ein kleiner runder Tisch, darauf ein paar Zeitschriften. In der Ecke eine mannshohe Grünpflanze mit glänzenden Blättchen. Alles war sauber, hell und aufgeräumt. Klinisch steril.

Niemand war zu sehen. Bernauer klopfte an Stockers Tür, doch nichts regte sich. Bernauer wiederholte das Klopfen und setzte ein nachdrückliches »Herr Stocker, Besuch für Sie!« hinzu.

Erneut keine Antwort.

»Vielleicht ist er spazieren. Ich werde fragen.«

In diesem Moment kam eine junge Frau um die Ecke. Sie zog einen Servierwagen hinter sich her, auf dem neben einigen Flaschen und Plastikschälchen Tücher gestapelt lagen. Sie schenkte uns ein freundliches Lächeln.

»Wollen Sie jemanden besuchen? Da haben Sie Pech. Die Herrschaften sind jetzt alle im Speisesaal. Mittagessen ist pünktlich um 12 Uhr. Das lässt sich keiner entgehen.«

Der alte Pfarrer saß zusammen mit einer Frau an einem Tisch am Fenster. Als wir näher traten, unterbrachen sie ihre Unterhaltung. Beide musterten uns neugierig.

»Ja schau, der junge Bernauer! Schön, dass du auch mal kommst. Noch dazu in Begleitung.« Er wandte sich zu seiner Tischnachbarin. »Luise, darf ich dir Patrick Bernauer vorstellen, Ortsvorsteher in Todtnauberg. Ein guter Architekt.« Dann sah er mich an. »Und Sie sind bestimmt der Herr aus Freiburg. Ich habe Sie schon erwartet. Wollen Sie sich nicht setzen?«

Er deutete auf die beiden unbesetzten Stühle am Tisch. »Wenn es Ihnen nichts ausmacht, Gnädigste«, setzte er mit Blick auf die Tischnachbarin hinzu.

Ganz Kavalier alter Schule, dachte ich. Stockers Äußeres entsprach seinem Auftreten. Wahrscheinlich hatte er sich extra für das Mittagessen umgezogen. Er trug eine dunkle Hose mit Bügelfalte, ein weißes Hemd mit einer schlichten Krawatte, darüber eine graue Strickweste.

Die ebenfalls ansprechend gekleidete Dame ihm gegenüber mochte die 80 überschritten haben. Ihre Haare waren ebenso gepflegt wie ihre Fingernägel. Über ihrer schwarzen Bluse trug sie eine schlichte Perlenkette mit einem in Silber gefassten hellblauen Stein, am Finger glänzte ein ebensolcher Ring.

Ich grüßte ebenfalls und erklärte im selben Atemzug, dass ich für den erwarteten Gutachter aus Freiburg eingesprungen sei.

»Kurzfristig«, fügte ich entschuldigend hinzu. Ich kam mir etwas deplatziert vor, zumal in diesem Moment zwei Helferinnen begannen, durch die Reihen der Tische zu laufen und aus großen Terrinen Suppe auszuteilen. Etwa 30 Männer und Frauen saßen in kleinen Gruppen um die übrigen Tische und verfolgten mit ihren Blicken erwartungsvoll den Beginn des Essens.

»Ich will Sie aber nicht beim Essen stören.«

»Sie stören nicht. Ich lasse Ihnen einen Teller bringen.«

Bernauer nutzte die Gelegenheit, sich zu verabschieden. Nicht ohne mir seine Karte in die Hand zu drücken mit dem Hinweis, dass ich ihn jederzeit anrufen und mit jeglicher Unterstützung vonseiten der Gemeinde rechnen könne.

Nach den ersten höflich neugierigen Fragen nach meinem Beruf übernahm Stocker das Gespräch, unterbrochen lediglich von gelegentlichen Bemerkungen über das Essen und höflichem Nachfragen unserer Tischpartnerin. Sie aß langsam und bedächtig und beschränkte sich bei Stockers Ausführungen auf ein angedeutetes Kopfnicken oder ein gelegentliches »Ach ja?«.

Ich versuchte ein paar Mal, in einem geeigneten Moment das Thema auf die Kapelle und die Heilige Barbara zu lenken, aber der alte Pfarrer ging nicht darauf ein. Entweder gefiel es ihm, seiner Tischdame eine mehr oder weniger geistreiche Konversation zu bieten. Oder aber es war ein Thema, dass er nicht gerne ansprach. Er musste wissen, dass ich als Fachmann auf meinem Gebiet Fragen stellen konnte, die bis in die Details gingen. Details, über die man vielleicht besser nicht sprechen sollte?

Ich war mir sicher, dass Stocker mehr wusste, als er unter seinem Redeschwall zu verbergen versuchte. Ich würde anders vorgehen müssen.

Als die Teller und die Reste der Suppe abgeräumt und die Hauptspeise, ein Gulasch mit Kartoffelbrei und Rotkohl, aufgetragen wurde, nutzte ich die Gelegenheit, mich zu verabschieden. Ich bedankte mich für den freundlichen Empfang, was Stocker wohlwollend zur Kenntnis nahm.

»Wenn Sie noch mehr wissen wollen, stehe ich Ihnen gerne zur Verfügung. Ich hoffe, es gefällt Ihnen in unserer schönen Gemeinde.«

Auf dem Weg zur Tankstelle ging mir die Begegnung durch den Kopf. Im Grunde genommen war es eine höfliche Abfuhr. Oder bildete ich mir das Ganze nur ein?

Der Octavia stand fahrbereit im Hof der Kfz-Werkstatt. Ich bezahlte und ließ mir die Schlüssel aushändigen.

»Schneeketten werden Sie nicht brauchen. Die Reifen, die wir Ihnen aufgezogen haben, genügen für diese Jahreszeit.«

Ich erinnerte mich an meine Rutschpartie über den Schauinsland und verkniff mir einen Kommentar. Die abrupten Wetterwechsel der letzten beiden Tage sprachen für sich. Trotzdem blieb mir nichts anderes übrig, als der Erfahrung der Einheimischen zu vertrauen. Zumal ich sowieso nicht gewusst hätte, wie man Schneeketten auf- und abzieht. Mit der Werkstatt hätte es eine weitere Verzögerung bedeutet, und ich brauchte das Auto jetzt.

Ich fuhr ein paar Querstraßen weiter und stellte den Wagen in einer Parkbucht in der Nähe des Marktplatzes ab. An der Ecke kam ich an der Pizzeria vorbei, doch ich wollte mir keine weiteren Verzögerungen leisten. Rosa Maria hätte mich ohne Mittagessen mit Espresso und einem ausführlichen Gespräch kaum wieder weggelassen.

Stattdessen wollte ich endlich die restlichen nötigen Einkäufe erledigen. Außerdem hatte ich mir fest vorgenommen, heute mit der konkreten Arbeit an der Kapelle zu beginnen.

Ich steuerte das Sportgeschäft an. Dem plötzlichen Tauwetter und der Voraussage des Kfz-Mechanikers traute ich nicht ganz. Falls es genauso überraschend wieder zu einem Kälteeinbruch käme, wollte ich vorbereitet sein. Die Aussichten auf stundenlanges Arbeiten in der unbeheizten Kapelle waren so oder so nicht rosig.

In dem Laden fand ich dank guter Beratung in kurzer Zeit alles, was ich brauchte. Warme Schuhe, dicke Hosen, eine gefütterte Jacke, mehrere Paar Stricksocken, dazu Mütze und Handschuhe. Am Ende entschied ich mich nach einigem Überlegen für eine Isomatte, auf der ich knien konnte. Ich zahlte und packte alles auf die Rückbank meines Wagens.

Im nahe gelegenen Supermarkt holte ich das, was ich heute im Dorfladen nicht bekommen beziehungsweise vergessen hatte: Klopapier, Kaffee, Milch, Taschentücher, ein Handwaschmittel und ein paar andere Kleinigkeiten.

Gegen 14.30 Uhr war ich zurück in meiner Wohnung in Todtnauberg. Die Straße war inzwischen weitgehend abgetaut, offenbar hatte man großzügig mit Salz nachgeholfen. Nur in der oberen Zufahrtsstraße lag noch Schnee auf dem Asphalt, doch die frisch montierten Reifen halfen mir problemlos darüber hinweg.

Ich brachte meine beiden Kleiderkoffer und die Reisetasche zusammen mit den Einkäufen in die Wohnung und stellte alles vor dem Sofa auf den Boden. Die Lebensmittel versorgte ich in der Küche, das Übrige hatte Zeit bis heute Abend.

Stattdessen suchte ich meine Fotoausrüstung zusammen und brachte sie zum Wagen. Um mir den langen Fußmarsch und den mühsamen Aufstieg zu sparen, wollte ich versuchen, mit dem Auto auf dem Wirtschaftsweg möglichst nahe an die Kapelle heranzukommen.

Die Straße, auf der Kilian Bührer mich gestern mitgenommen hatte, war nicht schwer wiederzufinden, zum oberen Talende hin gab es keine andere.

Anfangs ging es gut, doch hinter dem Dorfausgang war der Weg deutlich schwieriger zu fahren. In der Fahrspur wechselten sich Schneereste, Wasserpfützen und vom Wind herangewehte Zweige ab. Ich konzentrierte mich, fuhr langsam und versuchte vor allem, die tückischen Schneeverwehungen zu vermeiden. Ich hatte keine Lust, schon wieder einen Abschleppdienst in Anspruch nehmen zu müssen.

Mit Glück und Geschick gelang es mir, bis zu dem Waldstück und zu der Stelle zu kommen, an der Bührer mich rausgelassen hatte. Ich wendete, stellte den Wagen vor einem Stapel Brennholz ab und stieg aus.

Die Kameratasche hängte ich mir über die Schulter, aus dem Kofferraum nahm ich zusätzlich das Stativ, dazu meine beiden Leuchtstofflampen, ohne die ich nicht vernünftig in dem wenig erhellten Innenraum würde arbeiten können.

Derart bepackt machte ich mich auf den Fußweg am Waldrand entlang. Die Ausrüstung war schwer und drückte auf meine Schultern. Ich kam rasch ins Schnaufen und musste ein paarmal stehen bleiben, ehe ich endlich die Kapelle erreichte.

Ich begann sofort mit der Arbeit. Noch war es hell genug für einige Außenaufnahmen. Um nicht ständig das Objektiv wechseln zu müssen, hatte ich für solch eine Aufgabe wie immer zwei Gehäuse dabei. Die Normaleinstellung nutzte ich, um einen Überblick über die äußere Architektur zu bekommen. Ich probierte verschiedene Aufnahmepositionen, dabei verfolgte ich die Dachfirstlinie, die Position der Fensteröffnungen und das Fundament, soweit es aus dem verfilzten Kranz von aufgeschütteten Steinen, wucherndem Gras und ein paar niedrigen Büschen herausragte.

Dabei kam mir zugute, dass der Hartriegel direkt an der Außenseite der Apsis um diese Jahreszeit ebenso wenig Blätter hatte wie die wild wuchernde Kletterrose, die eine wohlmeinende Hand vor Jahren neben die Eingangstür gepflanzt hatte, um deren Pflege sich aber seit Längerem offenbar niemand mehr gekümmert hatte.

Zwischendurch holte ich mit dem Teleobjektiv einzelne Details heran, die mir wichtig schienen, wie zum Beispiel die Umrandung der Fensteröffnungen, bei der ich einige verblichene Ornamente zu erkennen glaubte. Oder den Unterbau der Dachkonstruktion, dessen Holz vollkommen ausgeblichen war. Für das Dach würde ich trotzdem um eine Leiter nicht herumkommen, genauso wenig wie für eine genauere Untersuchung des Glockentürmchens. Selbst mit dem Fernobjektiv war nur wenig zu erkennen. Der Aufbau ähnelte dem, was ich schon viele Male an anderen Orten gesehen hatte: ein etwa zwei Meter hoher Kubus aus Holz, darüber ein einfach gewölbtes Dach mit Schindeln aus Holz oder Stein.

Dort, wo normalerweise die Glocke zu sehen war, wurde die Sicht auf beiden Seiten von geschlossenen Lamellenläden verdeckt. Ehe ich nicht hinaufgestiegen war, würde ich nicht einmal mit Sicherheit sagen können, ob es überhaupt eine Glocke gab. Zweifellos hatte ich sie gehört, laut und deutlich. Also musste es eine Glocke geben. Und es musste eine Vorrichtung geben, sie in Bewegung zu bringen.

Vorerst musste genügen, was ich heute sah. Ich verstaute die Kamera zurück in die Tasche, dann öffnete ich die Tür. Im Innenraum war es noch dunkler als gestern. Es dauerte einen Moment, bis ich begriff, dass die Kerze nicht brannte. Ich montierte eine der Stableuchten auf den Akku und schaltete sie ein.

Das plötzliche künstliche Licht ließ den Innenraum zusammenzucken. Es war, als schlüpften unsichtbare Gestalten, die zuvor den Raum bevölkert hatten, zurück in ihre äußeren Hüllen und ließen das Auge abprallen an der Oberfläche der Wände, Bänke und Bilder.

Ich fuhr mir mit der Hand über die Augen. Das seltsame Empfinden ließ sich nicht ganz vertreiben.

Ein seltsames Gefühl. Eine leise Bedrohung, als ob ich nicht alleine sei. Unter Holz und Stein warteten uralte Augen, wachsam, beobachtend, bereit für etwas, was ich nicht fassen konnte.

Ich gab mir einen Ruck und schloss die zweite Lampe an. Jetzt war es fast so hell wie in einem Wohnraum ohne Fenster, in dem nur die Deckenbeleuchtung brannte. Morgen würde ich noch zusätzlich die Ständer für die Leuchten mitbringen und mir alles für die Arbeit einrichten. Für heute musste es genügen.

Mit ein paar Probeaufnahmen testete ich das richtige Verhältnis zwischen der Helligkeit der Leuchten und dem zugeschalteten Blitzlicht. Ich war nicht zufrieden, vor allem die Farben entsprachen nicht dem, was ich mir erhofft hatte. Tageslicht war nicht zu ersetzen.

Ich schaute mir die Fensteröffnungen an den Seiten genauer an. Wenn ich erst eine Leiter hatte, konnte ich vielleicht die Abdeckungen entfernen und so zusammen mit der offenen Tür zumindest für ein paar Stunden genauere Untersuchungen anstellen.

Für heute setzte ich die Arbeit fort, die ich außen begonnen hatte. Ich machte eine Reihe Übersichtsaufnahmen, für die ich ein spezielles Weitwinkelobjektiv benutzte, dann ging ich systematisch vor. Ich begann mit der Innenseite der Eingangstür, folgte den beiden Wänden mit dem kleinen Andachtsaltar und den Votivtafeln, danach kamen die Bankreihen, der Fußboden und die Decke.

Die Zeit verging schnell. Ich war derart in meiner Arbeit vertieft, dass ich nicht mitbekam, wie es draußen dunkel wurde. Durch die Tür kam kühle Luft herein, meine Finger wurden allmählich klamm.

Der Blick auf die Uhr bestätigte, dass ich gänzlich die Zeit vergessen hatte. Ich machte noch ein paar Gesamtaufnahmen des Altarraumes, dann räumte ich alles zusammen. Die Fotoausrüstung wollte ich nicht über Nacht dalassen. Also packte ich bis auf das Stativ alles in die Tasche. Ich schaltete die Lampen aus, trennte sie von den Akkus und nahm diese ebenfalls mit. Am Ende schloss ich die Außentür sorgfältig ab und machte mich auf den Weg zum Auto.

Zurück in meiner Wohnung drehte ich als Erstes die Heizung auf. Ich war durchfroren und hungrig. Es war viel passiert heute, dennoch fühlte ich mich auf eigenartige Weise beschwingt. Ich duschte, zog mich um und räumte die Einkäufe aus der Stadt auf.

Mein Magen knurrte unüberhörbar. Doch es zog mich nicht mehr aus dem Haus. Obwohl mir der Ortsvorsteher den *Hirschen* wärmstens empfohlen hatte, wollte ich mir selbst etwas zubereiten. Zu Hause fand ich selten Zeit und Muße, selbst zu kochen. Meist ging ich irgendwo essen oder ernährte mich von dem, was der Kühlschrank gerade hergab. Über die Jahre hatten sich meine Kochkünste dementsprechend in überschaubarem Rahmen gehalten.

Doch darauf war es mir sowieso nie angekommen. Einen Großteil meiner Kindheit hatte ich bei meiner Großmutter zugebracht. Sie kam aus bescheidenen Verhältnissen und hatte gelernt, sparsam zu haushalten. Nie wurde etwas weggeworfen, für alles fand sie Verwendung, und sei es nur, einen Überraschungseintopf oder eine kräftige Suppe zu zaubern. Es gelang ihr, das Wenige mit viel Einfallsreichtum stets neu zu variieren. Und mir schmeckte es.

Das wollte ich heute auch tun. Ich würde Spaghetti

Tonno machen, ein Notgericht aus Studentenzeiten. Es war entstanden, als ich frühmorgens von einer Feier nach Hause in meine Bude kam und von einer Heißhungerattacke befallen wurde. Im Haus war nichts als Nudeln, eine alte Dose Thunfisch und eine halbe Tube Tomatenmark. Ich werde nie mein Grinsen vergessen, als ich Jahre später beim Italiener fast die identische Zubereitung auf der Speisekarte fand. Zum entsprechenden Preis.

Dieses Mal verfeinerte ich die Pastasoße mit einer halben angebratenen Zwiebel, einer klein geschnittenen Karotte und einer ordentlichen Knoblauchzehe. Ein paar gut gehäufte Löffel Parmesan machten das Ganze für mich zu einem Festessen, wie es in keinem Restaurant hätte besser sein können.

Satt und zufrieden räumte ich die Küche auf und lüftete kräftig. Als ich vor die Wohnungstür trat, bot sich mir ein Anblick, der etwas Märchenhaftes an sich hatte.

Das Abenddunkel lag über Tal und Höhen wie ein Passepartout aus schwarzem Samt. Die Lichter in den Häusern funkelten wie gelbe Edelsteine, großzügig verstreut von einer großen Hand. Der Himmel schien in der Höhe zu spiegeln, was sich ihm auf der Erde darbot. Von Westen trieben Wolken heran, verdeckten und gaben die Sterne in raschem Wechsel wieder frei, das Firmament war in dauernder Bewegung wie ein riesiger Schwarm Glühwürmchen.

Die Nacht war von einer unwirklichen Stimmung durchzogen, schön und schrecklich zugleich. Ich wurde durchdrungen und aufgesaugt, alle Grenzen lösten sich auf, ich war leicht und frei wie lange nicht mehr.

Das Motorgeräusch eines heranfahrenden Autos riss mich aus meiner Meditation. Kilian Bühler kam von der Arbeit nach Hause. Wir grüßten uns kurz, er fragte mich, ob alles gut sei und ob ich klar käme.

Der ungewohnte Anflug von Interesse überraschte mich. Noch mehr seine beiläufige Ankündigung, dass in den nächsten zwei Tagen ein Techniker des Telekommunikationsanbieters vorbeikäme und »das mit dem Internet« in Ordnung bringen würde. Natürlich müsse er dann in die Wohnung. »Du brauchst das doch sicher nicht so oft«, meinte er. Zur Not könne ich doch ins Hotel gehen, die hätten einen Zugang für Gäste.

Aus dem Haus klang die Stimme von Bühlers Frau, die zum Essen rief. Kilian Bühler verabschiedete sich rasch und verschwand nach oben. Auch ich blieb nicht länger draußen. Ich hatte mir zuvor lediglich eine Weste übergezogen und begann zu frieren.

Ich fuhr mein Notebook hoch und überspielt die Fotos von den Kameras auf die Festplatte. Erst kürzlich hatte ich mir ein neues Gerät zugelegt, sodass ich in wenigen Minuten fertig war.

Aus langjähriger Gewohnheit ließ ich alle Bilder über die Diaschau noch einmal vor mir ablaufen. Auf den flüchtigen ersten Blick gab es keine Besonderheiten. Erfreulicherweise waren die Innenaufnahmen recht gut gelungen, das Kunstlicht schien ausreichend zu sein. Zu Hause saß sich oft bis spät in die Nacht am Schreibtisch. Doch heute war mir nicht danach.

Die Informationen zu der Kapelle, die ich bisher hatte, waren zu wenig, um in ein systematisches Arbeiten einzusteigen.

Ich nahm mir vor, morgen früher als heute aufzustehen und mir als Erstes erneut den Altarraum vorzunehmen. Auf einen Notizzettel schrieb ich mit großen Buchstaben ›Leiter‹ und klebte ihn auf die Außenseite des Rechners. Schließlich verband ich die Akkus der Kameras und der Leuchten mit den Ladegeräten und verteilte sie auf die Steckdosen in der Wohnung.

Es war noch früh am Abend. Gegessen hatte ich, die Vorbereitungen für morgen waren getroffen, jetzt hatte ich Zeit für mich.

Zum Fernsehen hatte ich keine Lust, das Radioprogramm war bescheiden. Also machte ich mir einen Guten-Abend-Tee, und während sich im Raum die aromatischen Düfte von Lavendel, Kamille, Zitronengras und Rosenblüten ausbreiteten, zog ich Bernauers Buchgeschenk hervor und machte es mir auf dem Sofa bequem.

Die Broschüre war erstaunlich umfangreich und reich bebildert. Schon das Inhaltsverzeichnis überraschte mich. Die Geschichte des Dorfes hing eng mit der des Ortes im Tal zusammen und war weitaus umfangreicher, als es sich auf den ersten Blick hätte vermuten lassen.

Die vorherrschende Rolle spielte der Bergbau, der bis weit ins Mittelalter zurückreichte. Auslöser waren ergiebige Silbervorkommen, die in diesem Teil des Schwarzwaldes den Bauern als Bergarbeiter ein zusätzliches Einkommen verschafft und die jeweils wechselnden Grundherren reich gemacht hatten. Wie Bernauer bereits erzählt hatte, kam durch die reichhaltigen Funde in Lateinamerika der Bergbau zwischenzeitlich zum Erliegen, ehe es mit Blei, Kupfer und später Flussspat neuen Aufschwung gab. Selbst die früher achtlos vergessenen Abraumhalden wurden wieder und wieder nach Verwertbarem durchwühlt.

Besonders interessierte mich natürlich die Kapelle der Heiligen Barbara, der ein eigenes Kapitel gewidmet war. Der Verfasser wollte sich auf das Baujahr nicht festlegen. Sicher war nur, dass das Kirchlein im 16. Jahrhundert errichtet wurde, die Zeit, in der der Bergbau in der Gegend in voller Blüte stand. Als Vermutung gab er an, dass sie eine noch ältere Stätte ersetzte, die wiederum auf einem keltischen Kultplatz errichtet worden war.

Mit dem Rückgang des Bergbaus ging auch der Verfall der Kapelle einher. Erst Mitte des 20. Jahrhunderts gab es umfangreiche Erhaltungsmaßnahmen auf Initiative des damaligen Dorfpfarrers.

Immerhin. Ich wusste also, wonach ich zu suchen hatte. Falls es noch Hinweise auf den ursprünglichen Bau gab, würde das meine Einschätzung zur Erhaltungswürdigkeit beeinflussen. Doch nach dem, was ich bisher gesehen hatte, hatte ich wenig Hoffnung. Und der Zusammenhang mit den Kelten schien mir doch eher der Fantasie des Autors entsprungen.

Ein eigenes Kapitel in dem Büchlein war den Katastrophen und Unglücken gewidmet, die die Bergleute heimgesucht hatten. Es gab Einstürze, Wasserflutungen und das Graue Husten, eine Krankheit, die in der damals unzureichenden Entlüftung der Schächte und Strecken ihre Ursache hatte.

Ein eigenartiges Gefühl beschlich mich, als ich diese Abschnitte las.

Ich ließ das Buch sinken und setzte mich auf. Obwohl der ganze Text in nüchterner Berichtssprache gehalten war, begann mein Herz lauter zu klopfen. Mein Atem ging plötzlich schwerer, als sei ich eben einen steilen Hang hinaufgestiegen.

Ein unerträglicher Druck lastete auf meinem Brustkorb. Das Licht der Stehlampen begann zu flackern, die Wände vor meinen Augen zu wanken. Ein seltsamer Geruch mischte sich in den Teeduft – Schwefel, Kohle, verbranntes Öl. Schwindel überfiel mich.

Ich nahm meine ganze Kraft zusammen und schleppte mich ins Badezimmer. Mühsam drehte ich das Wasser auf und kühlte mein Gesicht, dann sank ich hilflos zu Boden.

Ein plötzlicher Gedanke: Hatte mich das erreicht, worüber wir im Kreis der Arbeitskollegen manchmal scherzhaft geflachst hatten – die gefährlichen Jahre des Mannes, wenn das Herz über seine Grenzen hinausgeht?

Ich war hilflos. Notruf ohne Handy? Die Vermieter über mir zu Hilfe holen – aber wie?

Der Druck auf der Brust nahm stetig zu, in der linken Schulter breitete sich ein heftiger Schmerz aus. Ich kroch in Richtung des Badezimmerschranks, versuchte, mich aufzurichten – vergebens. Der Raum verschwamm vor meinen Augen.

Dann brach ich zusammen.

Alles wurde schwarz.

Die Bilder sprangen auf und ab. Ein Kino, in dem mehrere Filme gleichzeitig auf derselben Leinwand liefen. Bruchstücke, der Zusammenhang fehlte.

Vertrautes von zu Hause, von meiner Arbeit, goldgrundgetönte Ikonen, holzgeschnitzte Marien mit faltenreichem Rock, ein Schwarm rosiger Putten. Ein leerer Kühlschrank, der Geruch von Autopolstern, im Flugzeug nach Florenz, die Kabine vollgestopft mit strohgefüllten Holzkisten wie Särge, die für den Absturz bereitstehen, die Kabinentür springt auf, gleißendes Sonnenlicht dringt herein, hüllt mich in goldene Tücher, an denen der Wind zerrt und tost und pfeift.

Es ist kalt. Der Boden ist hart.

Ich öffne die Augen.

Der Lichtkegel der Sofalampe stülpt sich über zwei Füße. Ein billiger Teppich. Irgendwo klopft ein Heizkörper. Neben mir das Buch, aufgeschlagen mit den Seiten nach unten, der Einband glänzt matt.

Langsam richte ich mich auf. Die Schulter schmerzt, beide Ellbogen, die Unterarme. Der Hals zieht meinen Kopf zur Seite, unnatürlich.

Draußen vor dem Fenster ist es stockdunkel. Der Wind, ausgesperrt, zornig umstreicht er das Haus, eine fauchende Katze ohne Augen, ohne Fell.

Ich stehe aufrecht. Ich atme.
Ich atme tief.
Ein und aus. Ein und aus.

KAPITEL 4

Es war bereits hell, als ich aufwachte. Von draußen klangen die Stimmen der Kinder. Rasch zog ich mich an und setzte Teewasser auf. 8.30 Uhr. Seit Monaten war es nicht vorgekommen, dass ich so lange schlief. Anscheinend hatten die Aufregungen der letzten drei Tage ihren Tribut gefordert.

Während ich den Tee trank, versuchte ich, der vergangenen Nacht nachzuspüren. Vergebens. Die Bilder huschten weg wie der Hauch des Atems auf einer Fensterscheibe. Einzig meine schmerzende Schulter erinnerte mich daran, dass ich nicht die ganzen Stunden im Bett zugebracht hatte.

Gerne hätte ich mich weiter in die Geschichte des Dorfes vertieft, doch das musste warten. Ich erinnerte mich, dass ich im Dorfladen versprochen hatte, von heute an frische Brötchen abzuholen.

Ich zog mich rasch an und stapfte den steilen Weg hinunter in die Mitte des Dorfes.

Der Sturm in der Nacht hatte den Himmel blank gefegt. Nur über dem Berghang in Richtung Feldberg hingen ein paar vereinzelte zerzauste Wolken an einem Firmament, dessen Farbe an die matte blaugelbe Beize mittelalterlicher Altarfiguren erinnerte.

Ich war über eine Stunde später dran als gestern, dennoch hoffte ich, im Laden die Frau wiederzusehen.

Ich dehnte meinen Einkauf länger aus, als es notwendig gewesen wäre. Ich las die Etiketten der verschiedenen Marmeladensorten, die mit hübschen, handgemalten und -beschriebenen Schildchen aufgereiht in einem eigenen kleinen Regal in der Ecke standen. Ich ließ mir ausführlich den Unterschied der vier Hartkäsesorten erklären, die von einem Hof in der Nähe ganz ohne Zusatzstoffe in liebevoller Handarbeit hergestellt wurden und deren Milch von Kühen stammte, die ausschließlich auf der Hochweide ihr Futter suchten. Und ich blätterte ausführlich in der Tageszeitung, die auf einem Bistrotisch am Fenster lag. Die Schlagzeilen schienen dieselben wie in den Wochen zuvor, wobei ich nicht richtig las, sondern immer wieder den Blick über den Laden und durch das Schaufenster nach draußen schweifen ließ.

Ich gab die Hoffnung nicht auf. Immer noch wusste ich nichts über die Frau, doch nach fast einer halben Stunde sah es ganz so aus, als würde es dabei bleiben. Zudem kam ich nicht umhin, an mein Tagwerk zu denken. Es ging in den späten Vormittag, und ich hatte mir für heute viel vorgenommen.

Die beiden Alten an der Kasse waren hocherfreut, dass ich auch heute gekommen war. Die Frau strahlte über das ganze Gesicht, selbst der Mann brummte ein paar unverständliche Worte, die so etwas wie wohl-wollende Zustimmung ausdrücken sollten.

Als ich die Brötchen und das Glas mit der Zwetsch-genmarmelade bezahlte, ließ es sich die Frau nicht neh-men, mir ein Stück von dem Marmorkuchen hinter dem Tresen abzuschneiden und dazuzupacken.

»Selbst gebacken«, erklärte sie stolz, während sie mich freundlich betrachtete. »Ein Versucherle. Damit Ihre Arbeit etwas versüßt wird. Sie kommen doch voran, oder?«

Es war klar, worauf die Frage hinauslief, doch ich hatte wenig Lust, die Inhalte meiner Tätigkeit im Dorf-laden auszubreiten. Ich bedankte mich mit ein paar höflichen Floskeln. Doch so einfach schien ich nicht davonzukommen.

»Sie werden doch alles so lassen, wie es ist?«

Ein älterer Herr war hinter mich getreten und mischte sich ein.

»Man hört, dass es Veränderungen geben soll!«

Dieser direkten Frage konnte ich mich schwerlich entziehen.

»Davon kann keine Rede sein«, versuchte ich ihn zu beschwichtigen. »Ich mache lediglich eine Bestands-aufnahme, also, ich meine, ich sehe mir genau an, was da ist. Und in welchem Zustand.«

Meine Antwort klang wohl etwas spärlich und wenig befriedigend.

»Das hat man schon einmal gehört!« Der Alte ließ nicht locker. »Und dann hat man uns die Barbara gestohlen!«

»Jawohl, weggenommen. Einfach so.« Eine zweite Stimme kam dazu. Eine Frau mit umgebundener bunter Kittelschürze schob sich nach vorn. »Der Herr Pfarrer hat gebetet, aber es hat nichts geholfen. Gottloses Volk, die aus der Stadt!«

»Jetzt lass unsern Herrn Professor in Ruhe!«, mahnte die Ladenbesitzerin. »Und du, Bertolt, pass auf, was du sagst. Siehst du nicht, dass der Herr eine wichtige Aufgabe hat?«

»Wichtige Aufgabe, pah!« Der Alte schnaubte verächtlich. »Den ganzen Tag in der Kapelle und dann am Computer rumhocken! Das ist doch nicht gearbeitet! Und alles von unseren Steuern.«

»Ist gut jetzt.« Noch einmal kam mir Hanna zu Hilfe. »Sie müssen das verstehen«, wandte sie sich zu mir. »Die Menschen sind besorgt. Sie meinen es nicht böse. Aber es ist besser, Sie gehen jetzt einfach.«

Sie packte Brötchen, Marmelade und das Stück Kuchen in eine einfache Papiertüte und reichte sie mir.

»Ich hoffe, Sie kommen morgen trotzdem wieder.«

»Ja, danke. Sicher. Morgen.«

Ich griff die Tüte und verließ mit raschen Schritten den Laden, während hinter mir ein aufgeregtes Hin und Her in der mir unverständlichen Alltagssprache der Dorfbewohner einsetzte. Natürlich war Hanna höflich und hilfsbereit. Aber ebenso klar war, dass sie sich letztlich auf die Seite ihrer Stammkunden schlagen würde. Während ich in ein, zwei Wochen abgereist war, würden sie bleiben und *Hannas Lädele* am Leben erhalten.

Ein kurzes Frühstück musste genügen. Zwei Tassen Kaffee, dazu zwei Brötchen, wobei ich gleich die neue Marmelade versuchte. Der volle Zwetschgengeschmack war kein Vergleich zu dem, was ich sonst aus dem Supermarkt gewohnt war.

Während ich kaute, betrachtete ich die Abbildung der Barbarastatue, die bis nach dem Krieg in der Kapelle gestanden hatte und deren Verlust einige der Dorfbewohner bis heute nicht verwunden hatten.

Leider war das Foto nur in Schwarz-Weiß und nicht sonderlich groß. Doch ich kannte mich in der Ikonografie der katholischen Heiligen soweit aus, dass ich die Symbole ohne Mühe erkannte und zuordnen konnte – der dreifenstrige Turm, in dem ihr Vater die schöne Jungfrau eingesperrt hatte, um sie vor zudringlichen Verehrern zu bewahren; der Palmzweig, der auf ihr späteres Schicksal als Märtyrerin des Glaubens verwies. Zu Füßen ihres faltenreichen Gewandes lagen verschiedene Gegenstände, die ich als Handwerkszeug der Bergleute identifizieren konnte: Hammer, Schlegel und Hacke.

Welch Gegensatz zu der Figur der Barbara, wie ich sie in der Kapelle vorgefunden hatte! Diese Plastik war eine ausgezeichnete Arbeit, der Künstler hatte sich Zeit gelassen und Mühe gegeben, kleinste Details wie die verschiedenen Blätter des Palmwedels oder die goldene Schnürung des Gewandes herauszuarbeiten. Den ästhetischen Vorgaben der damaligen Zeit entsprechend, war das Gesicht das einer Zwölfjährigen, reine Unschuld mit einem beseelten Blick, der ihrer ausgestreckten Hand folgte. Der Legende nach war sogar der Fels von ihrer Hingabe so beeindruckt, dass er sich öffnete und die Jungfrau auf der Flucht vor den Verfolgern schützte. Genützt hatte es ihr nichts, sie wurde verraten und eigenhändig von ihrem Vater enthauptet.

Die Schutzpatronin der Bergleute. Bei der Betrachtung des Bildes ahnte ich, warum die Empörung der Dorfbewohner auch nach all den Jahren noch lebendig war. Diese Figur war das Herz der Kapelle. Ihre Anwesenheit schuf Vertrauen und Zuversicht, sie spendete Trost und Hoffnung in schweren Zeiten.

Natürlich war das alles Vergangenheit, der Bergbau spielte längst keine Rolle mehr. Doch ich musste bei der Betrachtung der Kapelle die Figur dazu denken. Ohne sie würde ich meine Arbeit nicht befriedigend zu Ende führen können.

Am besten wäre es, wenn ich die Statue mit eigenen Augen sehen könnte. Und wenn ich nach Freiburg zurückmusste. Vielleicht gelang es mir ja, über Georg an sie heranzukommen, ich würde ihn anrufen.

Ich konnte nur hoffen, dass der angekündigte Telekommunikationsfachmann wie versprochen bald kommen würde.

Doch jetzt war es Zeit loszugehen. Ich räumte ab, dann verstaute ich im Kofferraum alles, was ich mitnehmen musste – die Kameras, die Akkus, ein weiteres Stativ.

Während ich mich mit dem Auto vorsichtig die Kurven durch den Wald bergan tastete, schaute ich immer wieder zum Himmel. Seit dem Aufstehen waren von überallher Wolken aufgezogen, die Sonne war zwar noch zu sehen, doch die Löcher in der Wolkendecke wurden zusehends weniger. Wenn ich Pech hatte, würde das Wetter erneut umschlagen, im schlimmsten Fall würde ich beim nächsten Mal zu Fuß den steilen Hang nach oben stapfen müssen.

Ich stellte den Wagen an derselben Stelle ab wie am Tag zuvor, dieses Mal aber bereits gewendet, sodass ich später kein mühsames Rangieren vor mir hatte.

Der Fußweg war mir in der Zwischenzeit vertraut. Der Wind in der Nacht hatte allerlei Zweige und altes Laub über den Pfad geworfen, doch das hielt mich nicht auf. Ich spürte deutlich, dass die Kapelle mich erwartete. Es hätte mich nicht einmal gewundert, die Glocke zu hören. Doch alles blieb stumm. Der Wind rauschte in den Tannenwipfeln über mir, von Weitem war eine Krähe zu hören.

Im Moment, als ich vor der Kapelle stand, fiel mir ein, dass ich die Leiter vergessen hatte. Also musste ich ein weiteres Mal darauf verzichten, dem Rätsel der Glocke nachzuspüren. Seltsamerweise bereitete mir dieser Gedanke kein Kopfzerbrechen. Ich nahm es hin, die Erklärung konnte warten. Ich wusste, dass dies all meinen wissenschaftlichen Grundsätzen und Überzeugungen widersprach. Doch auch diesen Einwand schob ich beiseite, als ich mit dem groben Schlüssel die Tür öffnete.

Ich stellte meine Gerätschaften ab und setzte mich in eine der Gebetsbänke. Das Mittagslicht strömte in den

Innenraum, der die Helligkeit begierig aufsog. Als ob es die lichtscheuen Gespenster des Vortages nie gegeben hätte, bot sich mir das Gebäude einladend und von einer beseelten Milde dar, wie ich sie die Male zuvor nicht wahrgenommen hatte.

Die Statue der Heiligen Barbara hatte sich verändert. Sie war in sanftes Licht gehüllt, das aus den Falten ihres Kleides zu kriechen schien und sich um sie herum ausbreitete. In frischem Grün glänzte der Palmwedel, der sich in sanfter Bewegung auf und nieder senkte, golden leuchtete das Schindeldach des Turms, in dessen oberstem Fenster eine weiße Hand erschien – leicht nach vorne gehoben als ein Zeichen wider jegliche Furcht. Das Gesicht, hell und zugewandt unter einem durchsichtigen Schleier, einem unermüdlichen Klangteppich gleich, gewoben aus dem Singen und Klingen über und unter Tage.

Und da waren die Augen, groß und unschuldig wie die eines Kindes, das die Wunder der Welt täglich neu und wie zum ersten Mal erblickt.

Der Blick der Heiligen hob sich langsam aus einer Geste der Bescheidenheit und Demut nach oben, begegnete dem Licht, dem Leben, wandte sich direkt zu mir.

Die Augen.

Die Welt tat sich auf, ich fühlte, wie …

Die schwere Tür wurde aufgestoßen, ein kühler Windhauch zog herein. Hölzerne Schuhe auf dem Steinboden, Kleiderrascheln.

Dunkle Tracht, weiter Rock, gestickte Schürze, eine helle Bluse, die Ärmel bis zum Handgelenk, eine rote

Schleife um den Hals, schwarzes Schultertuch, mit einer glänzenden Brosche zusammengehalten. Auf dem Kopf die Haube, reich bestickt mit Silberfäden und bunten Steinen.

Die Frauen. Eine nach der anderen. Langsamer Schritt, die Gesichter ernst und angespannt. Die Plätze in den Bänken um mich herum füllten sich unaufhörlich.

Niemand schien mich zu bemerken, keine nahm Notiz von mir.

Aus der Tiefe der dunklen Schar stieg ein Murmeln wie das Knurren des Berges empor. Einzelne Worte, einzelne Sätze, Pausen, hin und her.

»Heilige Barbara, bitte für uns, Heilige Barbara, bitte für uns!«

In den monotonen Sprechgesang der Frauen mischte sich das raue Schürfen und Klicken der Schaufeln, Hämmer und Pickel. Eindringen in die Welt unter der Welt mit nichts als ihrer Kraft und einfachen Werkzeugen, bis zur Erschöpfung wühlen sie sich in den Berg, öffnen seine Adern, um in ihm das Edelste aufzuspüren, was viele Millionen Jahre lang im Verborgenen entstanden und gewachsen war.

»Heilige Barbara, bitte für uns, Heilige Barbara, bitte für uns!«

Das Antlitz der Heiligen leuchtete erneut, der Kopf neigte sich, Augen suchten Augen.

Sanftmut ... Trost ... Hoffnung ...

Die Stimme eines Mannes hinter mir hinterließ einen merkwürdigen Nachhall in dem kleinen Kapellenraum.

Ich wandte mich um.

»Sieh gut hin. Und nimm dich in Acht.«

Der alte Pfarrer hatte sein feinstes Messgewand angelegt. Der Messdiener schwenkte einen Weihrauchkessel. Würzig-herber Duft stieg auf. Die Stimme des Pfarrers stülpte sich über mich wie eine Kapuze.

Mein Blick ging zurück zu den Augen der Jungfrau, die sich wie Spalten im Berg öffneten und Schutz und Geborgenheit versprachen. Das Geräusch der Werkzeuge tönte direkt unter mir.

»Sieh gut hin.«

Der Riss im Fels wurde größer, silbriger Glanz strömte mir entgegen, verlockende Nähe, verlockender Reichtum.

Doch etwas stimmte nicht. Das Gestein war spröde und rissig. Es knisterte und knackte. Schläge wurden zu dumpfem Grollen, der Gesang der Frauen zu rhythmischen Schlägen, die mich vorwärtstrieben.

Vorwärts! Ich musste vorwärts!

Das Dunkel würde zerreißen, ich würde König sein, Herrscher auf einem Thron aus kaltem Stein, der sich neigt, splittert, zerfällt. Meine Finger krallen sich in den letzten Halt, die Knöchel schwellen weiß an.

Ich muss, ich muss, es geht nicht anders.

Als ich in die Welt zurückkehrte, waren die Frauen verschwunden. Stattdessen spürte ich eine Hand auf meiner Schulter. Hansjörg Stocker, der alte Pfarrer, stand neben der Kirchenbank. Ich spürte Wärme. Wärme und Halt.

»Ist Ihnen nicht gut?« Sein rosiges Gesicht drückte Besorgnis aus. »Warten Sie, trinken Sie einen Schluck.« Er zog den kleinen Wanderrucksack von der Schulter und kramte eine Trinkflasche hervor. Er schraubte sie auf, füllte den Deckelbecher mit einer hellbraunen Flüssigkeit und reichte ihn mir. Der Tee schmeckte heiß und bitter. Ich verzog den Mund.

»Wacholderschnaps.« Stocker lächelte mir aufmunternd zu. »Veredelt mit Minze und Kamille. Das hilft immer.«

Ich wusste nicht, ob ich erleichtert sein sollte. Der letzte Weg, er war aufgeschichtet, Gold im Gestein. Ich würde es nicht erfahren, wenn ich ihn nicht ging.

Der Pfarrer setzte sich in die Nachbarbank und nahm nun seinerseits einen tüchtigen Schluck. Er sah heute deutlich anders aus als bei unserem Kennenlernen im Seniorenstift. Er trug feste Stiefel, eine derbe Hose und eine warme moderne Steppjacke. Unter einer schicken grauen Wollmütze mit dem Logo eines Markenherstellers lugten einige Strähnen weißer Haare hervor.

Neben sich hatte er ein paar Walkingstöcke an die Bank gelehnt. Er beantwortete meinen fragenden Blick, noch ehe ich die Worte gefunden hatte.

»Sie müssen nicht glauben, dass ich schon zum alten Eisen gehöre, nur weil ich derzeit im Seniorenstift residiere.« Seine gewählte Sprache erinnerte an das Mittagessen mit seiner Tischdame. »Ich bin freiwillig hingegangen. Dort habe ich alles, was ein 78-Jähriger ohne Familie braucht. Was aber nicht heißt, dass ich nichts mehr unternehme.« Mit einem kleinen Seufzer fuhr er fort: »Leider bin ich dort einer der ganz wenigen, die das wollen. Die meisten bewegen sich irgendwo zwischen den Mahlzeiten, der Bewegungsgymnastik und dem Fernsehapparat.«

Er zog eine Plastikdose aus seinem Rucksack, öffnete den Verschluss und nahm ein belegtes Brot heraus. »Die Küche gibt mir gerne etwas mit, wenn ich eine längere Tour mache.« Er klappte das Brot halb auf und roch daran. »Schinken, Salat, Ei. Nicht schlecht. Wollen Sie?«

Ich schüttelte den Kopf. Es war mir überhaupt nicht nach Essen zumute. Nicht einmal nach Reden. Immer noch stiegen Bilder in mir auf und ab, Gefühle loderten auf wie die Glut eines Lagerfeuers, nur um ebenso rasch zu vergehen.

»Ich dachte mir, besuch mal den Künstler und sieh, was er treibt. Geht es voran? Was machen Sie eigentlich genau? Kann ich Ihnen etwas helfen?« Der alte Mann war wie ausgewechselt. Ich hatte den Eindruck, als Gast in seinem Wohnzimmer zu sein. Natürlich kannte er die Kapelle viel besser als ich.

»Als ich noch aktiv war, war hier manches anders«, erklärte er eifrig, während er zwischendurch herzhaft in sein Brot biss. »Zwei heilige Messen in der Woche, dazu Andachten und Rosenkranz beten. Und Hochzeiten sowieso. Wir hatten einen schönen Friedhof.«

»Und die Kapelle?« Wie schon bei unserer ersten Begegnung versuchte ich, seinen Erzähldrang in die Richtung zu lenken, die für mich interessant war. »Wurde sie genutzt?«

»*Genutzt?*« Der Pfarrer runzelte die Stirn. »Was für ein schnödes, profanes Wort aus Ihrem Munde, Herr Professor.«

Er hielt kurz inne, wie um Anlauf zu nehmen. »Die Kapelle der Heiligen Barbara war ein Ort lebendigen Glaubens. Viele Menschen aus dem Dorf kamen regelmäßig hier herauf, um zu beten und zu danken. Oder ganz einfach, um der Heiligen ihre Verehrung darzubringen. Sehen Sie, Todtnauberg ist ursprünglich aus einer Bergbausiedlung entstanden. Entstanden aus dem, was der Herr offenbarte. Die Menschen haben durch die Schätze des Berges Höhen und Tiefen erfahren, gute und schwierige Zeiten. Und immer hat uns die Heilige Barbara begleitet. Bis heute. Auch wenn sie jetzt nicht mehr da ist, so ist sie trotzdem anwesend. Jeder, der ein Herz hat, spürt das.«

Er stand auf und ging ein paar Schritte zu dem Seitenaltar. Auf einer einfachen Steinplatte lag ein verblichenes Tuch mit goldbestickter Borte, das wohl einmal weiß gewesen war, darauf ein bescheidenes Bild von Jesus am Kreuz, davor ein leerer Kerzenständer aus dunkel angelaufenem Messing.

Stocker zog das Tuch zur Seite und deutete auf die Steinplatte. »Hier hat sie gestanden, bis man sie uns wegnahm.« Der alte Pfarrer stand stolz und aufrecht. Für einen Moment schien es, als sei er zurück in der Rolle, die er sein halbes Leben ausgefüllt hatte. Doch dann ging er mit einem Seufzer zurück zu der Bank und setzte sich.

Ich verstand nicht. Wer hatte hier gestanden? Die

Figur der Barbara war ganz vorne, vor dem Wandbild. Weggenommen?

»Noch einen Schluck Kräftigungstee?«

Ich schüttelte den Kopf. Das Gebräu schmeckte scheußlich. Stattdessen startete ich einen weiteren Versuch, mehr über die Figur zu erfahren.

»Wissen Sie, wie alt sie ist?«

Stocker zuckte mit den Schultern. »Alt. Sehr alt. Sie war immer da. Sie gehörte zur Kapelle, die Kapelle gehört zu ihr wie ihr irdischer Mantel.«

»Und wer hat sie geschaffen?«

»Fragen, Fragen.« Der Pfarrer reagierte unwirsch. »Sie sollen ein Gutachten über die Kapelle erstellen. Die Kapelle ohne die Heilige Barbara. Also tun Sie es. Sie wird nicht zurückkommen. Fragen Sie doch die Spezialisten in der Stadt, wenn Sie mehr wissen wollen.« Er sprach die Worte mit hörbarer Verachtung aus. »Die haben sie sicher längst vermessen, gewogen, durchleuchtet und was weiß ich alles. Aber die Barbara wird ihnen fremd bleiben.«

Ich schwieg. Ich wusste, dass er Recht hatte. Trotzdem unternahm ich einen letzten Versuch. »Und heute?«

»Was heute?« Der Pfarrer steckte den letzten Bissen seines Schinkenbrots in den Mund und kaute genüsslich.

»Wie ist es aus Ihrer Sicht heute? Welche Bedeutung hat die Kapelle heute für die Menschen im Ort? Ist sie ihnen noch wichtig?«

Ich hielt einen Moment inne, ehe ich hinzufügte: »Auch ohne die Heilige Barbara?«

Als Stocker nicht gleich antwortete, erzählte ich ihm mit wenigen Worten von der seltsamen Begegnung mit der Frau, die über meine Anwesenheit erschrocken gewesen war.

Der Pfarrer nickte. »Die Gassner Johanna ist eine ganz treue Seele.«

»Der Ortsvorsteher hat mir ihre Geschichte erzählt.«

»Ja, ja. Aber sie ist nicht die Einzige. Die Brendler Anna kommt regelmäßig, die Ketterers und die Trefzers, der Fehrenbach Wilhelm mit der ganzen Familie. Thoma, der Schreiner. Stiftet jedes Jahr zum Barbaratag eine Summe Geldes. Sogar die Christina ...« Er brach ab, als habe er versehentlich etwas Falsches gesagt.

Natürlich hakte ich sofort nach. »Christina Winterer? Was ist mit ihr?«

Der Pfarrer kratzte sich an der Wange. »Sie ist ... eine der Frauen, die ... herkommen«, wich er aus.

Doch dieses Mal ließ ich nicht locker. Ich musste endlich herausfinden, was mit der Frau war.

»Hat sie etwas mit dem Bergbau zu tun? Vielleicht einen Verwandten verloren?«

»Einen Verwandten nicht«, antwortete Stocker nach einigem Zögern.

»Was dann? Ich habe den Eindruck, dass die Leute im Dorf seltsam auf sie reagieren.«

»Ja, das mag sein. Sie sind ein guter Beobachter. Ich konnte ihr nicht helfen. Vielleicht kann es die Heilige Barbara.« Seine Stimme klang resigniert.

»Was ist passiert?«

Der Pfarrer kratzte sich erneut und rutschte auf der Bank hin und her. »Na schön. Warum sollen Sie es nicht erfahren. Sie sind ja nicht von hier.« Er dachte einen Moment nach, ehe er zögernd begann.

»Ich muss ausholen. Es gibt zwei alteingesessene Familien im Ort, die seit Generationen das Sagen haben: die Winterers und die Krugers. Beide mit stattlichen Höfen, viel Grundbesitz, Wald. Selbst heute noch hat ihre Stimme Gewicht, vor allem die des alten Winterer. Wenn Sie mich fragen, wird es auf ihn ankommen, was mit der Kapelle geschieht.« Er hüstelte und verzog den Mund zu einem schwachen Lächeln. »Unabhängig davon, was eine Kulturbehörde irgendwo in Stuttgart beschließt. Das alles hier ist sein Land.«

Er hielt einen Moment inne, dann fuhr er fort. »Aber ich schweife ab. Sein Ältester, der Bernhard, war sein ganzer Stolz. In ihn setzte er seine ganzen Hoffnungen und Erwartungen an die Zukunft.«

Ich wurde hellhörig. »Er *war* es? Jetzt nicht mehr?«

»Er ist tot. Und das ist das ganze Drama. Bernhard hatte in Konstanz Betriebswirtschaft studiert, es galt als abgemacht, dass er einmal das Familienunternehmen übernehmen sollte.«

»Unternehmen?«

»Na ja, Landwirtschaft spielt heute nur noch eine untergeordnete Rolle. Inzwischen gibt es ein Hotel, ein Sägewerk, zwei Skilifte, die Tankstelle unten in Brandenberg und sonst noch ein paar Geschäfte. Die Winterers wussten schon immer gut zu wirtschaften.«

»Vor drei Jahren brachte Bernhard dann die Christina mit. Eine Kunststudentin, die er in Konstanz kennengelernt hatte. Die Überraschung wurde zum Schrecken, als Bernhard sie als seine Frau vorstellte. Die beiden hatten heimlich geheiratet.«

Ich ahnte etwas. »Und was war daran schlimm?«

»Kannst du dir das nicht denken? Der Alte hatte natürlich längst eine gute Partie für Bernhard ausgemacht. Die älteste der drei Krugertöchter sollte es sein, die Magdalena. Von Liebe war da weniger die Rede. Winterer und der alte Kruger dachten beide ganz praktisch. Synergie nennt man das wohl heutzutage.« Stocker lachte kurz und bitter auf. »Natürlich konnte der Vater nichts dagegen unternehmen. Die Frau wurde wohl oder übel in die Familie aufgenommen, die beiden bekamen ein eigenes Haus als nachträgliches Hochzeitsgeschenk. Nachwuchs kündigte sich an. Nach außen hin alles wunderbar.«

»Aber?« Ich ahnte, was nun kommen würde. Die Übermacht des Faktischen gegen die Macht des Willens.

»Die Stimmung im Dorf war von Anfang an abweisend. Um es höflich auszudrücken. Wer dahintersteckte, kann ich nur vermuten.«

»Der alte Winterer?«

»Er konnte es nicht verwinden, dass der eigene Sohn seine Pläne durchkreuzte. Ich glaube, er hoffte insgeheim, dass das Ganze nur ein zwischenzeitlicher Irrtum war. Aber nicht nur er. Die Krugers sahen sich brüskiert. Vor allem die Magdalena, die Tochter, die als Braut ausersehen war, ließ kein gutes Haar an der ›Neuen‹. Zuerst alles hintenrum natürlich. Dann kam die erste Katastrophe.«

Stocker ließ seinen Blick durch den Kapellenraum schweifen, als ob er von irgendwoher Unterstützung suchte. Dann holte er tief Luft und fuhr fort. »Das Kind wurde tot geboren. 400 Jahre früher wäre die junge Frau spätestens jetzt als Hexe gebrandmarkt worden. Das war natürlich lange vorbei. Aber die alten Geister des Schwarzwalds spuken immer noch hier oben.« Er stieß einen Seufzer aus. »Aus meiner Zeit als Pfarrer könnte ich dir Geschichten erzählen …«

»Aber was geschah dann?«, unterbrach ich ihn. Seine ausschweifende Erzählweise machte mich ungeduldig.

»Die Gläubigen sahen es als Strafe Gottes, die Düsteren als Eingreifen der Uralten. Sei es, wie es sei, die Stimmung im Dorf schlug in offene Feindseligkeit um. Es nützte wenig, dass Bernhard bei den meisten sehr geachtet war. Und dann kam die zweite Katastrophe, der Autounfall. Das war im letzten Winter. Zu schnell in die Kurve, plötzlicher Gegenverkehr … Sie haben es nie herausgefunden.« Der Alte atmete tief durch. »Ich habe ihn damals betreut, im Krankenhaus in Schopfheim. Aber er hatte keine Chance. Zwei Tage später war er tot.«

»Und die Frau?«

»Sie saß im Auto daneben und hat merkwürdigerweise kaum etwas abbekommen. Für die Leute natürlich ein weiteres Zeichen. Der alte Winterer war außer sich vor Kummer und Zorn.« Wieder hielt der Pfarrer inne. Ich sah ihm an, wie die Erinnerung ihn überwältigte.

»Dann brach alles los. Natürlich wurde auch der Unfall der Frau zugeschoben. Und der Alte handelte. Noch am Tag der Beerdigung setzte er die Frau vor die Tür. Sie musste aus dem Haus ziehen und alles zurücklassen. Seither lebt sie im Dorf wie eine Aussätzige. Der Wirt der *Jägerstube* hat sie aufgenommen, seither wohnt und arbeitet sie dort.«

»Warum ist sie nicht weggezogen?«

Der Alte hob die Hände. »Das habe ich mich auch gefragt. Ich kann es nicht mit Bestimmtheit sagen. Sie hat seither keinen mehr an sich herangelassen, auch mich nicht. Ich kann nur spekulieren. Wahrscheinlich ist alles noch zu frisch. Und ihr Mann und das Kind liegen hier auf dem Friedhof.«

»Vielleicht hofft sie, dass die Familie doch noch einlenkt?«

Stocker schüttelte den Kopf. »Das wird niemals geschehen.« Er lehnte sich erschöpft zurück. Ich hatte den Eindruck, dass ihm das Erzählen schwergefallen war. Seine Wangen waren gerötet, er atmete wie am Ende einer steilen Treppe.

»Ich bin froh, dass es raus ist«, sagte er schließlich. »Ich mache mir Vorwürfe, dass ich nicht mehr tun konnte. Aber die Gegenkräfte waren zu mächtig.«

Ich nickte. Wir saßen beide schweigend da. Schon während der Alte erzählte, hatte mich eine innere Erregung ergriffen, wie ich sie noch nie gespürt hatte. Warum berührte mich die Geschichte so? Ich kannte die Frau nicht, das Dorf und seine Bewohner waren mir fremd. Die Menschen verstrickt in archaische Schicksalsfäden. Getriebene und Gefangene in einem uralten Spiel, das nur Verlierer kennt. Das alles ging mich nichts an, und dennoch ... Dies war keine Schnulze. Alles spielte sich jetzt und hier vor mir ab. Kein Happy End.

Mein Herz klopfte heftig. Mein Mund war trocken, es rauschte in den Ohren. Ich suchte ihre Augen, ihre Hände, wollte sie in den Arm nehmen, sie beschützen, ihr Wärme und Trost geben.

»Vielleicht kommt sie deshalb zur Kapelle.« Stocker hatte sich einigermaßen gefangen. Sein Tonfall machte deutlich, dass er zur Sachlichkeit am Anfang unseres Gesprächs zurückkehren wollte. »Die Heilige Barbara hat schon vielen geholfen.«

»Geholfen?« Ich versuchte nun ebenfalls, auf eine nüchterne Ebene zu kommen. »Den Männern, die nicht mehr aus dem Berg zurückkamen? Dem Ehegatten, der halb tot aus einem zerbeulten Auto gezogen wurde? Dem Kind, das starb, noch bevor es leben durfte? Wo ist da Hilfe?«

Der Pfarrer sah mich an. Seine Augen hatten einen seltsamen Glanz angenommen.

»Trost. Es ist der Trost, der hilft. Das Wissen, dass es jemanden gibt, der versteht.«

Es klang banal, was er sagte. Aber vielleicht hatte er Recht. Als Renate damals wegging, hatte ich versucht zu verstehen. Hatte den Trost in konstruierten Erklärungen und selbst verschuldeten Versäumnissen gesucht. Doch wirklich genutzt hatte es nicht. Bis heute nicht.

Stocker stand auf und packte seinen Rucksack zusammen. »Ich weiß nicht, warum ich Ihnen das alles erzählt habe. Ich hoffe, ich habe Sie nicht gelangweilt.«

Da war er wieder, der distinguierte Herr alter Schule, wie ich ihn im Seniorenstift kennengelernt hatte. Mitfühlen, aber nicht mitleiden. Was für einen guten Therapeuten galt, musste auch für einen guten Pfarrer gelten. Selbst wenn er im Ruhestand war.

»Es ist Zeit aufzubrechen. Ich habe noch ein gutes Stück vor mir. Außerdem dreht das Wetter wieder, ich spüre es.« Er ging vor die Tür und sah nach oben.

»Soll ich Sie mitnehmen?« Ich trat neben ihn. Die Luft war frisch, vom Tal her zogen Wolken herauf. »Mein Auto steht nur ein paar Schritte weiter, oben am Wald.«

»Nein, vielen Dank, ich steige direkt den Hang hinunter.« Er reichte mir die Hand und lief los, ohne sich noch einmal umzudrehen.

Eine Weile sah ich ihm hinterher, bis seine Silhouette zu einem schmalen Strich geschrumpft war, dann ging ich zurück in die Kapelle.

Es fiel mir schwer, die Arbeit wieder aufzunehmen. Ich übertrug einige der Texte von den Votivtafeln in mein Arbeitsbuch, machte ein paar halbherzige Skizzen von den Ornamenten im Putz und versuchte ein paar weitere Detailfotos von den Altartafeln.

Doch ich war nicht bei der Sache. Es ging nicht.

Ich gab es auf und setzte mich auf den Platz in der Bank, an dem ich zuvor weggeträumt war.

Das Innere des Raumes war zu dem geschrumpft, was es nüchtern betrachtet war, ein einfacher Raum im Halbdunkel, ein Arbeitsplatz mit Gegenständen, die ich betrachten, greifen und untersuchen konnte.

Ich betrachtete die leeren Bänke, spürte die Stille. War es möglich, einen Traum derart realistisch zu erleben? Die Bittweiber mit ihren altertümlichen Kleidern, ihre Gebete, ihren Gesang. Ihre traurigen Blicke voller Hoffnung und Verzweiflung. Die seltsamen Geräusche aus der Tiefe des Berges, das Klopfen der Hämmer, der Klang von Metall und Stein. Und über allem der gütige Glanz der Augen der Heiligen, der sich wie ein warmer Sommerregen auf dürstende Wiesen ausgebreitet hatte.

Ich hob den Kopf. Die Barbarastatue ähnelte in nichts der lebendigen, glanzvollen Erscheinung, die zuvor die Kapelle erfüllt hatte. Eine einfache Schnitzerei, das Kleid nachlässig bemalt, das Gesicht eine Maske, unter der sich nichts verbarg.

Ich schüttelte unwillig den Kopf und rieb mir die Augen. Es war vieles seit meiner merkwürdigen Fahrt von Freiburg über den Berg hinein in den Winter geschehen. Das Läuten der Glocken, die Feuerräder, die Wetterkapriolen. Meine Seele schwang und brannte bunt schmerzvoll zugleich in einer Welt, die neu und fremd war. Der Großteil meines Verstandes schien noch in meinem Arbeitszimmer in Heidelberg zu kleben, hatte Mühe, das Anderssein auf vernünftige Weise einzuordnen.

Nicht zuletzt die Begegnung mit der seltsamen Frau, die, wie ich immerhin inzwischen wusste, Christina Winterer hieß.

Seit ich sie zum ersten Mal gesehen hatte, war da dieses seltsame Gefühl, in eine andere Wirklichkeit eingetreten zu sein. Eine Realität, die ich nicht greifen und noch weniger begreifen konnte. Meine Hände fassten ins Leere, mein Blick verlor sich in nebelhaften Ahnungen, ein Traumgespinst, das nur in meinem Kopf zu existieren schien. Aber gleichzeitig war diese Realität so schmerzhaft nahe, dass sie den Hort meiner Gefühle zu sprengen drohte. Unendlich fern in einer Welt jenseits des Tages und gleichzeitig so präsent, dass ich den Geruch ihres Haares zu spüren glaubte.

Die Erzählung des Pfarrers hatte mich aufgewühlt. Ein Schicksal wie in einer Heimatschnulze aus den 50er-Jahren des vorigen Jahrhunderts. Mit dem Unterschied, dass es in Buch und Film immer ein Happy End gab. Ein glückliches Ende. Der Zuschauer sollte mit einem guten Gefühl nach Hause gehen. Aber diese Geschichte war nicht zu Ende. Warum ging sie mir so nah? War ich ein Teil davon? Spielte ich eine Rolle, und wenn ja, welche?

Ich fand nicht mehr in die Arbeit zurück. Für heute war es genug. Jetzt wollte ich nach Hause.

Ich schaltete die Scheinwerfer aus und verstaute die Kamera in der gepolsterten Umhängetasche. Am Ende klemmte ich die Akkus ab und steckte sie ein.

Ehe ich mich auf den Rückweg machte, schlug ich mich in die Büsche am Hang oberhalb der Hofummauerung, um mich zu erleichtern. Von Süden her trieb der Wind massige Wolken vom Tal hoch, der Horizont verdüsterte sich zusehends. Die Wipfel der Bäume hinter mir gerieten in Bewegung, in den Ästen knisterte es, hier und da wirbelten dürre Blätter auf. Es sah ganz so aus, als stünde ein erneuter Wetterumbruch bevor. Es war also auf jeden Fall ratsam, rasch nach Hause zu gehen.

In diesem Moment hörte ich es deutlich. Eine hohe, dünne Stimme aus Richtung des Waldes.

Rief da jemand? Ich knöpfte meine Hose zu und trat aus dem Gebüsch heraus ins Freie, um besser hören zu können. Ich sah mich um, doch es war niemand zu sehen. Das Rufen wiederholte sich. Ich hoffte, ein paar Worte zu verstehen, doch es gelang mir nicht. Aber es war eindeutig eine Stimme, die um Aufmerksamkeit heischte.

Ein Hilferuf?

Von dem Platz hinter der Kapelle aus versuchte ich, die genaue Richtung auszumachen. Doch es war schwierig.

Ich rannte ein paar Schritte auf dem Weg, der von der Kapelle aus in Richtung Auto führte. Jetzt wurde das Rufen deutlicher. Es war eine helle Kinderstimme, die aus dem Wald oberhalb der Kapelle kam. Die Stimme klang eindringlich, es gab keinen Zweifel, hier war jemand in Not.

Ich überlegte nur kurz. Mein Handy war hier oben nutzlos. Bis ich zum Auto gelaufen und ins Dorf gefahren war, um Hilfe zu holen, konnte es zu spät sein. Ich musste etwas tun, sofort.

Einen Pfad nach oben suchte ich vergebens. Ich bog die Zweige der Büsche auseinander, die den Weg säumten, und zwängte mich in das Dickicht. Brombeerranken rissen an meiner Jacke, auf meinem Handrücken tauchte ein blutiger Kratzer auf. Doch darauf konnte ich keine Rücksicht nehmen, ich musste weiter vorwärts.

Zum Glück war der dicht bewachsene Randstreifen weniger breit, als ich befürchtet hatte. Schon nach ein paar Schritten fand ich mich im Unterholz zwischen dicht stehenden Fichten, Weißtannen und Kiefern wieder. Gleichzeitig stieg der Hang steil an.

Ich stolperte weiter, immer das verzweifelte Rufen im Ohr, vorbei an moosbewachsenen Felsen, angemoderten abgerissenen Ästen, auf denen Pilze und Flechten sich ausbreiteten. Vereinzelt leuchteten die tiefroten Früchte von Stechpalmen durch das allgegenwärtige feuchte Braun, Grau und düstere Grün.

Ich war ein paar Minuten geklettert, als es nach oben hin heller wurde. Das Rufen tönte in immer kürzeren Abständen. Obwohl ich nichts sah, spürte ich, dass ich rasch näherkam. Seltsamerweise konnte ich keine Worte unterscheiden, im Gegenteil, das Rufen schien in ein verzweifeltes Wimmern überzugehen.

Endlich trat ich unter einem Vorhang tief hängender Fichtenzweige ins Freie. Die plötzliche Helligkeit überraschte mich, mehr jedoch die Szenerie, die ich so nicht erwartet hatte.

Vor mir lag eine flache, grasbewachsene Mulde, dahinter ein sanft ansteigender Hang, ebenfalls mit kurzem, stoppeligem Wintergras bewachsen. Vereinzelte Schneeflecken leuchteten wie kleine weiße Inseln daraus hervor. Weiter nach oben setzte sich der Wald zum Horizont hin fort.

Auf halber Höhe stand ein Bauernhof. Es war eines der mächtigen, ehrwürdigen Häuser, wie sie früher in der Gegend üblich waren und wie sie heute fast nicht mehr anzutreffen sind. Der Hof schmiegte sich an den Berg wie ein riesiges bepelztes Tier, bedeckt von einem schützenden Strohdach, das wie eine riesige Haube den ganzen oberen Stock abschirmte und auf drei Seiten bis fast nach unten zum Boden reichte.

Im Näherkommen wurde das Bild deutlicher. Das Haupthaus war an seiner Rückseite in den Hang hineingebaut, ein breit ausgetretener Weg führte um das Gebäude herum. Daneben gab es zwei weitere, etwas kleinere Gebäude, ebenfalls mit dunklem Stroh bedeckt, vielleicht Ställe oder Scheuern, dazwischen ein Backhaus und eine kleine Mühle, deren Rad stillstand.

Auf der wetterabgewandten Seite war das Leibgedinghaus zu erkennen, in dem der Altbauer mit seiner Frau wohnte, daneben eine kleine Kapelle mit einem spitz nach oben weisenden Türmchen, auf der anderen Seite ein mehrstöckiges Taubenhaus auf einem meterhohen Pfahl, im Hof ein Brunnen mit aufgesetztem Häuschen, in dem das darunter fließende Wasser Butter, Milch und Käse kühlte. In zwei übereinanderliegenden Terrassen hangabwärts ein großer Garten, eingezäunt mit eng aneinander stehenden Holzlatten.

Kein Rauch stieg über dem Dach auf, niemand war zu sehen.

Jetzt erst fiel mir auf, dass das Rufen verstummt war. Es war völlig still. Der Wind hatte sich gelegt. Kein Vogel war zu hören.

Ein riesiger Finger hatte das mächtige Pendel zum Halten gebracht.

Ich war hellwach und gleichzeitig wie gelähmt, als habe ein geheimnisvoller Maler mich in ein Bild gebannt, unfähig, dem eigenen Willen zu folgen.

Eine Bewegung, die ich aus den Augenwinkeln erfasste, riss mich aus meiner Starre. Ein Reh, das offenbar in der Lichtung geäst hatte, flüchtete mit raschen Sprüngen in den Schutz des Waldes.

Ich setzte mich in Bewegung. Nach wenigen Schritten hatte ich den Hof erreicht. Ich rief ein paar Mal, so laut ich konnte, doch es kam keine Antwort. Niemand war zu sehen, nichts regte sich hinter den Fenstern, die von innen mit Vorhängen verhüllt waren.

Ich lief ein paar Schritte an beiden Seiten des Hauses entlang. Nun war die Stimme zu hören, das Rufen hatte sich in ein durchdringendes Wimmern gewandelt.

Ein plötzlicher, heftiger Geruch nach verbranntem Heu und versengtem Holz. Unter dem strohgedeckten Dach stießen dicke graue Qualmwolken hervor. Ein scharfes Knistern zerschnitt die Luft.

Und da war noch mehr.

Ein heiseres, trockenes Lachen. Eine alte Stimme, gemischt aus Ahnung, Überraschung und Resignation.

»Der junge Asal! Ich habe es gewusst!« Die Stimme kippte über in Erregung. »Du kommst zu spät! Du kannst sie nicht mehr retten! Du kannst nichts mehr tun!« Eine Gestalt löste sich aus dem Grau und Braun der schindelverwitterten Hauswand.

Der Alte saß vornübergebeugt auf einer Holzbank, seine kahle, gerötete Stirn krönte ein wirrer Kranz weißer Haare. Sein zerfurchtes Gesicht kam mir vertraut vor.

»Du kommst zu spät. Sie wird sterben! Sterben!« Er hob beide Hände, wie um Unheil abzuwehren. »Alle werden sterben! Verflucht und siebenfach verflucht!«

Die Stimme schwoll zu einem Dröhnen und klang, als komme sie aus den Tiefen des Berges. Mein Innerstes bebte in einer Mischung aus Schrecken und Ohnmacht.

»Wer ... Wer sind Sie? Ich ... Asal ... warum ...?« Ich stammelte hilflos, hin und her gerissen zwischen dem unheimlichen Alten und dem Brand, der sich jetzt rasend schnell ausbreitete. Aus dem hinteren Dachstock schlugen helle Flammen.

Das Weinen. Eine Frau. Ein Kind.

Eine Frau.

Ich löste mich aus der Erstarrung und stürzte zur Eingangstür. Die beiden kräftigen Holzflügel standen angelehnt.

»... zu spät ...«

Die Worte des Alten zerfielen in Stücke.

Ein düsterer Flur nahm mich auf, die Decke niedrig, Schränke zu beiden Seiten, feste Holzbohlen unter meinen Füßen.

Hier gab es keinen Rauch, kein Zeichen eines Brandes. Dumpfe Stille, die Welt schien ausgeschlossen. Eine Tür links, eine Tür rechts, eine weitere dahinter.

Ich blieb stehen und lauschte. Ein paar Herzschläge, ein paar tiefe Atemzüge. Dunkel und Stille.

Schritt für Schritt tastete ich mich die Wand entlang, spürte Holz unter meiner Hand, Metall wie von einem Werkzeug, grobes Tuch, ein Mantel vielleicht oder eine Decke. Es roch nach Vieh.

Durch ein paar schmale Ritzen im Gebälk schwaches Licht, eine hölzerne Stiege am Ende des Gangs.

Es knarzte leise, als ich den Fuß auf die unterste Stufe setzte. Im selben Augenblick war die Stimme wieder da, deutlich vernehmbar, ein Wimmern. Es kam von oben.

Ich stolperte, als ich rasch die Stiege emporkletterte, mein Knie stieß an etwas Hartes, doch ich erlaubte dem Schmerz nicht, mich aufzuhalten.

Im oberen Stock etwas mattes Licht von einem Fenster über der unteren Eingangstür. Auch hier überall Holz. Eine schwere Truhe an der Wand, darauf ein Büschel trockener Zweige. Sonst war der Flur leer.

Ich roch deutlich, dass es brannte. Wenn ich Glück hatte, war das Feuer, das ich von außen gesehen hatte, noch nicht bis zu diesem Teil des Hauses vorgedrungen.

Wieder lauschte ich. Die Stimme kam von hinter dem Raum, der dem Fenster am nächsten lag. Ich stürzte vorwärts, riss die Tür auf. Beißender Rauch strömte mir entgegen, unwillkürlich kniff ich die Augen zusammen. Gleichzeitig fraß sich der Qualm in meine Lunge, ich hustete. Mit äußerster Anstrengung widerstand ich dem Drang, sofort umzudrehen und mich ins Freie zu flüchten.

Die Stimme war direkt vor mir. Blitzartig setzte sich das Bild zusammen. Der Raum maß nur wenige Schritte, durch ein winziges Fenster drang spärliches Licht herein. Ein wuchtiger, mit Blumen und Ornamenten bemalter Schrank, daneben eine kniehohe Truhe mit einem eisernen Schloss, ein paar Tücher, direkt davor ein paar hölzerne Schuhe. Ein einfacher Stuhl mit geschnitzter Lehne, ein winziger Tisch mit einer Öllampe. In einer Ecke ein grober Bettkasten, Hohe bemalte Bretter an Fuß- und Kopfende. Ein mächtiges Deckbett, weiß, sauber bezogen.

Das Wimmern verstummte im selben Moment, als ich mich über das Kopfkissen beugte. Ich hatte ein Kind erwartet, eine junge Frau vielleicht, verängstigt, hilflos. Doch zu meiner Überraschung war das Bett leer.

Ich hob das Federbett an, zog die Wolldecke an der Seite der Strohmatratze hoch – nichts. Ich öffnete den Schrank, die Truhe. Nichts.

Plötzlich fiel mir ein schwaches Glitzern auf. Im Knick des Kopfkissens lag ein kleines Kreuz, kaum größer als eine Münze. Es war ungewöhnlich geformt.

Einer der Balken war etwas kürzer als die drei anderen, die vier Enden waren gebogen und leicht verstärkt. Genau in der Mitte glitzerte ein bläulicher Stein.

Ich griff danach, vorsichtig, mit spitzen Fingern. Im selben Moment löste sich von irgendwoher ein fernes Stöhnen, ein uralter Widerhall aus den Tiefen der Zeit. Ein schwacher Schimmer erwachte, flirrend wie der Hauch eines Sonnenstrahls über einem vergessenen Bergsee.

Ich war völlig fasziniert. War es möglich, dass dieses Kreuz mich gerufen hatte? Dass es zu mir sprechen wollte?

Was hatte das alles zu bedeuten?

Ein heftiges Knacken direkt über mir riss mich aus meinen Gedanken. Ich schaute nach oben. Eines der Bretter zwischen den Tragebalken hatte Feuer gefangen. Glimmende Linien fraßen sich der Länge nach über die Decke. Zwischen den Ritzen zwängte sich dunkler Qualm hervor, der sich rasch im Raum ausbreitete.

Das Glas der Öllampe zersprang und fing mit einem puffenden Geräusch Feuer. Vom Türsturz fiel ein brennendes Balkenstück auf den Boden. Die ersten Flammen erreichten die Vorhänge am Fenster.

Meine Augen tränten immer mehr. Ein heftiger Hustenanfall zwang mich, mich am Bettpfosten abzustützen. Um mich herum brauste es, als fahre ein heftiger Wind durch dichten Wald.

Ich erkannte, dass es hier nichts mehr auszurichten gab. Ich musste so schnell wie möglich zurück ins Freie.

Das Fenster ließ sich nicht öffnen, also musste ich versuchen, denselben Weg zu nehmen, den ich gekommen war.

Ich packte das Kreuz in meine Faust, hielt mir eines der herumliegenden Tücher vor Mund und Nase und stürzte hinaus in den Gang. Das wenige Licht war durch den allgegenwärtigen Rauch fast völlig aufgezehrt. Große und kleine Flammen schossen überall hervor. Wie ein glühendes Schwert fuhr mir die Hitze in die Lunge.

Irgendwie schaffte ich es zur Treppe, die glimmenden Stufen hinunter. Schon sah ich vor mir die von Flammen umkränzte Haustür, ein paar Schritte noch …

Dann schwand mein Bewusstsein.

Licht.

Irgendwo. Irgendwoher.

Eine Frau im Sessel, über ein Buch gebeugt.

Ich liege. Der Rücken schmerzt. Es riecht nach Kräutertee. Minze. Lavendel.

Eine Tasse an meinen Lippen.

»Trink einen Schluck. Es tut dir gut.«

Provence. Lila.

Der Tee ist heiß, ich schlucke, ich huste, ich schlucke.

»Das Feuer … der Rauch … ich … muss …«

Ich sinke zurück ins Dunkel. Keine Flammen.

Irgendwann. Vielleicht später.

Eine Männerstimme. Eine Hand auf meinem Arm. Finger, die meine Haut abtasten. Ein bitterer Geschmack auf der Zunge. Feuchte auf der Stirn.

»Hallo! Hallo, Herr Oswald! Verstehen Sie mich?«

Eine kühle Hand auf meiner Wange. Ich öffne die Augen, ein wenig. Es ist zu hell. Ein Gesicht, das ich noch nie gesehen habe.

Eine zweite Stimme, weiter entfernt. »Ist es schlimm? Der Kilian hat ihn hergefahren. Vom Wald. Hat nicht laufen können. Dummes Zeug geredet von Brennen und Flammen und einem Kreuz.«

»Wann war das?«

»Vor einer Stunde. Oder zwei. Bis Sie eben gekommen sind. Ein paar Schluck Tee hat er getrunken.«

Ich habe die Augen wieder geschlossen. Wieder Finger auf meinem Arm, auf meiner Brust, auf meinem Rücken.

»Hat er gehustet?«

»Ein paarmal, als Kilian ihn aufs Sofa gelegt hat.«

»Und keiner weiß, was passiert ist?«

»Na ja, der Gottlieb hat ihn gefunden, oben am Waldweg, bei der Kapelle. Er hat zuerst gedacht, er schläft. Aber so liegt keiner da. Dummes Zeug hat er geredet. Und es war schon fast dunkel. Er hat dann den Kilian angerufen, weil er gewusst hat, dass der bei meiner Tochter wohnt. Der Kilian hat ihn dann geholt. Seither sitze ich hier bei Ihnen.«

In meinem trüben Bewusstsein setzten sich die Bruchstücke zusammen. Ich lag auf dem Sofa in der Ferienwohnung bei Erika und Kilian Bühler. Wenn die Frau von ihrer Tochter sprach, musste es Josephine Winterhalter sein, die Frau des früheren Ortsvorstehers. Der heimlich Zigarren in der Stadt kaufte. Im

Bus. Die Schüler mit ihren Smartphones. Die Frau, die für sich alleine stand und das Gesicht abgewandt hielt.

Ich kämpfte. Dieses Mal gelang es mir, die Augen offen zu halten.

Ein junger Mann saß mir gegenüber auf einem Stuhl, den er an den Rand des Sofas gezogen hatte. Er trug einen weinroten Rollkragenpullover, kurze blonde Haare. Eine randlose Brille. Seine Augen blickten müde und freundlich.

Er räumte ein Stethoskop zusammen und steckte es in seine Arzttasche. »Hatten Sie in letzter Zeit viel Stress? Kreislaufprobleme? Schwindel?«

Er sprach mit mir. Ein Arzt.

Ich dachte an meinen Kollaps gestern Abend. »Nein. Nichts.«

Der Mann schwieg und schaute mich durchdringend an.

Ich senkte die Augen. »Alles in Ordnung.«

»Was ist mit ihm, Doktor Brenner?« Josephine Winterhalters Stimme klang besorgt. »Etwas Ernstes? Kann ich noch etwas tun?«

»Nichts Ernstes. Er braucht Ruhe.« Brenner griff ein weiteres Mal in seine Tasche und zog eine Spritze samt durchsichtiger Ampulle heraus. »Ich werde Ihnen etwas zur Kräftigung und Beruhigung geben. Schlafen Sie sich ordentlich aus. Morgen wird es Ihnen besser gehen.«

Er schob den Pulloverärmel über meiner linken Schulter nach oben, dann zog er die Spritze auf. Den Einstich spürte ich nur ganz leicht.

»Trotzdem möchte ich Sie gerne noch einmal sehen. Ich lasse meine Karte da. Kommen Sie in meiner Praxis vorbei. Am besten gegen Abend.« Er stand auf. Jetzt erst sah ich, wie groß er war.

»Machen Sie sich keine Sorgen.«

KAPITEL 5

Ich tauchte auf aus den Tiefen eines dunklen Bergsees. Silbernes Licht lag über dem Sofa, dem Sessel, dem Schränkchen an der Wand.

Stille.

Ich setzte mich auf. Bis auf die Schuhe war ich völlig angezogen. Sie hatten mich auf dem Sofa einschlafen lassen, so wie sie mich gefunden hatten. Die Wolldecke um meine Beine roch ein wenig muffig und verschwitzt. Einzig ein frisch bezogenes Kopfkissen hatten sie mir untergeschoben.

Nichts tat mir weh, keine Wunde, keine versengten Haare, kein Rauchgestank in den Kleidern.

Der brennende Hof war verschwunden. Die Stimme – welche Stimme? Die Erinnerung ein Traum.

Ich stand auf und trat ans Fenster. Auf der gegenüberliegenden Talseite zeichneten sich schwach die Umrisse des Waldrandes ab, dem entlang der Weg zur Kapelle führte. Dahinter dunkler, unkonturierter Wald bis hoch über den Bergkamm, der sich in einem hellgrauen Wolkenband verlor. Kein Qualm, kein Rauch, der zum Himmel stieg, keine Gluthölle, die fackelgleich in die Nachtschwärze emporstieß.

Was war gestern geschehen? War ich wieder eingeschlafen wie zuvor, als die Frauen der Bergleute mich
in ihre Bittgebete mitnahmen? Die flehende Stimme,
der Hof, der Alte, der mich »Asal« genannt hatte, das
Zimmer, das Feuer – alles ein Traum?

Das Kreuz.

Ich spürte, wie ich meine rechte Hand zur Faust
geballt hielt. Ein leises Pochen in der Handfläche, Puls-
schlag der Erinnerung. Langsam öffnete ich die Finger. Ich bilde mir ein, dass ein kaum wahrnehmbarer
Hauch davonfliegt.

Nichts. Die offene Hand ist leer.

Ich schaffte es in die Küche und goss mir ein Glas
Wasser ein. Dann ging ich zurück zum Fenster und
nahm einen Schluck. Kalt und frisch.

Ein Waldarbeiter hatte mich gefunden. Auf dem
Weg, nicht im Wald, nicht auf einer Lichtung. Hatte
mich die Müdigkeit auf dem Rückweg zum Auto über-
mannt? Warum hatte ich von alldem nichts mitbekom-
men – als ich in Kilians SUV getragen wurde, dazu die
Rückfahrt auf dem Schotterweg durch die Kurven am
Hang? Als sie mir die Schuhe auszogen und mich auf
das Sofa legten?

Ich nahm einen weiteren Schluck und trank dann
das Glas in einem Zug leer.

Machen Sie sich keine Sorgen.

Ich weiß nicht.

Seit der nächtlichen Ankunft nach der Fahrt über
den Schauinsland war eine Intensität des Erlebens in
mir aufgebrochen, wie ich sie nie zuvor gespürt hatte.

Irgendetwas schälte die Hüllen meines Bewusstseins ab wie die Schalen einer Zwiebel. Es traf mich unvorbereitet. Ich konnte dem nichts entgegensetzen.

Eine Sternschnuppe schoss aus dem dunklen Nichts, beschrieb einen raschen Bogen und verschwand. Ich musste den Mund zu einem verlegenen Lächeln verziehen. Was war wirklich? Was war die Realität?

Machen Sie sich keine Sorgen.

Das reichte nicht. Ich war nicht krank, ich wusste es. Es war die Welt, die einen Riss bekommen hatte. Etwas hatte sich aufgetan, etwas Neues, Unbekanntes. Angst oder Neugier? Würde ich der Sache auf den Grund gehen oder schreiend davonlaufen?

Es musste eine Erklärung geben für das, was mit mir geschah. Und ich würde sie finden.

Es klopfte an der Tür. Dann noch einmal.

Ich setzte mich im Bett auf und lauschte. Ein Schlüssel im Türschloss. Ich sprang auf, zog die Schlafanzughose zurecht und stolperte in das Wohnzimmer.

»Habe ich Sie geweckt? Das tut mir leid.« Josephine Winterhalter stand vor mir und setzte ein neugieriges Lächeln auf. »Ich wollte nur mal sehen, wie es Ihnen geht.«

»Ja, und ob wir irgendwas für dich tun können.« Der ehemalige Ortsvorsteher schob sich an seiner Frau vorbei durch die Tür. »Gib schon her, Frau!« Er nahm seiner Frau eine Thermoskanne aus der Hand und stellte sie auf den Tisch. »Heißer Kaffee. Frisch aufgebrüht.« Josephine Winterhalter verschwand in der Küche und kam mit drei Tassen, einem Zuckerschälchen und der Milch zurück. Ihr Mann hatte schon Platz genommen. Er schraubte die Kanne auf und schenkte ein.

»So, jetzt erzähl mal!«

Die beiden ließen mir keine Zeit, mich von meiner Überraschung zu erholen, auch dass ich mich zuerst anzog, schien unwichtig.

Ich sank auf einem der Stühle nieder. Winterhalters Augen blitzten in unverhohlener Neugier. »Bisch wieder fit?«

Durch die Art, wie er die Frage stellte, war offenkundig, dass er die Antwort gar nicht wissen wollte. Der neugierige Unterton wies vielmehr darauf hin, dass er brennend daran interessiert war, was gestern im Wald wirklich geschehen war.

»Der Gottlieb hat ja nicht viel erzählt. Ist etwas passiert?«

Jetzt war es raus. Während Josephine Winterhalter sich und ihrem Mann reichlich Milch in den Kaffee goss, überlegte ich fieberhaft, was ich antworten könnte. So oder so würde ich mich in die Nesseln setzen. Schon jetzt war zu viel draußen, um das Geschehen als bloßen Schwächeanfall abzutun. Dies allein bot Stoff genug für die wildesten Spekulationen.

Dennoch kam die Taktik des »Alles muss raus« nicht infrage. Was geschehen war, war zu persönlich, zu intim, um andere teilhaben zu lassen. Andererseits war klar, dass ich nur über die Menschen im Dorf an das Geheimnis herankommen konnte. Wenn es denn eines war.

Ich musste Zeit gewinnen. »Passiert? Ich weiß es nicht.«

»Gottlieb hat dich auf dem Boden gefunden. War's dir schlecht oder schwindelig? Bist du gestolpert?«

Ich schüttelte langsam den Kopf, als ob ich versuchte, mich zu erinnern. »Nein, ich glaube nicht. Oder – vielleicht doch. Vielleicht habe ich mich verirrt.«

»Verirrt? Auf dem Weg zum Auto? Wie kann das sein?«

»Nicht auf dem Weg.« Ich beschloss, das Wagnis einzugehen. »Da war ein Hof. Ein großer Bauernhof!«

»Ein Hof? Wo?«

»Ein Stück oberhalb des Weges. Ich meinte, ich hätte ein Haus gesehen, im Wald oben. Ich war neugierig, weil ich dachte, vielleicht erfahre ich dort etwas über die Kapelle.«

Winterhalter sah mich erstaunt an. »Ein Hof? Das kann nicht sein. Es gibt dort oben keinen Hof. Da ist nur Wald.«

Ich war verwirrt über die Antwort. Kein Hof, keine Stimme, kein Asal, kein Brand. Nur Wald.

»Vielleicht meint er den Bergsee. Dort steht eine kleine Schutzhütte«, warf Josephine Winterhalter ein. »Da geht sogar ein Pfad hoch.«

»Ein See?« Jetzt war ich es, der ungläubig schaute. Von einem See war nichts zu sehen gewesen.

»Ja, eine Art Hochbehälter der Gemeinde. Für Löschwasser. Und für die Schneekanonen am Skilift«, erklärte der Alte. Er klang enttäuscht. Das war nicht die Erklärung, die er erhofft hatte. Dafür begann sich sein Bild von mir zu klären. Ein Ahnungsloser aus der Stadt, ein Studierter, der nicht einmal wusste, wie ein Schwarzwälder Bauernhof aussah. Und der bei der geringsten körperlichen Anstrengung zusammenklappte.

Wieder klopfte es, wieder wurde die Tür aufgerissen. Erika Bühler, meine Vermieterin, mit den Kindern.

»Opa, lass den Herrn in Ruhe, er muss sich erholen. Außerdem warten die Kinder auf dich. Du hast es versprochen!«

»Jaja«, brummelte Winterhalter und stand auf. »Der Schneemann, ich weiß!«

Er schlurfte zur Tür, wo ihn die beiden Kinder ungeduldig erwarteten. Achselzuckend drehte er sich zu mir um. »Opas Pflichten. Was tut man nicht alles!«

»Frische Luft tut immer gut. Hab dich nicht so.« Auch seine Frau stand auf und griff nach der leeren Thermoskanne. »Sehen Sie es ihm nach. Wunderfitzig. War er immer schon.« Ihr leicht enttäuschter Blick ließ allerdings vermuten, dass sie ihrem Mann in nichts nachstand. Aber für heute mussten sich beide geschlagen geben. »Erholen Sie sich!«

»Danke, ich komme zurecht.«

Ich hörte noch ein paar Sätze, die vor der Tür gesprochen wurden, dann war es still.

Ich atmete auf.

Ich duschte, zog mich an und brühte mir eine Tasse Kräutertee auf. Nach dem unzeitigen Überfall hatte ich das dringende Bedürfnis, meine Gedanken zu ordnen.

Der Überraschungsbesuch der beiden Winterhalters zeigte, auf welch dünnem Eis ich mich bewegte. Wieder und wieder wägte ich die Varianten ab. Je weniger ich preisgab, desto höher würde das Maß der Spekulationen sein, die mich und meine Tätigkeit im Dorf von Anfang an begleiteten. Andererseits – es gab niemanden, mit dem ich reden, dem ich mich anvertrauen konnte.

Verstehen würde es allenfalls der alte Pfarrer, der selbst viele Jahre seinen Weg zwischen Aberglauben, Frömmigkeit und Alltagswirklichkeit gegangen war. Doch auch bei ihm hielt mich etwas ab.

Die Visionen in der Kapelle und im Wald hatte ich als völlig schutzlos ausgeliefert erlebt. Jetzt war es, als gebe es keinen Weg zurück. Vor mir lag das Ungewisse, und ich würde es allein gehen müssen.

Nach der zweiten Tasse Tee hatte ich mich einigermaßen gefangen. Das Wichtigste würde sein, den Eindruck von Normalität aufrechtzuerhalten. Zumindest nach außen hin. Ich würde weiter meine Arbeit machen, mich den Menschen gegenüber so offen und freundlich verhalten, wie es mir möglich war.

Gleichzeitig wollte ich wach bleiben für alles, was mit mir geschah. Ich hatte Doktor Brenners Fragen nach Überarbeitung und Stress abgetan. Aber vielleicht hatte er ja Recht. Es konnte mir nur guttun, mich auf meine eigentliche Arbeit zu konzentrieren. Das zu tun, wovon ich etwas verstand, in dem ich mich zu Hause und sicher fühlte. Nächste Woche um diese Zeit würde ich daheim sein und alles hinter mir zurückgelassen haben.

Ich nahm mir vor, mich für die nächsten Tage ganz der Arbeit an der Kapelle zu widmen. Zunächst spülte ich die Tasse aus, dann zog ich meine warmen Sachen und die Schuhe an und lief hinunter ins Dorf zu Hannas Lädele. Es war mir zwar überhaupt nicht danach, aber es schien mir wichtig, auch hier den Schein der Normalität aufrechtzuerhalten.

Es war schon spät am Vormittag, der Laden würde demnächst schließen. Hanna strahlte über das ganze Gesicht, als sie mich kommen sah.

»Heute gibt's wieder ein Stück Selbstgebackenes für den Herrn Professor!« Sie griff ins Regal hinter sich, in dem die letzten Backwaren lagen, und holte ein eigenartig geformtes Stück Kuchen hervor. »Hier, e Fasnetsmännli! Gibt's nur diese Woche.«

Mit viel Fantasie erkannte ich tatsächlich eine Art Zwerg mit einer Zipfelmütze und ausgestreckten Armen. Augen und Nase waren aus Rosinen, der Bart aus Schokostreuseln.

Sie steckte das Ganze in eine Papiertüte und überreichte es mir zusammen mit den bestellten Brötchen. »Schmeckt gut!«

Ich bedankte mich artig, legte eine Zeitung dazu und bezahlte. Es sah so aus, als sei ich fürs Erste von der Neugier der Dorfbewohner verschont geblieben.

Doch so ganz konnte Hanna es nicht lassen. »Und sonst? Geht's gut?«

Wie bei Winterhalter. Die typische Frage, die eine ganz andere Antwort erhoffte als die über mein Wohlergehen.

Doch ich war gewappnet. »Es geht vorwärts, danke.« Und ein paar Brocken von dem, was sie erwartete. »Es ist anstrengend. Vor allem die Kälte ist ungewohnt. Aber der Arzt meinte, es sei alles in Ordnung, ich solle langsam machen.«

Hanna nickte. Sie schien zufrieden. »So ist es. Sag ich zu meinem Mann auch immer. Du kommst doch morgen wieder?«

»Dam dam da, dam dam dadaa!«

Ich schreckte auf, gleichzeitig wurde mir für eine Sekunde bewusst, wie peinlich die Anfangsakkorde des 50 Jahre alten Rock-Songs im Laden des abgelegenen Schwarzwalddorfes klingen mussten. Doch sofort überwältigte mich die Überraschung, dass das kleine Telefon überhaupt läutete. Ich hatte Netz, und auf dem Display stand ›Georg‹.

Ich nickte Hanna freundlich zu, hob meine Schultern als Zeichen der Entschuldigung und trat vor die Tür ins Freie.

»Georg! Schön, dich zu hören.«

Die Verbindung war unsauber und leise, aber sie stand. Ich hatte das Gefühl, aus einem dunklen See aufzutauchen und zum ersten Mal seit Tagen Licht zu sehen.

»Ich habe damit gerechnet, dass du dich einmal meldest!« In Georgs Stimme klang ein deutlicher Vorwurf.

»Hätte ich ja gerne, glaub mir.« In wenigen Sätzen klärte ich ihn auf.

»Ich hatte keine Ahnung, dass es so schwierig sein würde. Wie kommst du denn sonst voran? Wirst du fertig bis zum Wochenende?«

»Ja, ich denke schon. Ich weiß nicht.« Ich blickte zurück zum Laden. Hanna stand am Schaufenster und sah mir hinterher. »Es tun sich interessante Sachen auf. Ich muss noch klären, was davon mit der Kapelle zu tun hat und was nicht.«

»Na prima! Erzähl doch mal!«

Es tat gut, Georgs Stimme zu hören. Zum ersten Mal seit meiner Ankunft hatte ich wieder das Gefühl des Vertrauens, ein sicherer Grund, auf den ich mich verlassen konnte. Trotzdem hielt ich mich zurück. Georg war ein Mensch, der durch und durch der Wissenschaft verpflichtet war. Er hätte nicht verstanden, was ich meinte, selbst wenn er es versucht hätte.

Ich entschied mich, ganz auf der nüchternen Ebene zu bleiben. »Die Statue der Barbara wirft die meisten Fragen auf. Die jetzige gibt kulturhistorisch nicht viel her. Aber eigentlich gehört in die Kapelle die andere, das Original. Die Menschen hier sehen das zumindest so. Wenn sie zurückgebracht würde, bekäme die Einschätzung der Kapelle einen völlig anderen Gehalt.«

»Das wird wohl aussichtslos sein.« Georg stieß einen wissenden Seufzer aus. »Soviel ich weiß, ist das Original in Karlsruhe im Badischen Landesmuseum. Und die rücken so schnell nichts wieder heraus.«

»Möglich. Aber ich habe das Gefühl, den Menschen hier helfen zu müssen. Zumindest durch die Expertise. Was die Verantwortlichen dann daraus machen …«

Es entstand eine kurze Pause. Ich ging vorsichtig ein paar Schritte bis zur Bushaltestelle, immer den Netzbalken auf dem Display im Blick. Ich setzte mich auf die Wartebank. Die Wasserpfütze zu meinen Füßen war von der Nacht her mit einer dünnen Eisdecke überzogen.

»Ehrlich gesagt, bin ich ein bisschen ratlos«, fuhr ich fort. »Am liebsten würde ich natürlich die Statue im Original sehen. Aber ich kann ja schlecht nach Karlsruhe fahren. Das passt zeitlich gar nicht.«

»Ich könnte um einen Aufschub bitten. Nach all den Jahren kommt es jetzt darauf auch nicht mehr an.«

Ich war unschlüssig. Ein Aufschub würde gleichzeitig bedeuten, dass die Zeit meiner Recherche und damit meines Aufenthalts hier verlängert würde. Wollte ich das überhaupt?

»Alles ganz schön umständlich. Bis die Behörde reagiert, vergehen Wochen. So viel Zeit habe ich sowieso nicht. Dann müsstest du wieder übernehmen.«

»Nein, nein«, unterbrach mich Georg. »Das wird nicht gehen. Mach du nur, du schaffst das schon. Da fällt mir ein, gibt es da nicht einen Spezialisten vor Ort? Dieser Lehrer, der die Dorfchronik geschrieben hat. Mehr als von dem kannst du sonst auch nicht bekommen. Wir haben mal kurz miteinander gesprochen, als geplant war, dass ich die Aufgabe übernehme. Er hat einen guten Eindruck auf mich gemacht.«

»Du meinst Andreas Fehrenbach, den Heimatforscher?«

»Genau den. Anscheinend hat er jahrelang in den Archiven recherchiert und Leute befragt. Inwieweit dessen Ergebnisse wissenschaftlichen Ansprüchen genügen, sei dahingestellt. Aber immerhin ist er akademisch gebildet. Außerdem geht es ja in erster Linie um Anhaltspunkte. Nachprüfen kannst du es ja dann selbst, wenn nötig. Letztlich brauchst du ja nur das, was für die Einschätzung der Kapelle relevant ist.«

Ich überlegte. Georg hatte Recht. Egal, was herauskommen würde, es könnte mir möglicherweise weiterhelfen. Und ein weiterer Vorteil war, dass Fehrenbach nicht in die örtlichen Interessen eingebunden war. Ich würde keine gesonderte Rücksicht zu nehmen brauchen.

»Bist du noch dran?«, hörte ich Georg.

»Ja, klar. Ich habe nur nachgedacht.«

»Soll ich ihn anrufen und fragen, ob er dir hilft?«

»Ja. Nein. Ich meine, das mache ich schon selbst. Hast du die Anschrift? Oder sogar die Telefonnummer?«

»Klar, Moment.«

Ich hörte, wie eine Schreibtischschublade aufgezogen wurde. Papier raschelte. Georg war zu nahezu 100 Prozent analog organisiert.

Ich schrieb mit, während er mir die Ziffern durchgab. »Und halte mich auf dem Laufenden, ich bin gespannt.«

»Klar. Ich auch.« Ich bedankte mich. »Bis dann. Wenn es das Netz hergibt.«

Nachdenklich betrachtete ich den Zettel mit der Telefonnummer. Georgs Stimme und seine Worte klangen in meinen Ohren. Etwas war aufgebrochen. Ging es mir wirklich um die Barbara? Um die Kapelle?

Oder ging es längst um mich? Um ein Geheimnis, das mich betraf? Fehrenbach gegenüber brauchte ich keine Skrupel zu haben zu fragen, was ich fragen musste. Ob es Antworten gab oder ob ich mir alles nur einbildete.

Von unten herauf kroch die Kälte hoch. Ich stand auf, vergewisserte mich, dass die Netzverbindung noch stand, und tippte entschlossen Andreas Fehrenbachs Nummer ein.

Schon nach dem dritten Läuten meldete er sich. Die Stimme am Telefon hörte sich gut an, Fehrenbach schien sichtlich erfreut über mein Interesse an seiner Arbeit. Und schon zwei Minuten später hatte ich die Einladung zu einer Verabredung am späten Nachmittag in Schopfheim.

Ich steckte das Telefon ein und sah auf die Uhr. Es war später Vormittag. In etwa zwei Stunden würde der Bus aus dem Tal eintreffen, Zeit genug, zurück in die Wohnung zu laufen, das Nötigste einzupacken und dann über Todtnau nach Schopfheim zu fahren. Doch was war am Abend? Ich hatte keine Vorstellung, wie lange der Besuch dauern würde, und wenn ich den Abendbus verpasste, konnte es schwierig werden.

Noch stand der Octavia im Wald in der Einbuchtung, wo ich ihn gestern abgestellt hatte. Ich entschied mich, auf den Bus zu verzichten. Mit dem eigenen Wagen war ich unabhängiger, zumal es nicht so aussah, als käme bis zum Abend ein plötzlicher neuer Wintereinbruch mit Schnee und vereisten Straßen.

Ich zog die Jacke über der Brust zusammen und lief los, immer die Straße am Rand des Dorfes entlang. Unterwegs war niemand zu sehen. Aus den wenigen Häusern stieg aus den Kaminen Rauch nach oben, vereinzelt wehten Geruchsfetzen von Bratensoße und Zwiebeln heran.

Hinter einer kleinen Brücke ging die Straße übergangslos in den Forstweg über. Direkt nach dem Bach waren an der Seite dicke Holzstämme aufgestapelt, die Rinde verkrustet mit Schneeresten und altem Moos. Daneben, am oberen Ende einer verzinkten Metallstange, die bunten Wegmarken des Schwarzwaldvereins. Stübenwasen, Philosophenweg, Radschert – Namen, die mir alle nichts sagten. Sie wiesen scheinbar ziellos in das Grauweiß der verschneiten Wiesen und Hänge um mich her. Wahrscheinlich kamen erst nach der Schneeschmelze die Wanderwege für die Sommertouristen zum Vorschein.

Die Fahrspur, der ich folgte, war zum Glück gut zu erkennen. Es tat mir gut, mich an der frischen Luft zu bewegen. Die düster-zweifelnden Gedanken verkrochen sich an den Rand meines Bewusstseins, ich freute mich auf das, was vor mir lag.

Ich konnte nur gewinnen. Das Einfachste würde sein, wenn sich alles als Einbildung herausstellte. Ich könnte mich dann für den Rest der Tage auf meine Arbeit konzentrieren, den Abschlussbericht konnte ich problemlos zu Hause fertigstellen.

Nach einer halben Stunde erreichte ich den Wagen, verschwitzt und außer Atem. Der stetige Anstieg in der kalten Luft forderte meine Lunge, wie sie es sonst nicht gewohnt war. Zum Ausruhen setzte ich mich auf die kleine Bank neben dem Hinweisschild an der Abzweigung zur Kapelle.

Bis zum verabredeten Termin in Schopfheim war noch viel Zeit. Wenn ich schon hier oben war, konnte ich hinüber zur Kapelle gehen, um dort weiterzuarbeiten. Ich konnte aber auch in den Hang darüber steigen und im Wald nach Spuren dessen suchen, was ich erlebt hatte.

Seltsamerweise scheute ich vor beidem zurück. Welche Realität war die Richtige? Sicher, ich wollte verstehen. Aber wer war es, der dies wollte? War es Benedikt Oswald, der Kunstexperte aus Heidelberg, wissenschaftlich gebildet und mit einem klar umrissenen Auftrag versehen, der ihm noch dazu ein nettes Honorar einbrachte? Oder war es der, den der Alte vor dem Hof den »jungen Asal« genannt hatte, ein Wesen aus Vergangenheit und Fantasie mit fiebrigen Empfindungen und unerklärlicher Nähe zu meinem innersten Wesenskern?

Was war wahr? Der Gedanke, mich entscheiden zu müssen, lag wie ein Stein auf meiner Seele. In beiden Fällen waren die Aussichten ungewiss und flößten mir Angst ein. So oder so – ich würde nicht mehr derselbe sein, der vor wenigen Tagen hierhergekommen war. Die Erinnerung konnte ich nicht auslöschen.

Was würde geschehen, wenn ich »der junge Asal« war? Wohin würde die klagende Stimme hinter dem Vierbalkenkreuz mich führen? In den Wahnsinn? War es nicht ein Merkmal der Psychopathen, die Welt nicht mehr klar und eindeutig benennen zu können?

Angst kroch hoch. Etwas griff nach mir, tastete sich in meinem Inneren nach oben, ließ mein Herz schneller schlagen. Ich begann zu zittern. Dies war keine Vision. Dies war kaltes, windiges Jetzt auf einer schneeverkrusteten Waldbank in der Höhe über dem Schwarzwald.

Ich stand auf und lief ein paar Schritte, ehe ich ins Taumeln geriet und mich auf der Seite des Octavia abstützen musste.

Machen Sie sich keine Sorgen.

Kam nun doch der Infarkt, an dem ich neulich in der Nacht vorbeigeschrammt war? Die Schwäche, die mich auf dem Kapellenweg niedergestreckt hatte, bis Gottlieb mich fand?

Ich atmete ein paarmal tief ein und aus. Der Schwindel kam und ging, kam erneut. Ein Teil löste sich von mir, suchte Schutz, rollte sich zusammen wie ein Siebenschläfer im Wollnest. Gleichzeitig bäumte mein Magen sich auf, Brechreiz überfiel mich. Ich wollte stöhnen, doch ich konnte es nicht. Die Bäume um mich herum schwankten, die Rinde der markigen Stämme verwischte zu einer breiigen Wand, ohne Konturen, ohne festen Halt. Irgendwo dröhnte eine durchdringende Stimme.

»... zu spät, zu spät, zu spät ...«

Irgendwann löste sich das Dunkel, langsam fand ich wieder zu mir. Was war nur los? Wenn ich ehrlich zu mir selbst war, konnte es so nicht weitergehen. Meine körperliche und seelische Gesundheit stand auf dem

Spiel. Und nicht nur das. Wie sollte ich die Aufgabe fortführen? Ich sollte Schluss machen, den Auftrag an Georg zurückgeben und nach Hause fahren.

Nachdem ich mich einigermaßen erholt hatte, stieg ich ein und startete den Motor. Im Schritttempo tastete ich mich zurück ins Tal. Ich musste mich sehr konzentrieren, überall lagen Äste verstreut, an manchen Stellen hatte der Wind den Schnee in die Fahrbahn geweht. Ein Fahrfehler oder gar ein Steckenbleiben konnte fatale Folgen haben.

Doch es ging alles gut. Ich erreichte die kleine Brücke und den Beginn der Dorfstraße ohne Zwischenfall. Mein Kopf war jetzt wieder so klar, dass ich den Entschluss fasste, der mir der einzig richtige schien. Ich würde am Nachmittag den Buchautor treffen und ihn über alles fragen, was mit der Kapelle zusammenhing. Ich war sicher, dass ich auf diese Weise alles erledigen würde. Morgen und übermorgen würde es noch zwei Arbeitstage in der Kapelle und vor dem Laptop geben. Am Sonntag, spätestens am Montagmorgen würde ich nach Hause fahren und den ganzen Spuk hinter mir lassen. Das war es, und ich sollte nicht mehr hineingeheimnissen.

Denke praktisch, handle vernünftig, sagte ich mir im Stillen vor.

Nicht die Vernunft, sondern mein Magen sagte mir, dass ich dringend etwas essen müsse. Sogleich fiel mir das Fasnetsmännlein ein, das zu Hause in der Küche lag. Gleichzeitig kam mir jedoch eine andere Idee, die meinem Herzen sogleich einen empfindsamen Stoß versetzte.

Es gab ein paar Restaurants im Ort, und in einem von ihnen arbeitete nach Stockers Auskunft Christina Winterer. Der Gedanke an die geheimnisvolle Witwe war in den letzten Stunden in den Hintergrund gedrängt worden. Doch als ich ihn zuließ, trat ihr Bild mit einer Kraft vor mich, die mich sofort erschütterte. Die schwarz gelockten Haare, die tiefe, weiche Stimme, die fein geschwungene Nase, ihre Augen, der Blick, der so tief in mich reichte, dass ich erschrak.

Ich konnte sie wiedersehen, ich konnte ihr nahe sein, ohne dass es eine besondere Ausrede erforderte!

Am Buswendeplatz hatten sich inzwischen ein paar Leute versammelt, die auf den Mittagsbus warteten. Ich kurbelte das Fenster herunter. Eine junge Frau mit Einkaufskorb und einem Mädchen im Vorschulalter an der Hand gab mir bereitwillig Auskunft.

»Die Jägerstube? Klar weiß ich das.« Sie gab mir eine kurze Wegbeschreibung. Ich bedankte mich und bog in die angezeigte Richtung ab.

Die Straße ging zunächst ein Stück abwärts Richtung Talausgang. Hinter dem letzten Haus an der Bergseite kennzeichnete ein reich geschnitztes Schild die Abzweigung zur Jägerstube. Drei stilisierte Tannen, ein grün berockter Jäger, der einen Dackel hinter sich herzog, eine geschulterte Flinte. Die Farben waren reichlich ausgeblichen und näherten sich dem Graubraun des Holzes.

Ein paar Kurven weiter erreichte ich das Gebäude. Ein kleiner Parkplatz davor, am Hang ein Schlepplift, der außer Betrieb war. Vor dem Haus eine erhöhte

Terrasse, mit großen Granitsteinen ummauert, ein paar zusammengestellte Tische.

Ich stellte den Wagen so, dass ich das Haus durch die Frontscheibe im Blick hatte. Dort oben wohnte und arbeitete sie. Mehr hatte mir der alte Pfarrer nicht verraten. In der Küche? Als Bedienung? Als Putzhilfe? Kümmerte sie sich um die Zimmer der Pensionsgäste?

Ich versuchte, mir vorzustellen, wie Christina Winterers Alltag verlief. Was dachte sie? Was fühlte sie? Vor allem – was erwartete sie? Der geliebte Mann lag tot auf dem kleinen Friedhof hinter der Kirche, das Kind …

Je länger ich saß, desto absurder kam mir die Situation vor. Was wollte ich eigentlich? Ins Restaurant gehen, ein profanes Schnitzel bestellen, hoffen, dass sie mich bediente? Dass sie zumindest im Hintergrund irgendwo sichtbar wurde? Ich konnte den Wirt nach ihr fragen – und dann?

In mir rangen zwei verzweifelte Gestalten. Ein 13-Jähriger, der hoffnungslos von der Oberstufenschönheit drei Klassen über ihm schwärmt und der um nichts in der Welt sich trauen würde, sie anzusprechen.

Daneben der edle und kühne Ritter, einem Burne-Jones-Gemälde entsprungen, in blitzendem Harnisch und mit flammendem Schwert, bereit, die Jungfrau den Klauen des Untiers zu entreißen und im Triumph zu des Vaters Burg zu führen.

Schmerzhafte Realität und abgehobene Fantasie. Idioten waren sie beide. Ich startete den Motor, wendete in großem Bogen und fuhr zurück zur Hauptstraße.

»Lass es sein«, sagte eine Stimme.

»Du bist zu spät«, sagte die andere Stimme.

Ich wusste nichts zu sagen.

Die Bundesstraße von Todtnau nach Süden in Richtung Basel war bestens zu befahren. Der Schnee war vollständig geräumt, der Asphalt trocken. Nur hin und wieder erinnerten zu kleinen Hügeln am Straßenrand zusammengeschobene Altschneereste an den Wintereinbruch der letzten Tage.

Trotz des regen Verkehrs hatte ich Muße, die grandiose Berglandschaft zu beiden Seiten des Wiesentals zu bewundern. Kleine Dörfer reihten sich aneinander, manche direkt in der Flussaue, andere terrassenartig den Hang empor verstreut ähnlich dem Ort, an dem ich untergekommen war. Oben auf den Bergen lag überall Schnee, der von Zeit zu Zeit in der Mittagssonne hell aufblitzte.

Todtnau, Schlechtnau, Schönau, Zell – die Namen der Orte sprachen für sich und erinnerten bis heute an die Abgeschiedenheit und die Mühe der Menschen, die hier seit Jahrhunderten versuchten, ein Auskommen zu finden. Mühevolle Landwirtschaft auf steilen und kargen Berghängen, daneben anstrengender, teils lebensgefährlicher Bergbau, dessen Erträge den Oberen vorbehalten blieben, seien es Adel oder Kirche. In jüngerer Vergangenheit erste bescheidene Einkommen der frühen Textilindustrie. Und immer zeigten sich die Schwarzwälder hartnäckig, sie gaben nicht auf, bissen sich hinein in das Land, in dem Schönheit und Schrecken nahe beieinanderlagen. Erst in den letzten Jahren waren es die Touristen, die von weither kamen und einen bescheidenen Wohlstand ins Haus und in die Familien brachten.

Nach einer halben Stunde Fahrt weitete sich das Tal, die steilen Hänge schrumpften zu angenehmen Hügeln, eine Eisenbahnlinie begleitete die Bundesstraße. Die Adresse in Schopfheim, die Fehrenbach mir angegeben hatte, war leicht zu finden. Ich steuerte den Octavia in eine freie Parkbucht, nur wenige 100 Meter von Fehrenbachs Wohnung entfernt. Allerdings war ich fast zwei Stunden zu früh, ich hatte also genügend Zeit.

Entlang einer mit Platanen gesäumten Straße schlenderte ich in Richtung Ortsmitte. Die wenigen Schneereste in den Hofeinfahrten ließen kaum erahnen, dass kaum 30 Kilometer entfernt in den Bergen noch Winter herrschte. Schneeglöckchen und vereinzelte gelbe und lila Krokusse erinnerten an den Tag, an dem ich bei Georg in Freiburg losgefahren war.

Die Dekorationen in den Schaufenstern waren bereits ganz auf Ostern abgestimmt. Bunte Eier in allen Größen kullerten und baumelten über künstliches Gras, dessen aufdringliches Plastikgrün einladende Lebensfreude zu vermitteln suchte. Unterstützt wurde das Ganze durch Hasen, Häschen und knallgelbe Küken, die hinter Schuhen und T-Shirts, Markenlogos und Preisschildchen hervorlugten und in stummem Gezwitscher ihre winzigen spitzen Schnäbelchen herausfordernd in die Luft hielten.

Seltsamerweise munterte mich das alles nicht auf, obwohl mir der radikale Kulissenwechsel nach den düsteren Schwarzwaldtagen eigentlich hätte guttun müssen. Doch was ich sah, wirkte unehrlich und unecht, eine Scheinwelt fernab der Wirklichkeit, auch wenn sie sich im Herzen einer belebten Kleinstadt präsentierte.

Ich flüchtete in eine Buchhandlung am Rande des Marktplatzes. Auch hier die unvermeidliche Osterdekoration. Ich fand eine kleine, mit ›Regionalia‹ gekennzeichnete Abteilung, ein Regal, das zur Hälfte aus den immer gleichen Reiseführern, Bildbänden und Regionalkrimis bestand. Daneben der unvermeidliche Johann Peter Hebel, der Dichterfürst, der Kindheit und Jugend im Wiesental verbracht und vor allem durch seine alemannischen Gedichte seiner Heimat ein literarisches wie volkskundliches Erbe hinterlassen hatte. Ich blätterte durch ein paar wenige schmale Bändchen zur Geschichte der Gegend – nichts, was für mich von Interesse war.

Stattdessen dachte ich an den vor mir liegenden Besuch. Ich spürte, wie allmählich die Aufregung in mir wuchs. Auf einer Bank neben dem Marktbrunnen hielt ich mir noch einmal die Punkte vor Augen, die ich Fehrenbach fragen wollte.

Allem voran wichtig war natürlich die Statue der Barbara. Mein abschließendes Urteil über die Kapelle würde wesentlich davon abhängen. Die Figur war das Herzstück der Kapelle, womöglich war der Bau überhaupt nur ihretwegen errichtet worden. Die ursprüngliche Statue – wer hatte sie geschaffen? Wie hatte sie ausgesehen? Gab es womöglich alte Fotos oder Zeichnungen?

Abriss oder Erhalt. Heute Nachmittag würde sich das Schicksal der Barbarakapelle in Todtnauberg entscheiden.

Am Ende war es gar nicht so einfach, die angegebene Adresse zu finden. Die Nummerierung der Häuser folgte zwar dem üblichen Schema, doch war die Folge an mehreren Stellen unterbrochen. Ein von mannshohen Ligusterhecken gesäumter Pfad führte schließlich zu einem Hinterhaus, das von der Straße aus nicht zu sehen gewesen war.

Das Fachwerk schien inmitten der modernen Zweckfassaden der Nachbarhäuser wie aus der Zeit gefallen, hatte jedoch etwas Einladendes, ebenso wie der winzige Garten mit der Steinbank, von der aus eine Amsel mich neugierig beäugte, ehe sie sich entschloss, keckernd in das angrenzende Gebüsch davonzuhüpfen.

Der Namenszug auf dem Klingelschild war ziemlich verblasst, im Briefkasten steckten Werbung und das übliche Wochenblatt. Entschlossen drückte ich den Knopf.

Auf der Treppe im Inneren tönten Schritte, die Tür wurde geöffnet. Ohne dass er sich vorstellte, wusste ich, dass dies Andreas Fehrenbach war.

Der Mann war mir auf den ersten Blick sympathisch. Er war etwa einen Kopf kleiner als ich, stämmig und mit einem ansehnlichen Bäuchlein gesegnet. Über einem Paar ausgebeulten Jeans trug er eine rotgrün karierte Strickweste, seine Füße steckten in ausgetretenen Birkenstockschlappen, in die Stirn hatte er eine Lesebrille geschoben. Zwei hellgraue wache Augen blitzten mich neugierig an.

»Pünktlichkeit ist die Höflichkeit der Könige«, lächelte er mich mit einer angedeuteten Verbeugung an. »Kommen Sie, kommen Sie!«

Er ließ mir kaum Zeit, mich vorzustellen. Ich folgte ihm über eine knarrende Holztreppe nach oben.

»Wussten Sie, dass der Ausspruch von einem französischen König stammt? Ludwig XIII., um genau zu sein. Stimmt damals wie heute. Ich liebe Pünktlichkeit.« Er stieß ein Kichern hervor, das an die Amsel im Garten erinnerte.

»Soll ich die Schuhe ausziehen?«, fragte ich zurück.

»Nein, nein, nicht nötig, kommen Sie einfach herein!«

In der Tür zur Wohnung blieb ich einen Moment stehen. Das Zimmer, das direkt an den Treppenaufgang folgte, war wesentlich größer, als ich es bei dem Haus dieser Größe von außen vermutet hätte. Vor dem einzigen Fenster, durch das das letzte Licht des Spätwintertages hereinschimmerte, stand ein riesiger Schreibtisch mit einem überdimensionalen Flachbildschirm, davor ein ausladender Bürostuhl mit hoher gepolsterter Rückenlehne. Auf einem deutlich ausgeblichenen Orientteppich in der Mitte des Zimmers stand ein ovaler Holztisch, dessen Größe dem Chefzimmer eines mittelständigen Betriebes Ehre gemacht hätte. Zu beiden Seiten jeweils ein Stuhl.

Die Wände waren bis unter die Decke vollständig hinter Regalen verborgen. Ich konnte mich nicht erinnern, jemals derart viele Bücher außerhalb einer Bibliothek oder eines Museums gesehen zu haben. Instinktiv drängte es mich, mich in diese Schätze hineinzugraben, doch ich beließ es bei einem anerkennenden Nicken.

»Das Übrige ist im Raum nebenan«, meinte Fehrenbach, der meine Überraschung mit sichtlichem Stolz registriert hatte. Er öffnete eine Tür, die ich zunächst nicht bemerkt hatte, und knipste das Licht an. Auch in diesem angrenzenden Raum, der etwas kleiner war, waren die Wände mit Regalen durchgehend bestückt. Überall Ordner, Karteikästen, Ablagen und ganze Stapel von Zeitschriften, lediglich an einer Stelle unterbrochen durch eine mannshohe Reliefkarte des Schwarzwaldes und der Nordschweiz. Deutlich erkannte ich den Rhein mit dem Knick in Basel, die herausragenden Berge und die nach Osten auslaufende Landschaft.

Was mich am meisten beeindruckte, war die nahezu penible Ordnung, die in beiden Zimmern herrschte. Kein aufgeschlagenes Buch lag herum, keine herausgezogenen Schubladen, keine Papierstapel oder herumliegende Notizzettel. Entweder hatte Fehrenbach kurz zuvor für meinen Besuch aufgeräumt, oder er liebte es, auf diese Weise zu arbeiten.

»Kommen Sie, kommen Sie«, sagte er wieder und ließ seine Äuglein blitzen. »Jetzt gibt es erst einmal ein schönes Tässchen, und wir beschnuppern uns ein wenig.« Er löschte das Deckenlicht des Archivraumes und führte mich zurück auf den Gang und von dort ein weiteres Stück ins Haus hinein.

Im Vergleich zu den beiden Zimmern war die Küche fast winzig. Auch sonst konnte der Gegensatz nicht größer sein. Das Büffet mit dem Glastürenaufsatz schien aus Großmutters Zeiten zu sein, dazu zwei weitere Holzschränke und ein einfacher Herd mit vier Platten. An der Wand hing ein buntes Poster mit Küchenkräutern und Gewürzen, daneben eine weiße Uhr. Über den Tisch in der Mitte des Raumes war eine gestickte Stoffdecke gebreitet, darauf Kaffeegeschirr.

»Espresso, Latte, Cappuccino, Lungo, Doppio?« Fehrenbach kicherte wieder wie eine Amsel, als er mein verdutztes Gesicht sah. Erst jetzt bemerkte ich die chromblitzende Kaffeemaschine auf dem Beistelltisch neben dem Herd. »Eine meiner Leidenschaften. Oder Laster. Egal, wie Sie es nennen. Ein guter Kaffee muss sein.«

Ich murmelte etwas von »Cappuccino, nicht so stark bitte«, als Fehrenbach sich bereits ans Werk machte. Ich staunte über seine eleganten Bewegungen, mit denen er die Bohnen abmaß, mahlte, die Maschine befüllte und die Temperatur einstellte. Er stellte zwei Tassen nebeneinander unter die beiden Auslaufröhren, kurz darauf begann das Technikwunder mit leisem Schnurren und Gurgeln seine Tätigkeit.

»Zucker? Kakaopulver?«

Kurz darauf saßen wir hinter zwei Tassen herrlich duftenden Kaffees. Auf einer Kuchenplatte kamen unter gelbem Einwickelpapier eine Reihe süßer Teilchen hervor.

»Schwarzwälder, Bienenstich, Käsekuchen, Schokosahne – bedienen Sie sich. Alles ungesund! Ist aber gut fürs Denken.« Fehrenbach kicherte erneut, als er eines der Sahneteilchen nahm und sofort begann, mit der Kuchengabel den ersten Bissen zu nehmen.

Ich löffelte mich durch die zentimeterdicke Crema in meiner Tasse und nahm einen Schluck. Ich konnte mich nicht erinnern, in letzter Zeit einen derart wunderbaren Kaffee getrunken zu haben. Kein Zweifel, Fehrenbach wusste zu leben.

Wir plauderten ein wenig. Ich erfuhr, dass Fehrenbach über 30 Jahre Deutsch und Geschichte am örtlichen Gymnasium unterrichtet hatte, und wie während dieser Zeit seine Liebe zum Schwarzwald und insbesondere zum Wiesental zur Leidenschaft geworden war. Der Anfrage der Todtnauer Verwaltung, zum Ortsjubiläum eine Chronik zusammenzustellen, habe er selbstverständlich gerne entsprochen. »Übrigens die einzige ihrer Art bisher«, fügte er nicht ohne Stolz hinzu.

Nach einer zweiten Tasse Kaffee, während der ich ihm von meiner Arbeit erzählte, führte er mich zurück in das große Arbeitszimmer. Aus dem Nebenraum brachte er zwei Ordner und eine große dunkelgrüne Archivbox.

»Ich habe schon ein bisschen etwas zusammengesucht«, meinte er und stellte alles vor mir auf den Tisch. »Die Heilige Barbara und die Todtnauberger

Kapelle, nicht wahr?« Er entnahm einem der Ordner eine Reihe aneinandergeheftete und durch Klarsichtfolien geschützte Computerausdrucke. »Das ist alles, was ich herausgefunden habe. Leider nicht allzu viel.«

Ich überflog die Daten, die säuberlich in Tabellenform geordnet untereinanderstanden. Ein Teil der Schrift war kursiv, bei manchen Punkten stand in Klammer ein Fragezeichen davor.

»Die kursiven Informationen sind mündlich«, erklärte Fehrenbach. »Konnte ich bisher nicht durch Dokumente belegen. Die Fragezeichen sind meine eigenen Überlegungen.« Das Amselkichern. »Die Arbeit ist nie zu Ende.«

Es war mehr, als ich erhofft hatte. »Kann ich, ich meine, darf ich das mitnehmen? Ich werde eine Weile brauchen, bis ich alles durchgesehen habe.«

»Ja sicher. Ich weiß schon, wissenschaftlicher Anspruch und so weiter. Wo fängt's an, wo geht's hin, wo hört es auf?«

Die letzten Sätze sprach er mehr zu sich selbst. Ich meinte, einen Hauch Melancholie herauszuhören.

Doch Fehrenbach fand rasch zu seiner positiven Gestimmtheit zurück. »Und hier die Barbara!« Er reichte mir den zweiten Ordner, dessen Inhalt ganz ähnlich geordnet war. Tabellen, Listen, Namen, Jahreszahlen. Kursive Schrift und Fragezeichen in Klammern. Dazwischen einige Schwarz-Weiß-Kopien von Fotos und Zeichnungen. Ein Schatz an Informationen!

»Kriegen Sie alles, kein Problem. Wenn Sie das gelesen haben, wissen Sie alles, was ich weiß.« Seine

Augen glitzerten, als er nach der Archivkiste griff. »Das Beste kommt zum Schluss. Passen Sie auf!«

Fehrenbach zog den Deckel ab, dann holte er der Reihe nach fünf Fotografien heraus. Sie waren durch weiße Seidenblätter voneinander getrennt, wohl um zu verhindern, dass die glatten Oberflächen aneinanderklebten.

Mit großer Geste legte er die Bilder vor mir nebeneinander auf den Tisch. Es waren Fotos, wie ich sie aus dem Familienalbum meiner Großeltern kannte und wie sie dem Geschmack und den technischen Möglichkeiten der 50er-Jahre entsprachen: Kleinformat, schwarz-weiß, glänzend, dazu der typische, weiße geriffelte Rand. Das fünfte Foto entsprach etwa Postkartengröße und war deutlich abgegriffener als die anderen.

»Die Heilige Barbara von Todtnauberg.« Fehrenbachs Worte klangen wie eine Verkündigung. »Das Original. Bitte nur am Rand anfassen.«

Ich sah auf den ersten Blick den Unterschied. Auch wenn die Details wenig differenziert zu erkennen waren und sich vor allem im Hintergrund in dunklem Grau verliefen, war offensichtlich, dass es sich hier um eine völlig andere Figur handelte als die, mit welcher ich bisher in der Kapelle zu tun hatte, die selbst bei gutem Willen nicht einmal als Kopie betrachtet werden konnte.

Die Barbara, die ich hier in den Händen hielt, war auf eine sonderbare Weise lebendig, selbst in der Fotografie. Die Haltung der Heiligen war dem Betrachter zugeneigt, nicht gönnerhaft oder fromm, sondern so, als öffne sich zwischen ihren Schultern, ihren ausgebreiteten Armen und den schlanken Händen eine Welt der Wärme – einladend, wissend, tröstend. In ihrem Antlitz spiegelte sich nicht ein seelischer Ausdruck wider, den ihr ein Auftragskünstler routinemäßig anheimgegeben hatte, sondern ein lebendiges Leuchten, das sie von innen heraus dem Betrachter schenkte.

»Beeindruckend, nicht?« Selbst Fehrenbachs Stimme legte für einen Moment ihren nüchternen Habitus ab. »Mir geht es jedes Mal so, wenn ich sie betrachte. Und sie mich«, fügte er leise hinzu.

Ich war völlig fasziniert. In einem Augenblick hatte sich meine bisherige Einschätzung, ja mein ganzer Auftrag völlig verändert. Ich würde von vorne beginnen müssen.

»Einmal durfte ich das Original sehen«, sagte Fehrenbach. »Vor drei Jahren, als ich an der Arbeit für die Ortschronik war, fuhr ich für einen Tag nach Karlsruhe. Über einen guten Bekannten bekam ich Zugang in den nicht-öffentlichen Teil der Sammlung. Leider ist die Todtnauberger Barbara nicht über das Depot hinausgekommen. Sie steht irgendwo als eine unter vielen in einem der Lagerräume. Zugedeckt, temperiert. Vergessen. Noch nicht einmal die Erlaubnis für Fotos zur Chronik habe ich bekommen. Stoffel, alle miteinander!«

»Und diese Bilder hier?«

»Zufall. Der damalige Schultes war einer der ganz wenigen am Ort, die eine Kamera hatten. Er hatte die

Aufnahmen für sich gemacht, eine Art Dokumentation der Ereignisse während seiner Amtszeit. Damals hat wohl keiner im Dorf daran gedacht, dass sie ihre Barbara auf Dauer verlieren würden.«

Wieder und wieder ließ ich meinen Blick über die fünf Aufnahmen gleiten. Es war ein Schatz, der vor mir auf dem Tisch lag.

»Können Sie etwas damit anfangen?«, fragte Fehrenbach.

Ich war zu sehr ergriffen von der Ausdruckskraft der Statue, um eine nüchterne Antwort geben zu können. »Natürlich«, antwortete ich zögerlich, »allerdings ...«

»Sie werden verstehen, dass ich die Originale nicht aus der Hand geben kann. Ich weiß noch nicht einmal, ob es überhaupt Negative gibt. Aber keine Sorge.« Fehrenbach nahm eine CD heraus, die auf dem Boden der Archivbox gelegen hatte.

»Ich habe gleich zu Beginn meiner Arbeit alles eingescannt.« Er tippte mit dem Finger auf den Datenträger, der in einer weißen Papierhülle steckte. »Ich habe Ihnen eine Kopie gezogen. Sie können alles in Ruhe zu Hause betrachten.«

Im Flur läutete das Telefon. Fehrenbach sprang auf und ging hinaus. Von Weitem hörte ich ihn aufgeregt sprechen. Als er nach wenigen Sätzen zurückkam, sah ich sofort, dass etwas Wichtiges passiert sein musste.

Fehrenbach zögerte auch keinen Moment. »Es tut mir leid, aber wir müssen unser Gespräch ein andermal fortsetzen. Ich muss dringend noch einmal weg. Es kann länger dauern.«

Eine weitere Erklärung gab es nicht, und seine Haltung gab unmissverständlich zum Ausdruck, dass ich mich an dieser Stelle verabschieden müsse.

Trotz seiner Eile legte er sorgfältig jedes einzelne Foto zurück in die Aufbewahrungskiste, jeweils durch ein Seidenblatt getrennt. Dann stülpte er den Deckel darüber und brachte die Schachtel ins Nachbarzimmer.

Am Ende holte er aus dem Schrank eine große Papiertüte, schob die beiden Ordner und die CD hinein und drückte sie mir in die Hand.

»Viel Erfolg damit. Sie können mich jederzeit gerne anrufen. Oder kommen Sie noch mal vorbei, es hat mich sehr gefreut.«

Mit diesen Worten schob er mich auf den Gang hinaus. Eine leicht flackernde Neonröhre begleitete uns auf dem Weg die Stiege hinunter zum Ausgang. Draußen war es inzwischen dunkel geworden. Die Häuser ringsum umschlossen den kleinen Innenhof wie große, ausgeschnittene Pappkulissen. Ein einsamer Stern funkelte am Himmel.

Ich war unschlüssig und fühlte mich überrumpelt, dass der Besuch so abrupt endete. Viel lieber hätte ich noch eine Weile gefachsimpelt. Inzwischen war mir deutlich geworden, dass Andreas Fehrenbach mehr war als ein begeisterter Hobbyforscher.

Dennoch, es musste sein. Eine letzte Gewissheit brauchte ich noch.

»Eine Frage noch!«, sagte ich. »Die Kapelle oben am Hang, der Wald und der Berg dahinter …« Ich wusste nicht, wie ich es formulieren sollte. Verstand und Gefühl hatten sich miteinander verknotet. »Gab es dort oben einmal einen Hof? Einen Bauernhof?«

Fehrenbach, der sich bereits zum Gehen gewandt hatte, fuhr überrascht herum. »Ein Bauernhof? Über der Kapelle? Wie kommen Sie darauf?«

»Ich weiß nicht. Ich will nur ... sichergehen.«

Fehrenbach nickte. »Der Mathieslehof. Seltsam, dass Sie danach fragen. Davon wissen nur wenige. Und in Todtnauberg will man nichts davon wissen. Ausgerechnet.« Er legte mir die Hand auf den Arm. »Dabei gibt es einiges dazu zu sagen. Eine ganze Legende, wenn Sie so wollen. Aber nicht jetzt, ich habe wirklich keine Zeit.« Er dachte kurz nach. »Wissen Sie was, wenn es Sie interessiert, schicke ich Ihnen alles, was ich habe, per Mail, sobald ich dazukomme. Die Todtnauberger wollten ja nichts davon in ihrer Chronik haben. Und so kommt es wenigstens jemandem zugute. Kommen Sie gut heim. Und aufpassen auf der glatten Straße!«

Ehe er die Haustür hinter sich schloss, drehte sich Fehrenbach kurz um. »Ich kann doch dem jungen Asal nichts abschlagen!« Mit einem aufmunternden Amselkichern verschwand er im Haus.

Die beiden Lichter tanzen zwei großen Augen gleich in seltsam zackigen, getriebenen Mustern durch das allumschließende Nachtdunkel, glühen an ihren Rändern auf wie vergessene Eisenbänder in einer Schmiedeesse lange vergangener Jahre. Glimmerspuren schreiben sich in schwarzen Schiefer, leuchten auf und vergehen im selben Moment, zeitlos.

Ein Brummen zwischen meinen Ohren wie das Echo Tausender Hämmer unter den Wurzeln uralter Berge, alles wird Ton, alles wird laut, alles schmerzt. In einer Sekunde verschmelzen Licht und Lichter, Dröhnen und hektisches Kreischen zu einem allumfassenden Pfropfen, herausgeschleudert, zerstoben, versprüht in silberner Gischt, wolkengleich im letzten Funkeln der Scheinwerfer meines Wagens.

Der 40-Tonner, der mich überholt hatte, entfernte sich rasch. Schon wenige Augenblicke später hatte sich der unaufhörlich herabströmende Regen zwischen mich und die Rücklichter gehängt, Schlieren vor meinen Augen und auf der Windschutzscheibe, die in stetigem Rhythmus von den Wischerblättern durchzogen wurden.

Kalter Schweiß stand auf der Stirn. Meine Fingerknöchel am Lenkrad schmerzten. Die letzten Bruchstücke meines Verstandes mahnten energisch zu dem, was jetzt nötig war. Blick geradeaus, Orientierung am Mittelstreifen und an den Leitpfosten am rechten Straßenrand. Das Wichtigste: Gas wegnehmen.

Im Rückspiegel tauchten neue Lichter auf, kleiner, heller, nervöser. Keine Parkbucht weit und breit, die Straße ist in großzügig geschwungenen Bögen ausgebaut, der Lkw-Fahrer hatte die Gelegenheit genutzt. Wieder huschten Autos an mir vorbei, rasch, geduckt, von verärgertem Hupen begleitet.

Mit dem Abschied von Fehrenbach war etwas endgültig aufgebrochen. Nicht mehr Ahnung, nicht mehr Spekulation. Noch nicht einmal mehr Furcht.

Der Hof. Das Feuer. Das Kreuz.
Der junge Asal.

An der Tankstelle im nächsten Ort zog ich den Octavia mit letzter Anstrengung von der hell erleuchteten Fahrbahn herunter und kam vor dem geschlossenen Tor einer Waschanlage zum Stehen.

Ich machte den Motor aus, atmete tief durch und stieg aus. Sofort umfing mich die Abendkühle. Ich hatte keine Ahnung, wie spät es war, der Verkehr war noch rege, an den Zapfsäulen standen ein anthrazitfarbener SUV, der von einer gelangweilten jungen Frau betankt wurde, ein paar Meter weiter ein schweres Motorrad mit Schweizer Nummernschild. Der Fahrer trug einen aus der Zeit gefallenen Schnauzer im Stil der 70er-Jahre und wand sich wie ein Ringkämpfer in seine schwarze Kombi, um sich für die bevorstehende Weiterfahrt ins Kühle zu wappnen. Überall leuchtete grelles Neonlicht, schmerzhaft widergespiegelt in Glas, Plastik und Metall des Tankstellengebäudes.

Ich ging ein paar Schritte, doch es half nicht viel. Mein Ich hatte sich aufgespalten. Das Bild, das sich in den vergangenen Tagen schemenhaft erhoben hatte, war lebendig geworden. Der junge Asal hatte Gestalt angenommen.

Das alles war kein Zufall mehr. Dieses seltene Wort, von dem ich noch nicht einmal wusste, was es bedeutete und ob ich es richtig verstanden hatte – es hatte etwas mit mir zu tun, es hatte sich um und über mich gelegt wie der sternengeschmückte Umhang eines

Magiers, der sich vor aller Augen verwandelte, um in eine andere Welt einzutreten, eine Welt mit einer eigenen Geschichte, in der andere Gesetze herrschten und in der Geschehnisse möglich waren, die über den Alltagsverstand hinausgingen.

Wusste ich noch, wo mein geistiges Zuhause war? Und wer war es überhaupt, der diese Frage stellte? War ich am Ende schizophren geworden?

Am liebsten hätte ich mich an Ort und Stelle hingelegt und mich einem besänftigenden Schlaf hingegeben, der zumindest vorübergehend alles auslöschen würde. Alles gut sein lässt.

Ich sollte mich betrinken.

Der Tankstellenkiosk bot eine beeindruckende Auswahl an alkoholischen Fluchthelfern. Ich entschied mich für einen einfachen weißen Gutedel aus dem Markgräflerland, ein Wein, von dem ich wusste, dass er die Begleiterscheinungen zumindest überschaubar halten würde.

Ich bezahlte und ging zum Auto zurück. Die Unterbrechung an der frischen Luft hatte gutgetan. Noch wenige Kilometer in der Flussaue entlang der Wiese bis Todtnau, dann den Berg hoch, das würde ich schaffen.

20 Minuten später parkte ich den Octavia am Straßenrand hinter meiner Ferienwohnung. Um mich herum war es sehr still. Ein leichter Nachtwind wehte, am tintenblauen Himmel wechselten Sterne und vereinzelte Wolken. Die Kapelle auf der gegenüberliegenden Talseite lag völlig im Dunkeln. Die wenigen Straßenlaternen im Dorf hoben sich kaum ab von den hell

erleuchteten Fenstern der Häuser, aus denen sich fast überall das metallisch-blaue Flackern der Fernsehgeräte hinaus in die Nacht ergoss.

Ich legte die Jacke ab und zog die Schuhe aus. Dann legte ich auf den Wohnzimmertisch, was Fehrenbach mir mitgegeben hatte: die beiden Ordner und die Diskette mit den Bildern. In diesen schmucklosen Informationen lag etwas verborgen. Noch wusste ich es nicht, aber ich spürte keinen Zweifel mehr.

Morgen. Morgen würde ich den Schleier heben.

Ein Weinglas fand ich im Küchenschrank nicht, doch das machte mir nichts. Ich schraubte die grüne Flasche auf und goss ein Wasserglas voll, die Flasche legte ich in den Kühlschrank.

Für heute war es genug. Ich wollte nichts mehr wissen, nichts mehr spekulieren. Keine Angst mehr haben.

Ich schaltete den Fernseher ein, setzte mich und trank in einem Zug das Glas leer.

KAPITEL 6

Der Moment, an dem ich sie erkenne, lange bevor ich sie sehe. Der Raum weitet sich zu einem Balkon, dessen Ränder sich auflösen, keinen Halt mehr geben, in den Äonen hinter den Sternen versinken. Mein Inneres zieht sich zusammen, wird unsichtbar, getaucht in ein Bad aus schweigendem Glas.

Der Regen ist eingefroren in die Weite des Jetzt. Träge, bleierne Tropfen schmelzen hinab von dem Ort, der Himmel gewesen war. Der letzte Atem des Windes gebiert Seufzer im tiefen Rhythmus der Wurzeln des Berges.

Die beiden bewegen sich aufeinander zu. Schmerzende Erwartung begleitet jeden Schritt, das Rad der Zeit ist angehalten.

Ihre Haare, notdürftig unter ein Kopftuch gebändigt, feuchte Strähnen über Stirn und Wange, die Haut nass, perlende Tropfen, tränengleich, bleich auf geröteter Wange. Bebende Nasenflügel, die Lippen geöffnet in leisem Zittern.

Ihre Augen sind meine Augen, schwarz und weiß und schwarz, verschmelzen, flammen auf, alles an sich ziehend.

Die Begegnung.

Der Moment.

Die beiden Hände.

Der Schirm.

»Nehmen Sie«, presste ich hervor und legte ihre nasse Hand um den Griff. Der Atem der Zeit verharrte, alles war aufgehoben. Alles war möglich.

Sie nickte.

Es war mehr als Dankbarkeit einem Fremden gegenüber. Ein großes Ja umhüllte uns, ließ uns geborgen und voller Wärme für den einen Moment, der so lange währte, bis er durch die erwachende Verlegenheit zurückgedrängt wurde. Der letzte scheue Händedruck. Die Finger lösten sich voneinander und wurden wieder zu den unseren.

Sie schlug die Augen nieder und wandte den Blick ab.

»Danke.«

Sie drehte sich um und ging mit eiligen Schritten die Straße hinunter in Richtung Ortsausgang. Ich sah ihr nach, bis sie um die nächste Kurve verschwand.

Und weiter.

Ich wusste nicht, wie lange ich im Regen stand. Meine Haare trieften vor Nässe, Jacke, Hose und Schuhe waren durchweicht. Benommen drehte ich mich um, stolperte irgendwann die restlichen Meter bis zu Hannas Lädele.

Als ich eintrat, drehten sich einige der Kunden zu mir um, neugierig. Die übrigen wandten sich ab.

Hanna schimpfte mit zwei jungen Burschen, keine

20, die sich trotzig in der Kaffeeecke an die Tischkante stemmten.

»Und wenn schon.« Der kleinere der beiden, der eine modische Winterjacke aus gesteppten Daunen trug, zuckte mit den Schultern. »Wenn der Touri es so will.«

»Und so blöde ist«, ergänzte sein Kumpan, ein Schlaks, der linkisch versuchte, seinen Rücken aufzurichten. »Keiner hat ihn dazu gezwungen.«

»Das nennt man Höflichkeit. Ein Wort, das euch beiden wohl vollkommen unbekannt ist. Kindisch, wie ihr seid! Der Frau den Schirm verstecken!« Hanna war kaum zu beruhigen.

»Verstecken – pah! War doch nur Spaß.«

»Schöner Spaß! Albern ist das.« Hanna reichte mir eine dünne Decke, die sie von irgendwo hinter der Kasse hervorgezogen hatte. »Hier, Professor, ich bringe Ihnen gleich noch ein Handtuch.«

Mit einem energischen Kopfnicken bedeutete sie ihrem Mann, der sich die ganze Zeit über zurückgehalten und an der Kasse zu schaffen gemacht hatte, nach hinten zu gehen. »Im Schrank im Flur. Rechts oben. Bring gleich zwei große!«

Kurz darauf saß ich an dem kleinen Tisch in der Ecke, eingemummt in Decke und Handtücher, vor mir eine Tasse heißer Tee, dazu ein Riesenstück frisch aufgeschnittener Hefezopf. Hanna kümmerte sich inzwischen wieder um ihre Kunden, ihr Mann besorgte wie gewohnt die Kasse.

Die beiden Jungen waren mittlerweile verschwunden, die übrigen Kunden kümmerten sich nicht um mich.

Ich war froh darum. Nach allem, was der Pfarrer über die unglückliche Beziehung der Frau mit dem Winterersohn erzählt hatte, wunderte mich nicht, dass das Thema unter der Decke gehalten wurde. Die Macht der beiden Familien war immer noch spürbar. In einer solch überschaubaren Gemeinschaft konnte man es sich nicht leisten, sich der nach außen gültigen Lesart entgegenzustellen. Nicht jeder war stark und selbstbewusst genug wie Stocker oder der Wirt der Jägerstube. Oder Hanna.

Im Gegensatz zu dem Disput vor zwei Tagen über die weggeholte Barbarastatue ließ man mich heute in Ruhe. Dies war eine interne Sache, die niemanden etwas anging. Außerdem war ich in ein paar Tagen sowieso verschwunden.

Ich nippte an dem heißen Tee. Meine Klamotten waren noch nass, da halfen auch die Tücher nicht viel. Aber für den Moment war es gut so. Außer dass ich fror.

Wie es ihr wohl ging?

Unsere Begegnung – dieser Moment, oder war es eine Ewigkeit? Hatte sie überhaupt stattgefunden? Ein Zusammentreffen, ein Lösen; eine Erinnerung hinter der Erinnerung. Eine derartige Gefühlswallung war neu und fremd für mich. Es war, als sei ich in einer anderen, neuen und gleichzeitig uralten Realität versunken, vertraut, warm und einladend. Und dennoch Furcht einflößend. Hinter den Gefühlen raunten dunkle Bilder, Schrecken und Schmerzen, die wie lange vergessene Bücher aus dem Staub der Zeit emporgetragen worden waren.

Und immer wieder der kühle Antagonist, der Mahner, der alles Geschehen als Ausgeburt meiner Fantasie abtat, als unbekannte Scheinwelt, in die ich abgeglitten war, als eine Welt, die sich in der Nacht auf dem Schauinsland geöffnet und mich mehr und mehr zu sich heruntergezogen hatte. Befeuert durch Zufälligkeiten und zwanghafte willkürliche Einordnungen wie Fehrenbachs Erklärung zu dem Hof, den es nicht gab. Der brannte. In dem ich die Stimme hörte.

Ihre Stimme.

Ich musste aufpassen, nicht vollends den Verstand zu verlieren. Hatte ich mir nicht vorgenommen, die restlichen Tage konsequent mit Arbeiten zu verbringen? Die Aufgabe Stück für Stück voranzutreiben mit dem, was ich sah, was klar vor meinen Augen lag? Mit nichts anderem?

Ich sah aus dem Fenster. Es regnete immer noch, aber das sollte mich jetzt nicht mehr aufhalten. Ich stand auf, faltete Decke und Handtücher zusammen und legte alles auf einen Stuhl vor der Heizung.

»Soll mein Mann dich heimfahren? Du holst dir ja den Tod!« Hanna protestierte, als ich mich verabschiedete, aber ich ging nicht darauf ein. »Dann ziehe wenigstens noch etwas über. Und nimm einen Schirm mit.«

Ihr Mann nahm etwas unwillig einen alten Parka vom Garderobenhaken und reichte ihn mir. Dann deutete er auf einen Schirm in einem Eimer darunter. »Den. Bringst ihn mal wieder.«

Ich bedankte mich und machte mich mitsamt den Einkäufen auf den Weg. Der Wind schob vom Tal herauf und ließ den Regen schräg von der Seite kommen. Am Straßenrand flossen talabwärts kleine Bäche. Überall rauschte und gluckerte es. Wenn ich Pech hatte, war der Fahrweg zur Kapelle unpassierbar. Ich sollte mich beeilen.

Zurück in der Wohnung drehte ich die Heizung bis zum Anschlag auf, dann eilte ich unter die Dusche. Während das heiße Wasser über meine Haut plätscherte, wurde ich erneut von der Erinnerung an die Begegnung mit der Frau aufgewühlt. Selbst jetzt, über eine Stunde später, kam ich nicht zur Ruhe.

Vom Augenblick an, an dem ich sie in der Gestalt erkannte, die auf mich zukam, war alles wie in Zeitlupe abgelaufen. Jeder einzelne Moment war gedehnt bis zum Schmerz in einer Fülle, die ich nicht zu fassen vermochte.

Ich war verliebt. Hätte ich diesen Satz doch nur so einfach sagen können. Die banale Umschreibung für das, was des Menschen Innerstes widerfährt, wenn es das Tor zur irrationalen Seelenlandschaft durchschreitet, wo in der Eingangshalle die Kleider zum ständigen, unvorhergesehenen Wechsel aushängen, mit denen er zu dem wird, was der flackernde Brand aus ihm macht: zum Eroberer, zum Helden, zum Krieger, zum Einsamen.

Zum Toren.

All das umgab mich wie ein flirrender Kranz aus Möglichkeiten, all das konnte geschehen und noch mehr, die Entscheidung traf ein anderer.

Doch es genügte nicht. Ich spürte, wie ich immer wieder an einer verschlossenen Tür vorbeilief. Dieselbe Tür. Eine Tür, die sich nicht öffnen ließ, zu der ich vor langer Zeit den Schlüssel besessen hatte, der jetzt verloren gegangen war.

Eine starke Tasse Kaffee brachte mich einigermaßen zurück. Die Entscheidung lag klar vor mir. Ich musste die Frau vergessen, musste sie tilgen aus meinem Leben, musste die Erinnerungen verwischen. Noch zwei Tage, bis ich diesen Ort verlassen würde, zwei Tage, in denen es mir gelingen musste, eine weitere Begegnung zu vermeiden, in denen ich es schaffen musste, die Gedanken an sie hinter meiner Arbeit zu verbergen.

Der Regen hatte nachgelassen. Ich entschied mich, bis Mittag zu Hause zu bleiben, trotz Dusche und Kaffee war ich immer noch innerlich durchgefroren. Ich wollte nicht riskieren, dass eine Erkältung meine Planung zusätzlich ins Wanken brachte.

Ich wollte mit Fehrenbachs Unterlagen beginnen. Ich breitete alles auf dem Tisch aus, die beiden Mappen mit den Informationen zur Kapelle und der Barbarastatue, dann warf ich den Laptop an, um die Fotos vor Augen zu haben, die Fehrenbach eingescannt hatte.

Sofort nachdem das Programm hochgefahren war, ertönte das vertraute Signal des Postfachs. In der Nacht musste sich das Funkloch für eine Weile geschlossen haben, in meinem Eingangsordner lagen 14 ungelesene Mails.

Die Hälfte bestand aus Werbung, die ich ungesehen wegklickte. Fünf Nachrichten kamen aus Heidelberg, von denen mich eine eindringlich an das in der kommenden Woche beginnende Seminar erinnerte. Von Georg kamen einige Links, die ich aber nicht öffnen konnte, da die Netzverbindung wieder einmal stockte.

Fehrenbach hatte sein Versprechen eingelöst und mir im Anhang an ein paar flüchtige Grüße einen Zeitungsausschnitt zum Mathieslehof geschickt. Nach seinen Quellenangaben handelte es sich um die Kopie eines Faksimiles, die er zufällig in einer Heimatzeitschrift aus den 30er-Jahren entdeckt hatte.

Ich hätte einiges für einen Drucker gegeben, doch ich musste mit dem Bild auf dem Monitor zufrieden sein. Mit der verschnörkelten Kurrentschrift war ich zum Glück einigermaßen vertraut, doch hier hatte ich beim Entziffern Schwierigkeiten. Auch Vergrößern half nicht viel. Einige Zeichen und sogar ganze Worte waren undeutlich oder ganz verblasst.

Freundlicherweise hatte Fehrenbach eine kurze Zusammenfassung beigefügt.

Ein reicher Bauernhof, der vom Feuer vernichtet wurde. Eine Liebesgeschichte. Tote.

Es gab solche Geschichten zuhauf, vor allem aus Berggegenden wie den Alpen, den Vogesen oder der Schwäbischen Alb. Und natürlich aus dem Schwarzwald.

Ich lehnte mich im Stuhl zurück. Erinnerungen stiegen auf. Als Kind konnte ich stundenlang in einem Sagenbuch meines Großvaters in die Welt der Raubritter, Burgfräulein, Gewölbegespenster und geheimen Schätze eintauchen. Später noch einmal im Rahmen des Studiums in einem Seminar über die ›Möglichkeiten geisteswissenschaftlicher Parallelen zwischen Geschichtsschreibung und tradierter Volksfrömmigkeit‹. Ich erinnerte mich gut an Professor Meyer-Eder und dessen trockene und überaus herablassende Art, mir die damals noch lebendige kindliche Freude an den Geheimnissen der Heimat auszutreiben.

Erneut starrte ich auf den Text auf dem Bildschirm. Vielleicht hatte mich das jetzt alles wieder eingeholt. Vielleicht gab es eine Art Ortsgedächtnis, das auf seltsame Weise in die Vorstellungen dessen eindrang, der sich intensiv damit beschäftigte.

Den Hof hatte es tatsächlich gegeben, auch wenn die heutige Dorfgemeinschaft ihn aus ihrem Gedächtnis getilgt hatte. Eine eigenartige Mischung aus Neugier, Stolz und Furcht erfüllte mich. Die Genugtuung, nicht gänzlich irgendwelchen Halluzinationen zum Opfer gefallen zu sein.

Die leise Furcht und Unsicherheit konnte ich trotzdem nicht ablegen. Ich spürte, dass die Geschichte des Hofes etwas mit mir zu tun hatte.

Ich beschloss, den Zeitungsausschnitt später Wort für Wort zu transkribieren, so gut es ging, um den Text in seiner Gänze leserlich vor mir zu haben. Fürs Erste wollte ich es bei einem Überblick belassen und mich stattdessen Fehrenbachs Unterlagen zur Kapelle zuwenden.

Leider war es weniger ergiebig, als ich erhofft hatte. Das Wesentliche hatte Fehrenbach bereits für sein Buch verwertet, der Rest bestand aus ein paar dünnen Anekdoten und Mutmaßungen.

Blieben die fünf Fotos. Die mangelhafte Qualität, über die ich bei meiner anfänglichen Begeisterung hinweggesehen hatte, war ein Problem. Leider hatte ich mein professionelles Bildbearbeitungsprogramm zu Hause in Heidelberg auf meinem Hauptrechner installiert, und so musste ich mit den üblichen Bordwerkzeugen zurechtkommen. Ausschneiden, vergrößern, nachschärfen – was ich versuchte, nützte nicht viel, selbst nicht bei der großen Aufnahme.

Die Figur war zweifellos ein Meisterwerk, so viel war auch jetzt zu erkennen. Für eine fundierte Analyse würde das aber nicht reichen. Falls Georgs Auftraggeber darauf bestanden, würde ich nicht umhinkommen, die Plastik im Original anzusehen.

Dennoch wollte ich nicht aufgeben. Tatsächlich fiel mir beim wiederholten Betrachten etwas auf, eine Kleinigkeit nur. Eines der Fotos war etwas überbelichtet, keine Seltenheit bei den damals üblichen Blitzlichtbirnen. Die Figur war etwas zu hell und leicht verschwommen geraten, stattdessen traten im Umkreis und an der Wand im Hintergrund Einzelheiten hervor, die ich zuvor nicht bemerkt hatte. Ein Teil des Fensters hinter dem Seitenaltar, in Brusthöhe zwei der Votivtafeln, dazu ein massiger Ständer mit einer armdicken Kerze.

Dazu gab es noch etwas, was ich nicht zuordnen konnte. Ich konnte noch nicht einmal sagen, was es war. Eine Unebenheit, ein Schwanken. Etwas war falsch. Die anderen kleinen Fotos halfen leider nicht weiter, lediglich das große verstärkte den Eindruck, jetzt, nachdem ich darauf aufmerksam geworden war. Vielleicht bildete ich mir etwas ein, aber dieses Mal wollte ich mein Gefühl ernst nehmen. In der Kapelle vor Ort würde ich mehr Klarheit bekommen.

Ein hässliches Schnarren ließ mich aufschrecken. Ich brauchte einen Moment, um zu realisieren, dass es die Türglocke sein musste. In den Tagen, seit ich hier wohnte, hatte es noch kein einziges Mal geläutet, ich rechnete auch nicht damit. Die Kilians kamen ohnehin einfach so herein, wenn sie wollten, und jemanden anderes erwartete ich nicht.

Ich stand auf und öffnete. Patrick Bernauer, der Ortsvorsteher.

Er trug einen modisch geschnittenen dunkelgrauen Wintermantel, um den Hals hatte er einen Wollschal mit zartbraunem Tartanmuster geschlungen, die schwarzen Halbstiefel glänzten vor Nässe.

»Darf ich hereinkommen?« Er wartete nicht auf die Antwort, stattdessen drängte er an mir vorbei, knöpfte den Mantel auf und ließ sich auf das Sofa fallen. Nach einer höflichen Frage nach meinem Wohlergehen kam er ohne Umschweife zur Sache.

»Heute komme ich in meiner Eigenschaft als Ortsvorsteher und somit als Verantwortlicher für die Gemeinde. Sie werden uns ja in Kürze verlassen. Bisher wissen wir nur wenig über Ihre Ergebnisse. Ich finde, dass Sie nicht zurückfahren sollten, ohne uns aufgeklärt zu haben, was es nun mit der Kapelle auf sich hat.«

Ich musste mich zusammennehmen, um nicht zu grinsen. Natürlich wollte Bernauer wissen, ob er in die Planungen für das Hotelprojekt einsteigen konnte. Sicher hatte er bereits einiges in die Wege geleitet, aber jede Zusatzinformation war nützlich. Und in Bezug auf mögliche Konkurrenten bares Geld.

Ich gab mich ganz sachlich. »Natürlich, Sie haben Recht. Das Gutachten bringt möglicherweise deutliche Folgen für den Ort mit sich.«

Die Augen des Ortsvorstehers blitzten für einen Moment auf. Obwohl er sich betont professionell und geschäftsmäßig gab, sah ich ihm an, dass er zum Zerplatzen neugierig war.

»Leider muss ich Sie enttäuschen. Bis zu einem abschließenden Urteil wird es noch dauern.«

»Selbstverständlich.« Bernauer nickte. »Eine fundierte Analyse braucht Zeit. Das habe ich erwartet. Trotzdem …« Er legte eine winzige Pause ein, um dem nun Folgenden mehr Nachdruck zu verleihen. »Trotzdem denke ich, es wäre wichtig und hilfreich, unsere Bürger aufzuklären.« Er lächelte großzügig. »Der Stand der Dinge sozusagen. Was Sie bisher erreicht haben. Ich hoffe daher, dass es ganz in Ihrem Sinne ist, dass ich einen Informationstermin vereinbart habe. Mit Ihnen. Kurz, ohne formale Zwänge.«

»Mit mir?«

»Am Sonntagmorgen nach der Messe. Im Saal des Gemeindehauses. Das passt Ihnen doch sicher, oder?« Ich zögerte einen Moment. Das Ganze kam überraschend. Er hätte mich zumindest fragen können. Aber ich wollte das bisherige gute Einvernehmen nicht aufs Spiel setzen. »Warum nicht? Aber erwarten Sie nicht zu viel. Wie gesagt, endgültige Ergebnisse gibt es noch nicht.«

»Das verstehe ich vollkommen.« Er nickte wohlwollend. Doch ich spürte, dass noch etwas nachkam. »Es würde die Bürgerschaft beruhigen, die Zukunft der Kapelle in guter Obhut zu wissen. So oder so. Gibt es denn eine Tendenz?« Bernauer war bei aller Cleverness doch nicht abgebrüht genug, um das Blitzen in seinen Augen verbergen zu können. Natürlich wollte er mehr wissen.

Ich gab vor, innerlich die Situation abzuwägen. Dann schüttelte ich den Kopf. »Keine Tendenz. Natürlich sollten Sie als Ortsvorsteher und Hauptverantwortlicher als Erster Bescheid wissen. Aber so leid es mir tut – es geht nicht. Vieles hängt ab von einer Expertise über die Barbarastatue, zu der ich eine Anfrage nach Karlsruhe geschickt habe. Die Antwort steht leider noch aus.«

Die Enttäuschung war ihm anzumerken. Dem weltfremden Professor aus der Stadt das zu entlocken, was er wissen wollte, würde nicht klappen.

»Sie geben mir trotzdem Bescheid, sobald Sie etwas wissen?« Eine letzte Hoffnung, Rückzugsgefecht.

»Sie werden der Erste sein, Herr Bernauer.«

Der Ortsvorsteher erhob sich. Er sah ein, dass er nichts mehr erreichen konnte. »Also bis Sonntag. Ich bin schon gespannt.«

»Bis Sonntag. Erwarten Sie nicht zu viel.« Ich erhob mich ebenfalls und begleitete ihn zur Tür. Eine spontane Eingebung ließ mich innehalten. Warum nicht? Bernauer kam aus der Gegend, kannte sich bestens aus.

»Darf ich Sie noch etwas fragen? Was heißt ›Asal‹?«

Bernauer hatte bereits mit dem Autoschlüssel das Türschloss seines Wagens entsichert. »Asal? Welcher Asal?«

»Das Wort ›Asal‹. Ich habe es ein paarmal gehört und weiß nicht, was es bedeutet.« Mehr sagte ich nicht.

Bernauer war sichtlich irritiert. »Ich kenne es als Name. Als Familienname. Recht verbreitet hier in der Gegend. Zum Beispiel der Asal Johannes, er arbeitet in Todtnau auf dem Bauamt. Oder die Familie Asal, die haben ein Schreibwarengeschäft in der Kirchgasse. Warum wollen Sie das wissen? Hat es etwas mit der Kapelle zu tun?« Die Frage klang hoffnungsvoll.

»Nein. Ich habe das Wort, seit ich hier bin, ein paar Mal gehört. Ich fand es eigenartig und konnte es nicht einordnen. Jetzt weiß ich ja Bescheid, danke.«

Ich drückte ihm die Hand und ging zurück in die Wohnung. Hinterm Vorhang beobachtete ich, wie Bernauer noch ein paar Sekunden am Straßenrand verharrte, als ob er über etwas nachdachte. Dann stieg er in seinen Wagen und fuhr rasch davon.

Ich blieb am Fenster stehen und schaute über das Tal. Wolkenfetzen zogen rasch Richtung Süden. Der

Regen durchzog sich mit hellen Kristallen. Vielleicht würde es bis zum Abend wieder schneien.

Asal, ein Familienname. Eine plausible Erklärung. Doch was hatte das mit mir zu tun? Eine Verwechslung vielleicht? Konnte es sein, dass ich jemandem ähnlich sah oder die Menschen an jemanden erinnerte, der Asal hieß?

Aber da gab es immer noch den Traum vom brennenden Hof. ›Der junge Asal.‹

Jetzt wollte ich es genau wissen. Ich schloss das Fenster mit den Barbara-Fotos und startete die Suchmaschine. Die Eingabe bestätigte, was Bernauer gesagt hatte. Der Name Asal schien im Wiesental ziemlich verbreitet zu sein, allein im Todtnauer Telefonbuch fand ich mehr als zehn Einträge, die meisten waren Geschäftsadressen, dazu einige wenige private Anschriften.

Nach einer Viertelstunde lehnte ich mich zurück und überlegte. So sehr ich mir den Kopf zerbrach, konnte ich keinerlei Zusammenhang entdecken. Ein Name wie viele andere auch, etwas exotisch und ungewohnt, aber sonst?

Ich erweiterte die Suche um Begriffe wie ›Bedeutung‹ und ›Herkunft‹. Doch sofort merkte ich, dass auf diesem Weg nichts zu finden war. Zwar gab es Asal sowohl als Vorname als auch als Familienname, doch wiesen die Ursprünge in die Türkei und bis nach Persien! ›Die Honigsüße‹ war wohl kaum eine Bezeichnung, die eine Verbindung zu Familien in einem abgelegenen Tal im Schwarzwald ermöglichte.

Enttäuscht blätterte ich einige Seiten weiter, als plötzlich der Name der örtlichen Zeitung auftauchte. ›Familiennamen im Südschwarzwald – ihre Herkunft und Bedeutung‹, eine Artikelserie aus den 90er-Jahren.

Der Verfasser, ein Germanistikprofessor aus Basel, verwies auf den Heiligen Oswald, der im Mittelalter vor allem im Alpengebiet als einer der 14 Nothelfer verehrt wurde. Über Answald war im alemannischen Dialekt schließlich die Koseform Asal geworden.

Ich starrte verwirrt und sprachlos auf den Bildschirm. Die Buchstaben verschwammen vor meinen Augen. Hier saß ich, Benedikt Oswald aus Heidelberg, als Besucher in einer Ferienwohnung im Schwarzwald in einem abgeschiedenen Ort, an dem die Menschen ihn ›Asal‹ nannten.

Endlich eine Erklärung? Ein Scherz? Fehrenbach traute ich das auf jeden Fall zu. Aber auch die Gassnerin hatte mich so genannt, sehr ernst und voller Furcht.

Und der Alte, der vor dem brennenden Hof saß, den es gab oder auch nicht.

Ich hatte eine Tür aufgestoßen, doch ich kam nicht ins Freie. Der Raum dahinter war schmucklos und lag im Halbdunkel. Die Wände grau und leer. Und neue Türen.

Ich schüttelte unwillig den Kopf. So kam ich nicht weiter. Ich musste etwas tun, musste arbeiten, mich bewegen. Hinaus.

Ich beschloss, doch noch zur Kapelle hochzugehen. Die Arbeit würde mich ablenken. Vielleicht sogar neue Ideen hervorbringen. Ich steckte den Laptop in eine

Hülle und packte das Nötigste zusammen, dann zog ich Jacke und Schuhe an und stieg in den Wagen. Der Regen hatte sich in ein undefinierbares Gesprühe verwandelt, das abwechselnd von allen Seiten zu kommen schien.

Zum Glück gab es auf dem Zufahrtsweg durch den Wald keine Hindernisse. Der Boden war weniger aufgeweicht als befürchtet. Ich parkte den Octavia an der gewohnten Stelle. Das Schmuddelwetter belohnte mich auf dem Fußweg mit einem faszinierenden Blick über das Hochtal. Die Häuser des Ortes duckten sich in die Hänge wie Bergwanderer, die vor einem Unwetter Schutz suchten. Weißlich-graue Schneeflecken wechselten sich mit dunklem, sattem Grünbraun der Bergwiesen ab. Über allem jagten Wolkenfetzen in allen Größen und Formen um die Wette, lösten sich auf, verschmolzen und entstanden neu. Ein vorgezogener Aprilwettertag im März, an dem die Natur ihr reichhaltiges Repertoire aufgeboten hatte, um in Endlosschleife in immer neuen Variationen Bilder zu entwerfen und zu zerstören.

Nur die Sonne fehlte völlig. Auf den wenigen Metern am Waldrand entlang kroch die Kälte des unfreiwilligen Regengusses vom Vormittag an mich heran. Die letzten Meter ging ich im Laufschritt, ehe ich schließlich schwer atmend unter dem winzigen Vordach der Kapellentür stand.

Die Tür war offen. Ich versuchte, mich zu erinnern, wer außer mir und dem Pfarrer einen Schlüssel haben konnte. Der Ortsvorsteher? Stocker?

Oder hatte ich in meiner Aufregung vergessen abzuschließen?

Eine Gestalt huschte geduckt an mir vorbei ins Freie.

»Du tust ihr nichts, oder?«

Johanna Gassner. Die Gassnerin.

Wie bei unserer ersten Begegnung hielt sie sicheren Abstand. Doch dieses Mal wirkte sie weniger erschrocken. Anscheinend hatte sie in der Zwischenzeit im Ort so viel über mich erfahren, dass Furcht und Neugier sich einigermaßen die Waage hielten.

Ich blieb unter der Tür stehen und versuchte, so freundlich zu sein, wie es ging. »Natürlich nicht. Alles ist gut. Wollen Sie nicht hereinkommen? Sie werden ja ganz nass!«

Ich winkte ihr mit der Hand hereinzukommen, doch sie reagierte nicht, sondern blieb unbewegt stehen. Es nützte auch nichts, als ich einen Schritt zur Seite trat und den Eingang zur Kapelle freigab.

Ich entschied, dass es das Beste war, sie in Ruhe zu lassen, und wandte mich meiner Arbeit zu, behielt sie aber im Auge. Ich hoffte, dass sie mich nicht weiter stören würde.

Ich startete die Akkus und schaltete die Lampen an. Jetzt, nachdem ich die Fotos der Originalstatue ausführlich betrachtet hatte, kam mir der Raum abweisend und kühl vor. Mein Empfinden war eindeutig: Das Ganze war nicht so, wie es sein sollte. Es fehlte etwas.

Der Laptop fuhr rasch hoch, gleich darauf öffnete ich den Ordner mit den Fotos. Die Situation war grotesk. Die moderne Technik ermöglichte einen Zeitsprung in die Vergangenheit. Es wirkte wie eine moderne Videoinstallation in einem städtischen Kunstmuseum.

Ich vergrößerte die erste der Aufnahmen, bis sie den ganzen Bildschirm einnahm. Im selben Moment ertönte hinter mir ein Schrei, danach aufgeregtes Rufen. Die Gassnerin stand unter der Tür und starrte auf den Monitor.

»Sie ist wieder da!« Ihre Augen waren weit aufgerissen. »Der junge Asal hat sie zurückgebracht!« Sie ging zwei weitere Schritte, dann blieb sie stehen und streckte beide Arme zu dem Bild aus. Im nächsten Moment beschrieben ihre Hände seltsame Linien in der Luft, als ob sie etwas hin und her bewegen wollte.

Fasziniert beobachtete ich ihre Bewegungen, die wie ein zarter Tanz eine unsichtbare Spur im Raum beschrieben.

»Gehen Sie ruhig weiter, schauen Sie sich alles genau an!«, ermunterte ich sie und vergaß gleichzeitig, was ich mir vorgenommen hatte. Ich ging einen Schritt auf sie zu. Einen Schritt zu viel.

Sie reagierte sofort. Aus den fließenden Bewegungen wurde ein wirres Gefuchtel, ihr Blick verblasste, der Kopf fuhr ruckartig zurück. Dann drehte sie sich rasch ab und stürzte davon, hinaus aus der Kapelle.

Ich folgte ihr, doch dieses Mal war ihre Reaktion eindeutig. Wie schon vor ein paar Tagen sprang sie rasch den schmalen Steig hinunter, der vom Vorplatz aus in Richtung Tal führte. Sie sah sich kein einziges Mal um.

Ich stand still und blickte ihr nach, bis mir bewusst wurde, dass es immer noch regnete. Ich eilte zurück in die Kapelle, zurück zu dem Arrangement, auf das Johanna Gassner so eigenartig reagiert hatte.

Ich setzte mich in die hinterste Bankreihe. Das Licht des Monitors leuchtete in starkem Kontrast mit dem dunklen Grau der Wände, die alle Helligkeit in sich aufsaugten.

Es war ganz offensichtlich, dass die Frau etwas Wichtiges ausdrücken wollte. Eine Bewegung der Figur vielleicht, der fromme Ausdruck einer Geste, die sie auf ihre Weise nachschaffte?

Mehrere Male ließ ich den Blick vom Bildschirm zum Raum und der abschließenden Wand und zurück wandern. Johanna Gassners Bewegungen waren eindeutig zur rechten Seite gewandt, so als wolle sie die Heilige an einen anderen Ort schieben.

Ich hatte eine Idee. Auf der überbelichteten Aufnahme waren Teile des Hintergrunds hervorgetreten. Vielleicht hatte ich Glück und fand eine Übereinstimmung. Ich lud das Foto auf den Monitor und vergrößerte den betreffenden Ausschnitt, so gut es ging. Doch die Wand im Hintergrund zeigte nichts Auffälliges, ja es schien sogar, als sei die Aufnahme des damaligen Bürgermeisters von einem anderen Platz aus gemacht worden.

Ich drehte die Scheinwerfer, die den Innenraum ausleuchteten, so, dass sie auf die beiden Längswände gerichtet waren. Dann bewegte ich mich langsam den Mittelgang auf und ab, sorgfältig verglich ich jeden Winkel, jede Unebenheit, jeden Mauervorsprung. Beim Rückweg nahm ich mir die Gegenseite vor. Endlich, im vorderen Teil der linken Wand, fand ich, was ich suchte. Im unteren Teil, etwa hüfthoch über dem Steinboden, ragte ein Mauervorsprung heraus, etwa so breit wie eine Tür, mit einem flachen Absatz, auf dem eine Vase mit Blumen stand. Der Vergleich mit der Aufnahme bestätigte meine Vermutung. Ein ausgeblichenes rechteckiges Stück Putz ließ sogar vermuten, dass hier früher eine Votivtafel hing, dieselbe, die auf dem Foto zu erkennen war.

Ich musste mir nicht lange den Kopf zerbrechen, um den einzig logischen Schluss zu ziehen. Mit dem Laptop auf dem Arm suchte ich die passende Stelle und ging dann langsam rückwärts. Eine der Bankreihen musste ich zur Seite ziehen, dann hatte ich es. Ein ähnlicher Mauervorsprung, nur etwas höher und breiter – dies war der Platz, an dem die Statue zum Zeitpunkt der Aufnahme gestanden hatte! Die Stelle, auf die mich bereits zuvor Stocker aufmerksam gemacht hatte.

Vorsichtig stellte ich den Laptop auf dem Sims ab, dann drehte ich ihn langsam in beide Richtungen, bis der Blickwinkel mit Fehrenbachs Foto übereinstimmte. Nachdem ich zufrieden war, ging ich zurück zur Eingangstür. Natürlich war jetzt meine Fantasie gefordert. Doch seltsamerweise fiel es mir nicht schwer, mir vorzustellen, wie es früher einmal ausgesehen haben musste. Das, was mir beim ersten Betrachten seltsam und unstimmig erschienen war, passte jetzt. Auch wenn es nur ein nüchternes technisches Gerät war, das sie ersetzte – jetzt stand die Barbara richtig.

Und jetzt erst wurde mir deutlich, wie der Raum für die Menschen damals gewirkt hatte. Die Präsenz der

Heiligen musste derart greifbar gewesen sein, dass aus der Statue eine lebendige Kraft erwuchs, eine Kraft, die den Menschen Trost und Hoffnung spendete.

Ich blieb eine Weile auf einer der Bänke sitzen. Das Ganze machte mir zu schaffen. Die Zeiten flossen ineinander. Die Geschichte der Kapelle rollte sich vor mir auf in einer Vielfalt, von der noch kein Ende abzusehen war. Was sollte ich hier beurteilen? Welcher Aspekt, welche Zeit, welches Empfinden sollte im Vordergrund stehen? Wie konnte eine abschließende Beurteilung möglich sein? Ein Gutachten – wofür? Für wen? Über die Kapelle? Die Figur?

Für die Menschen?

Ich stand auf und trat vor die Tür. Der Regen hatte fast aufgehört, dafür wirbelten ein paar vereinzelte Schneeflocken durch die Luft. Dicke graue Wolken hingen schwer über dem Tal. Obwohl es erst in den Nachmittag ging, brannten in den Häusern bereits die ersten Lichter.

Johanna Gassner gehörte ohne Zweifel zu denen, die Stimmung in der Kapelle und die ursprüngliche Kraft der Heiligen erleben konnten. Und sie war sicherlich nicht die Einzige im Dorf. Andere wie Patrick Bernauer als Vertreter der scheinbar modernen Bürgerschaft standen alldem wesentlich nüchterner gegenüber. Was sollte ich tun?

Was konnte ich tun?

In zwei Tagen würde ich zurückfahren. Das Dorf wartete auf meine Entscheidung. Georg ebenfalls. Die Behörden in Stuttgart und Karlsruhe.

Wenn ich ehrlich zu mir selbst war, musste ich mir eingestehen, dass es hier nichts mehr zu tun gab. Die Grundlagen für ein Urteil waren gegeben, nun lag es an mir. Was ich entschied, würde falsch sein.

Ich schaltete den Laptop aus und klappte ihn zu. Dann knipste ich der Reihe nach alle Scheinwerfer aus und stellte alles, was ich mitgebracht hatte, vor die Tür. Noch ein letztes Mal setzte ich mich in eine der abgeschabten Holzbänke.

Die Barbara stand deutlich vor mir. Alles andere war zweitrangig, das Beiwerk wie Blumen, Gedenktäfelchen, Kerzen, Bilder – all dies war austauschbar und dem Geschmack der Zeit unterworfen.

Die Kapelle war die Heilige Barbara, die Heilige Barbara war die Kapelle.

Die Gestalt, eingehüllt in ein schlichtes wallendes Gewand, das anmutig geneigte Haupt, die Augen, die in Herz und Seele blicken. Die Werkzeuge der Bergleute zusammen mit dem Palmzweig und dem Burgturm, den Insignien der Heiligen, eine ungewöhnliche Kombination. Die Arme, ausgebreitet, weit …

Die Arme. Für einen Moment hatte die Gassnerin die Gesten der Heiligen übernommen, hatte sie lebendig gemacht.

Als ob sie etwas zeigen wollte.

Ich rief mir das Bild in Erinnerung. Der rechte Arm war nach vorne gerichtet, leicht gebeugt hin zum Betrachter, wie eine Einladung. Der linke Arm scheinbar wie zufällig nach hinten ausgestreckt, die Finger der Hand, abgespreizt, wiesen genau auf den Mauervorsprung, der mir den ersten Anhaltspunkt gegeben hatte.

Vielleicht war es Einbildung. Dennoch stand ich auf und ging zur Wand. Der Vorsprung sah aus der Nähe aus wie eine schlichte Abdeckung, für eine Heizung vielleicht oder ein ehemaliges Bild, das inzwischen verfallen oder zerstört war.

Ich klopfte, es klang hohl.

Sofort wurde mein Entdeckergeist geweckt. Seit ich hier war, hatte es schon viel Unerwartetes gegeben, vielleicht war etwas verborgen, das ich doch noch zur Bewertung der Kapelle heranziehen konnte!

Ich untersuchte den Rand, an einigen Stellen waren Putz und Farbe abgesplittert, und ein winziger umlaufender Spalt wurde sichtbar. Aus meiner Umhängetasche holte ich mein Allzweckmesser.

Ich zögerte einen Moment. Was ich jetzt tat, war grenzwertig. Dies war eigentlich Aufgabe für einen Spezialisten, damit nicht unbedacht etwas Wichtiges zerstört würde. Doch meine Neugierde besiegte die Zweifel. Ich setzte das Messer an und begann, langsam die Deckplatte aufzuhebeln.

Schon nach dem zweiten Anlauf fiel mir die Abdeckung entgegen. Staub wirbelte auf. Ein daumennagelgroßer brauner Käfer flüchtete erschreckt durch die plötzliche Helligkeit in eine Mauerritze. Enttäuscht ließ ich die Holzplatte zu Boden sinken. Bis auf ein paar kleine Steinbrocken war die Nische dahinter leer.

Ich nahm meine Handtaschenlampe und leuchtete jeden Winkel aus. Der Verschlag war gerade so groß, dass sich ein Mensch hineinkauern konnte. Der Boden schien fest, die schmalen Wände aus dünnem Holz. Den hinteren Teil bildete offenes Mauerwerk. Ich drückte und klopfte dagegen, nichts regte sich. Dennoch kam mir das Ganze merkwürdig vor. Die rohen Backsteine sahen aus, als seien sie erst in den letzten Jahren vermauert worden. Der Mörtel war keineswegs fachmännisch und sorgfältig verarbeitet, sondern quoll ungleichmäßig aus den Fugen heraus, als habe jemand auf die Schnelle etwas verschließen wollen.

Noch einmal klopfte ich die hintere Wand ab, dieses Mal mit dem Holzstiel meines Hammers. Jetzt meinte ich, eine dumpfe Antwort zu hören, so als ob es noch einen weiteren Hohlraum hinter dem Mauerwerk gäbe.

Ich sah nach oben. Die Öffnung lag schräg unter einem der Kapellenfenster, direkt über dem Boden. Vielleicht konnte ich von der anderen Seite her etwas erreichen. Ich stand auf und ging nach draußen. Die betreffende Stelle unterhalb des Fensters hatte ich rasch gefunden. Leider war auf den ersten Blick nichts Auffälliges zu erkennen. Das Kapellengebäude war auf einem breiten Sockel errichtet, der sich ringsum zog. Von außen waren große Granitsteine als Abdeckung und Schutz aufgemauert. Es war unmöglich, hier durchzudringen, ohne größere Schäden anzurichten. Allerdings schätzte ich die Sockelmauer als so dick, dass sich dahinter durchaus etwas verbergen konnte.

Ich ging zurück in den Kapellenraum. Mein Herz pochte. Konnte es sein, dass ich einem Geheimnis auf der Spur war, das in der ursprünglichen Barbara verborgen lag? Etwas, das aus dem Gedächtnis des Ortes gelöscht werden sollte wie schon anderes zuvor?

Um eine Antwort zu bekommen, würde ich die Backsteine entfernen müssen. Allerdings kam ich mit meinem Messer nicht weiter, und andere grobe Werkzeuge hatte ich nicht. Ich sah auf die Uhr. Noch war es zeitig am Tag, in Todtnau hatten die Geschäfte noch geöffnet, mit etwas Glück würde ich bekommen, was ich brauchte.

Dieses Mal nahm ich nur den Laptop mit. Ich schloss die Kapelle ab und eilte zurück zum Wagen. Schon im Wald musste ich die Scheinwerfer einschalten, es trübte jetzt rasch ein. Auch die Autos, die mir unten auf der Landstraße entgegenkamen, hatten alle das Licht eingeschaltet. Erinnerungen an meine Anfahrt über den Schauinsland am ersten Tag kamen auf. Wenn sich das Wetter weiter verschlechterte, konnte ich Schwierigkeiten bekommen, nach dem Einkauf aus dem Tal wieder hochzufahren. Ich musste mich beeilen.

Noch während der Fahrt überlegte ich, wie ich am besten vorgehen konnte. Natürlich setzte ich mich mit meinem Vorhaben über sämtliche Richtlinien des Denkmalamtes hinweg, die für so einen Fall zunächst eine Einschätzung der betreffenden Sachbearbeiter forderten. Doch ich wischte den Gedanken zur Seite. Falls ich tatsächlich etwas fand, würde der Erfolg mir Recht geben und den Ärger mit der Bürokratie kleinhalten.

Die wichtigere Frage war die nach dem Werkzeug. Ich musste die Steine herausbrechen, ohne einen größeren Schaden auszurichten. Ein Vorschlaghammer war daher undenkbar, ebenso wenig ein Schlagbohrer mit einem groben Meißel. Und woher bekam ich das, was ich brauchte?

In Todtnau musste ich eine Weile suchen, doch ich hatte Glück. Die Frage nach einer Eisenwarenhandlung brachte mich in einen kleinen Baumarkt am Ortsrand, der neben einer überschaubaren Gartenabteilung auch Metallwerkzeuge aller Art bereithielt. Ich entschied mich für zwei verschieden große Handmeißel mit einem Fäustling, ein Stemmeisen sowie einen Fugenkratzer, eine Metallfeile und eine grobe Bürste.

Ich ging zurück zum Wagen und legte alles in den Kofferraum. Inzwischen war es 17.30 Uhr. Die Straßenlaternen warfen ihr milchiges Licht auf den feuchten Asphalt. Es war kalt geworden. Regen und Schnee hatten aufgehört, ich musste mir um den Heimweg keine Sorgen machen.

Ich konnte mir noch etwas zu essen kaufen, in den letzten Tagen hatte ich mich nicht eben gut ernährt. Doch der Gedanke an ein aufgewärmtes Fertiggericht im Ofen der Ferienwohnung war nicht unbedingt aufbauend.

Heute würde ich es anders machen. Ich fuhr vom Baumarkt aus zurück in die Stadt, parkte in der Nähe des Marktplatzes und lief hinüber ins Venezia, zu der Pizzeria, in der ich am Tag meiner Ankunft übernachtet hatte.

Obwohl es früh am Abend war, war die Gaststube bereits gut besetzt. Der Zungenschlag, der um mich herum klang, verriet, dass das Lokal vor allem bei Touristen beliebt schien.

»Professore Benedetto!« Marias freudiger Ausruf übertönte das Stimmengewirr. »Wie schön! Du bist wieder da!« Sie eilte direkt zu mir, schlang ihre Arme um meine Brust und drückte mir zwei herzhafte Küsse links und rechts auf die Wangen. Schon saß ich an einem Tisch in der Nähe des Bartresens, vor mir ein Glas Rotwein und das unvermeidliche Körbchen mit Weißbrotscheiben.

»Wie geht es dir? Was ist mit der Madonna? Hast du gutes Essen? Du musst alles erzählen! Giuseppe!«

Maria war nicht zu bremsen. Aus dem Gläschen wurde ein zweites, das Brotkörbchen verwandelte sich in einen Vorspeisenteller – »Antipasti a la casa!« – mit getrockneter Salami, feinem Schinken, gegrillten Tomaten, Büffelmozzarella mit Basilikum und anderem, was ich nicht kannte.

Den Hauptgang brachte Francesco persönlich aus der Küche an den Tisch. Das Stück rosa Rindfleisch war so zart, dass es auf der Zunge zerging, als es in einer Kapernsauce mit winzigen Muscheln seinen Geschmack entfaltete.

Ich konnte mich ganz den Genüssen widmen, denn Maria redete die ganze Zeit über. Ich musste bei meiner Ankunft einen überaus erbarmungsmäßigen Anblick geboten haben, sodass sie mich von da an für immer in ihr ausladendes Herz geschlossen hatte. Ihre Worte und Sätze perlten und mäanderten über mich und schufen einen Wohlfühlkokon aus Anekdoten, Heimweherinnerungen und Familiengeschichten.

Es war genau, was ich brauchte, was mir guttat. Kein Kopfzerbrechen, keine Spekulationen, keine ungelösten Fragen.

Natürlich musste ich hundert Mal versprechen, wiederzukommen, was ich höflicherweise gerne tat. Als ich in die Nacht hinaustrat, fühlte ich mich auf eine Weise leicht, wie ich es lange nicht gespürt hatte. Noch gab es Spannendes zu erforschen, wie den Hohlraum, den ich heute entdeckt hatte. Aber ich nahm mir fest vor, mich nicht mehr in Zweifel und Ängste hineinziehen zu lassen. Zwei Tage lagen noch vor mir, es sollten gute Tage werden.

Das zwischenzeitige Schneegestöber war zum Glück nicht so stark gewesen, dass es die Rückfahrt beeinträchtigt hätte. Die Straße hoch nach Todtnauberg war nass und erst im obersten Teil mit einer dünnen Schneeschicht überzogen, sodass ich ohne Probleme nach Hause kam.

Die beiden Espressi zum Abschluss der Mahlzeit taten jetzt ihre Wirkung. Ich fühlte mich wach und frisch und überhaupt noch nicht bereit, schlafen zu gehen. Ich zog mir einen zweiten Pullover über und lief als Verdauungsspaziergang ein paar Schritte die Straße entlang Richtung Ortsmitte.

Die Abendstille des Dorfes legte sich um mich wie eine schützende Decke, die gleichzeitig so durchlässig war, dass ich meinte, die Sterne über mir greifen zu können.

Ob ich dieses Gefühl vermissen würde? In zwei Tagen war ich wieder zu Hause, in der Welt der Stadt mit ihren künstlichen Lichtern, dem Lärm der Motoren, den nie stillstehenden Füßen der Menschen, die ständig auf der Suche waren, immer etwas erledigen mussten.

Wo war mein Zuhause?

Maria hatte beim Abschied etwas angestoßen, was lange verschüttet gelegen hatte. Früher war ich viel herumgekommen, wenn auch fast immer mit einhergehenden beruflichen Verpflichtungen. Aber immerhin. In den letzten Jahren war ich dagegen zu einem Stubenhocker geworden, zu einem trägen Nestling, der sich einredete, sich im gewohnten Alltag sicher und geborgen zu fühlen. Und dem das genügte. Wenn es nicht für Georg gewesen wäre, wäre ich niemals hierhergekommen.

Plötzlich sind sie da. Aus dem Nichts der Nacht um mich herum. Zuerst höre ich das Schreien, grell, wild, durchdringend. Eine wilde Schar dunkler Gestalten, gefangen in einem Wirbel atemlosen Tanzes. Das Kreisen verdichtet sich in unzählige Farben, grell und auf und ab. Lichter blitzen auf vor meinen Augen, funkelndes Feuer ergießt sich in die Nacht. Gesichter tauchen auf, Gesichter, die sich scheuen, sich zu zeigen, geronnen zu Bildern des Schreckens. Menschenähnliche Schemen. Arme, Hände, Köpfe – alles ist da und es passt nicht. Falsche Bilder spiegeln mich, noch eines und noch eines. Ich werde hin und her gestoßen, geschleudert, bedrängt. Dazu ein Kichern aus einer anderen Welt.

Ein dumpfer Schlag, ich taumle, suche Halt, meine Hände greifen ins Leere. Die Gestalten sind nicht zu fassen, sie tauchen auf und verschwinden, wie es ihnen beliebt – unvorhergesehen, unbestimmt. Schwindel erfasst mich, meine Beine werden weich. Es fällt mir schwer, mich aufrecht zu halten. Der Verstand drängt nach einem Halt, nach einem Verstehen.

Der harte Asphalt schlägt auf meine Knie, schützend halte ich die Arme und Hände über den Kopf, drehe mein Gesicht weg, erwarte das, was kommen würde, das Unvermeidliche. Über mir öffnet sich eine Wolke, Schnee rieselt herab in unzähligen Flocken, die meinen Kopf bedecken, meine Arme, meinen Leib.

Dann ein letztes Aufheulen, der Wirbel entfernt sich ebenso plötzlich, wie er gekommen war. Um mich wird es ruhig, leicht, schwarz.

Ich kniete auf dem Boden und schluchzte.

KAPITEL 7

Der Sturm packte mich mit harter Faust, schleuderte mich hin und her, drohte, mich wegzureißen. Wild schlug ich um mich, die Hände suchten vergeblich einen Halt.

Mit einem Ruck setzte ich mich auf und riss die Augen weit auf. Eine zerwühlte Decke auf dem Bett, ein schmales Fenster in meinem Rücken. Ich war in meiner Wohnung.

Mit einem Seufzer ließ ich mich zurück in das Kissen fallen.

Es dauerte eine ganze Weile, bis mein Kopf einigermaßen klar wurde. In meinen Ohren dröhnte immer noch das Rauschen, als ob der Wirbel in der Ferne auf mich lauerte. Ich stand auf, zog mich an und setzte Teewasser auf.

Der erste Blick aus dem morgendlichen Fenster erklärte einiges. Obwohl es schon gegen 8.30 Uhr war, zeigte sich der Himmel dunkel und grau. Ein stürmischer Wind trieb mächtige Wolken vor sich her, im Garten des Nachbarhauses neigten sich die Wipfel der Bäume unter heftigen Böen. Es regnete. Graue Nebelschwaden senkten sich zu einem bleichen Vorhang, der den Blick in die Ferne verstellte. Die Kapelle war nicht zu sehen.

Während der Tee zog, versuchte ich mich zu erinnern, was gestern geschehen war. Irgendwie hatte ich es trotz meiner Verwirrtheit nach Hause geschafft. Vor der Tür hatte mich meine Zimmerwirtin empfangen. Nachdem ich ihr von meinem Erlebnis erzählt hatte, stieß sie zu meiner Verwunderung ein vergnügtes Lachen aus. ›Die Berghexen. Die machen gerne mal einen Blödsinn. Vor allem mit denen, die nicht von hier sind.‹ Als sie mein ungläubiges Gesicht sah, erklärte sie mir. ›Burefasnet‹, fügte sie hinzu, ›das kennt nicht jeder.‹

Ich wusste zwar nicht, was sie damit meinte, auch beruhigte mich ihre Erklärung wenig. Doch hatte ich mich damit zufriedengegeben, mich verabschiedet und war am Ende völlig erschöpft ins Bett gefallen.

Der Tee schmeckte stark und bitter. Genau richtig, meine Lebensgeister wieder zu wecken. Nach der zweiten Tasse konnte ich meine Gedanken bereits wieder klarer fassen. Mein Tagesbewusstsein kehrte zurück.

Es war also doch kein Traum gewesen. Der Überfall gestern Abend war nichts anderes als ein übler Scherz der Dorfjugend. Wieder einmal war die Welt für den Wissenschaftler aus der Stadt nicht weit genug für die Realität gewesen. Den Fasnetshexen war ich lediglich ein willfähriges Opfer, ein Trottel, der nicht hierher gehörte.

Ich konnte ein bemühtes Lächeln nicht verhindern. Doch was hätte ich anders tun können?

Seit Tagen waren meine Nerven zum Zerreißen

gespannt, die Ereignisse hatten mehr als einmal gezeigt, dass ich meinen Wahrnehmungen nicht mehr trauen konnte. Und was sollte das sein, Burefasnet?

Ich hatte Glück. Die Internetverbindung heute Morgen klappte ohne Probleme. So konnte ich versuchen, wenigstens diese Frage zu klären.

Schon nach wenigen Versuchen stieß ich auf die Beschreibung des Basler Morgenstreichs, der berühmtesten Veranstaltung in dieser Gegend. Die zugehörige historische Erklärung klärte mich auf.

Die ›Bauernfastnacht‹ war ein Relikt aus der Zeit vor der päpstlichen Kalenderreform von 1582, die in dieser Gegend damals nicht alle mitgemacht hatten.

Mittelalter.

Da war es wieder.

Die Vergangenheit drängte sich an mich heran, gab mir zu verstehen, dass alles mit allem zusammenhing, dass die Zeit eines war, Vergangenheit und Gegenwart zugleich. Das Wissen, auf das ich so stolz war, war nicht mehr als angelernt, ein notdürftiger Rahmen, ein Behelf, um mich besser orientieren zu können.

Wie alt die Statue war, wann die Kapelle erbaut wurde, was dieses und jenes Wort bedeutete – all das interessierte letztlich niemanden wirklich. Der Architekt wollte sein Hotel bauen, die Großbauern ihre Tankstellen profitabel betreiben, selbst der Gassnerin war nur wichtig, in der Zwiesprache mit der Heiligen Trost und Zuspruch zu finden.

Die Tür zu meinem Zimmer wurde geöffnet. Erika Wehrle dachte nicht daran anzuklopfen.

»Geht's dir besser?«

Sie konnte ein spöttisches Lächeln nicht verbergen. »Oder bist du immer noch verhext?«

Ich brummte etwas Unverständliches vor mich hin. Selbst mit dem Abstand einer Nacht war mir nicht nach Scherzen zumute.

»Kannst dich ja noch eine Weile erholen«, meinte sie. »Aus der Arbeit wird heute eh nichts.«

»Wie bitte?«

Mein Unverständnis verstärkte ihre Heiterkeit. »Hast du das Wetter gesehen? Da kommst du mit dem Auto nicht hoch. Und zu Fuß? Na ja.«

Erst jetzt sah ich, dass sie einen Teller in der Hand trug.

»Ein Stück Kuchen. Zur Aufmunterung.«

Sie stellte den Teller mit dem Kuchen auf den Schreibtisch, wandte sich zur Tür und verschwand ebenso grußlos, wie sie gekommen war.

Ich ging zum Fenster und schaute hinaus. Der Himmel hatte sich immer weiter zugezogen. Der Regen war zu einer gläsernen Wand ausgewachsen, ich konnte kaum das Nachbarhaus mehr sehen.

Erika hatte Recht. Bei dem Wetter war an eine Fahrt hoch zur Kapelle nicht zu denken. Zu Fuß mich durch den Regen zu kämpfen, hatte ich auch keine Lust. Ich verfluchte das Wetter im Schwarzwald und überlegte, was ich an meinem Schreibtisch Sinnvolles machen könnte.

Winterhalters Mail fiel mir ein. Der Text, den er mir geschickt hatte.

Ich öffnete das Programm. Da ich keinen Drucker zur Verfügung hatte, musste ich mir anders behelfen. Ich schärfte die Kontraste und vergrößerte das Ganze so weit, dass ich es zusammenhängend lesen konnte. Dazu einen Notizblock und einen Stift.

Wie zu guten alten Zeiten, dachte ich.

Ich begann, Stück für Stück, Wort für Wort die ältliche Sprache in einen lesbaren Text zu verwandeln.

»Und war einmal zu Todtnau zum Berge ein reicher Bauer, sein Hof gelegen im Wald hoch über dem Dorf. Und er hatte keinen Erben, so er es sich wünschte. Einzig eine schöne Tochter gebar ihm sein Weib. Und sie ward Barbara geheißen zu Ehren der Schutzheiligen vom Berg. Und über Jahr und Tag kam gar mancher Jüngling sie zu freien. Der Bauer aber war mit keinem von ihnen zufrieden. Der nämliche Johannes (A...) ward aus Schönau kommen und das Mägdelein hat gefreit gegen den Willen des Vaters.«

Der Name war nicht leserlich. Es sah aus, als hätten im Laufe der Jahre viele Finger so oft darauf gedeutet, dass der Schweiß die Buchstaben zerfressen hatte.

»als daß er ihm Silber bringe aus dem Berg ...«

Fast der ganze nächste Abschnitt war nicht mehr zu erkennen. Erst am Ende standen noch ein paar leserliche Worte:

»... ist hernach im Schacht umkommen und hat ihn der Berg behalten. Das Mägdelein ... mocht nit mehr leben und hat so den Hof des Vaters selber anzundt und ist elendiglich umkommen. Und der Vater hat kein Wort mehr gesprochen bis an sein End.«

Der Schreiber der Zeilen hatte sich gleich mit verewigt. Wahrscheinlich war er damals der einzige im Ort, der lesen und schreiben konnte.

»Gegeben anno 1561 im Jahre des Herrn. Aurelius Stocker ist Pfarrer gewesen und hat dies aufgeschrieben zur gefälligen Erinnerung und ernsten Mahnung an die Stolzen und Hoffärtigen.«

Johannes A... Asal?

Oswald und Asal. Der Name begleitete mich, seit ich hier war. Oswald wurde zu Asal, das klang plausibel. Aber was hatte das mit mir zu tun? Warum fühlte ich mich auf merkwürdige Weise immer wieder zu dem Namen hingezogen? Ich konnte mir nicht erklären, woher die Menschen davon wussten. Bei Fehrenbach war es leicht verständlich, der Mann beschäftigte sich lange genug mit historischen Aufzeichnungen. Aber was war mit der Gassnerin? Was war mit dem seltsamen Blick von Stocker?

Und vor allem, was war mit dem Alten, der vor dem brennenden Haus im Wald gesessen hatte? Mit dem ›jungen Asal‹ hatte er mich gemeint. Wie kam er dazu? Woher wusste er das?

Ich übertrug den Rest des Textes bis zum Ende, sodass ich schließlich die Seite als Ganzes vor mir hatte.

Ich überflog den Inhalt noch einmal. Ein Ereignis im Dorf, das die Menschen zur damaligen Zeit so mitgenommen hatte, dass sie es aufschreiben mussten.

Eine Familiengeschichte.

Warum war ausgerechnet diese so wichtig? Es war an der Zeit, dies herauszufinden.

Ich spürte, dass die Antwort in der Kapelle zu finden war. Ich trat erneut zum Fenster und schaute hinaus. Zu meiner Überraschung hatte Erika sich geirrt. Der Himmel war in kurzer Zeit aufgeklart, der Sturm hatte sich gelegt, vereinzelt drangen sogar Sonnenstrahlen durch die Wolken.

Es war Zeit loszugehen. Jetzt sollte mich nichts mehr aufhalten.

Ich war erstaunt, wie einfach alles ging. Die grobe Mauer bot meinen Schlägen kaum Widerstand. Schon nach dem zweiten Versuch zeigten sich Risse, kurz darauf fielen mir die Steine entgegen.

Ein dunkles, schweigendes Loch tat sich auf. Es roch abgestanden und modrig.

Aus meinem Gepäck holte ich die Stabtaschenlampe und leuchtete die Höhlung aus. Zu meiner großen Überraschung verbargen sich im Dunkeln steinerne Treppenstufen, die steil nach unten führten.

Wie konnte das sein? Das Mauerwerk der Kapelle war nicht breit genug, dass dieser Gang herausgehauen worden sein könnte. Hatte ich etwas übersehen?

Doch darüber konnte ich mir später Gedanken machen. Ich wollte mich nicht aufhalten lassen.

Ich bückte mich und zwängte mich durch die Öffnung. Ein leiser Luftzug wehte mir entgegen. Ein Willkommen oder eine Warnung. Die Treppe war eng und führte steil nach unten, ich musste aufpassen, mich nicht an der Decke zu stoßen. Nach wenigen Stufen fiel der Strahl meiner Taschenlampe auf eine morsche

Holztür, die ich ohne Mühe aufstoßen konnte. Dämmeriges Licht empfing mich.

Der Raum war leer. Mit meinem geschulten Blick erkannte ich sofort, was ich vor mir hatte. Ein steinerner Fußboden, eine niedrige Decke, getragen von mächtigen wulstigen Bögen. In einer kleinen Nische ein Altar, schmucklos und ohne Zeichen. Fahles Licht fiel aus zwei sich gegenüberliegenden handbreitschmalen Öffnungen, die mich an Schießscharten einer Burg erinnerten. Staubkörner tanzten, die ich durch meinen Zutritt aufgewirbelt hatte.

Ich staunte und war sprachlos. Was ich entdeckt hatte und jetzt vor mir sah, war nicht weniger als eine Sensation! Eine unentdeckte Krypta aus dem Mittelalter, nahezu unversehrt. Und womöglich seit Jahrhunderten nicht mehr betreten!

Ich schaltete die Taschenlampe aus, um mit dem künstlichen Licht nicht die Stimmung des Ortes zu verunreinigen. Erst allmählich entdeckte ich, dass der Raum nicht so leer war, wie es zunächst schien. Das spärliche Licht fiel auf eine Grabplatte, die im Boden eingelassen war. Darauf ein kaum mehr erkennbares Kreuz. Die Inschrift, die es einmal gegeben hatte, war verwittert und unleserlich.

Wer lag hier? Wer war vor Hunderten von Jahren so wichtig, dass er wie ein Bischof in einer Münsterkirche mit einem eigenen Grab in der Krypta bedacht wurde?

Tausend Gedanken schossen mir durch den Kopf. Ich musste unbedingt von meiner Entdeckung berichten. Stocker, Georg, Winterhalter, der Ortsvorsteher ... das Landesdenkmalamt ... die Kirchenverwaltung ...

Doch nicht jetzt. Die gekalkten Wände links und rechts des Altars waren bemalt. Die Zeit hatte die Farben verblassen lassen. Dennoch waren immer noch deutlich die Motive zu erkennen. Die heilige Barbara hatte viel Ähnlichkeit mit dem Original der Statue, die ich auf Fehrenbachs Fotos gesehen hatte. Klein, zierlich fast, und dennoch von einer Ausstrahlung, der man sich nicht entziehen konnte. Immer noch schien ihr Blick zu dem Betrachter zu sprechen. Glaube an mich! Vertraue mir! Alles wird gut!

Um die Gestalt in der Mitte gruppierten sich keine Heiligen oder Engel, sondern einfache Gestalten, die vermutlich die damaligen Bergleute darstellen sollten. Dazu wieder die Werkzeuge – Hammer, Schlegel, Meißel.

Am linken Rand der Wandmalerei entdeckte ich Reste einer Schrift. Diese war bereits deutlich mehr verwittert und kaum noch leserlich. Ich knipste meine Lampe wieder an.

»Im heumont 1521 im Berg geblieben und von Gott dem Herrn in den Himmel genommen ... die braven Bergleute all hier verstorben ...«

Es folgten ein paar unleserliche Zeilen.

»... Barbara ... fünf Gebet Rosenkranz fünf Gebet Paternoster jeden Tag ...«

Darunter eine Liste von Namen:

Franziskus Halter, Johannes A..., Petrus Brenner,

G… Bernauer. Dazu ein paar weitere, die nicht zu entziffern waren.

Johannes A.

A wie Asal. Ich hatte es geahnt.

Der Name! Der verfluchte Name!

Schwindel überfiel mich. Ich musste mich an die Wand lehnen und abstützen.

Was war hier los? Konnte das alles nur Zufall sein?

Die Bergleute vor mir an der Wand bewegten sich. Gesichter wandten sich zu mir, ihre Hände streckten sich nach mir aus. Ein dumpfer Gesang erklang, ähnlich dem, wie ich ihn von den Bittfrauen in der Kapelle gehört hatte.

Tief unter mir aus dem Herzen des Berges ertönte dumpfes Trommeln.

Bumm, bumm, bumm.

Hammer und Stein. Eisen und Silber.

Ich wich zurück, bis ich an die hintere Wand stieß. Meine Hände zitterten. Meine Augen waren weit aufgerissen.

Ich konnte nicht glauben, was ich sah. Das Gesicht der Barbara begann sanft zu leuchten. Jetzt bewegten sich die Bergleute in einem rhythmischen Hin und Her, als tanzten sie zur Melodie der Frauen.

Benommen stützte ich mich an der Wand ab, meine Finger suchten vergeblich einen Halt. Ein kalter Hauch streifte meine Wange. Ich drehte mich um und bemerkte einen Riss in der Wand, der sich in Sekundenschnelle erweiterte, weiter und weiter zu einer Höhle, ein Stollen, der in den Berg hinein führte.

Mich überfiel eisiger Schrecken, Schweiß brach aus. Die Bergleute kamen unaufhaltsam näher, schon streckten sie ihre Hände nach mir aus. Ich drehte mich rasch um und tastete mich vorwärts, in den Berg hinein. Vergebens griff ich nach der Taschenlampe, sie lag irgendwo auf dem Boden der Krypta.

Doch ich konnte nicht zurück.

Der Luftzug wurde stärker. Meine Hände wurden zu meinen Augen. Feuchter Stein umgab mich. Die Decke war niedrig. Mit weit ausgebreiteten Armen tastete ich nach allen Seiten, um mich nicht anzuschlagen.

Nach ein paar hastigen Schritten drehte ich mich um und sah zurück. Das Licht war nur mehr ein blasser Schemen, die Bergleute verschwunden. In meine Panik mischte sich Neugier. Konnte es hier eine weitere, verborgene Kammer geben? War ich einem noch größeren Geheimnis auf der Spur? Ich tastete mich weiter vorwärts.

In meiner Hosentasche fand ich eine Packung Streichhölzer, die ich seit Tagen mit mir herumtrug, ich hatte vergessen, wozu ich sie eingesteckt hatte. Für einen Moment blieb ich stehen und atmete tief durch. Die Luft war stickig und verbraucht. Dennoch gelang es mir, ein Hölzchen anzuzünden. Im nächsten Augenblick bekamen die Wände um mich herum ein Antlitz. Unzählige Augen starrten mich an. Ein Gesicht, das aus tausenden kleinen Gesichtern bestand – groß, klein, spitzig, flach, rund, laut, leise … Ich stöhnte auf, doch ein fremder Wille zog mich vorwärts.

Weiter hinein.

An dieser Stelle weitete sich der Gang ein wenig, sodass ich besser vorankam. Ich zündete ein weiteres Streichholz an. Nun erst sah ich, dass der Gang vor mir ein paar Meter weiter endete, die Decke war herabgestürzt, riesige Felsbrocken verwehrten mir den Weg. Das Trommeln aus der Tiefe wurde lauter. An der Seite tat sich eine weitere Öffnung auf. Mit einem dritten Streichholz leuchtete ich hinein. Es war keine Höhle, sondern ein Loch im Boden. Ein sanftes Licht schimmerte mir entgegen.

Die oberen Enden einer Holzleiter ragten aus der Tiefe heraus. Vorsichtig versuchte ich einen Schritt. Mit beiden Händen hielt ich mich an den Holmen fest und stieg Stufe um Stufe nach unten. Zu meiner Erleichterung hielten die Sprossen.

Immer heller wurde das Licht, das aus der Tiefe kam, sodass ich nun die Wände deutlich erkennen konnte. Die Gesichter, die mich ein Stück weiter oben begleitet hatten, hatten sich verwandelt in winzige Köpfe, die an den Spitzen hin und her schwingender Halme saßen. Ein Taucher, der in einem unendlichen Meer von rotem Seetang umhertrieb.

Dennoch blieb um mich herum alles trocken. Ich versuchte die Halme zu greifen, doch sie wichen vor meiner Hand zurück. Plötzlich spürte ich zu meinem Entsetzen, dass die Wände näher an mich heranrückten, so als seien sie lebendig. Ich sah nach oben, die Spitze der Leiter verlor sich im Dunkeln. Es gab kein Zurück mehr.

Ich stieg weiter und weiter nach unten, mit jedem Tritt hüllte mich das Licht in eine bläuliche Wolke ein.

Immer enger rückten die Wände an mich heran. Panik überfiel mich. Vor meinen Augen tanzten Feuerräder, gleich denen, die ich Nächte zuvor am Berg gesehen hatte.

Enge umhüllte mich jetzt von allen Seiten. Die Wände waren weich wie Leder und flüssig wie Sand. Ich zog und strampelte nach allen Richtungen, doch es gab nur das Abwärts. Überall zerrte und schob es an mir, meine Hände verloren den Halt, die Füße stießen ins Nichts. Über mir begannen die Glocken der Kapelle zu läuten.

Mit einem erstickten Schrei fiel ich nach unten, dem Licht entgegen.

Das Licht verblasste. Trübe Dämmerung umfing mich. Wo war ich?

Es läutete, dann ein zweites Mal. Ich schlug die Augen auf und sah, dass ich auf dem Sofa in meiner Ferienpension lag. Vor dem Fenster breitete sich die Abenddämmerung aus. Mir war kalt.

Wieder läutete es. Wer konnte das sein? Erika würde nicht klingeln, ihre Eltern und die Kinder auch nicht.

Ich stand auf, ging auf wackeligen Beinen zur Tür und öffnete.

Christina Winterer.

Sie hatte die Augen niedergeschlagen, als ob sie verlegen war. Mit einer leichten Verbeugung streckte sie mir einen Schirm entgegen.

Ihre Stimme war leise. »Ich bringe den Schirm zurück.«

Verwirrt starrte ich sie an. Nicht nur der Anblick der Witwe, sondern ihr Erscheinen überhaupt war seltsam und hatte etwas Irreales. Die ganzen Tage hatte sie in meinem Kopf herumgespukt und meine Gedanken und Gefühle beherrscht. Gleichzeitig war sie unendlich weit von mir entfernt.

Jetzt hatte ein einfacher Schirm uns zusammengeführt. An einem Moment, an dem ich ihn am wenigsten erwartet hatte.

Was sollte ich sagen? Sollte, konnte, durfte ich sie hereinbitten?

Ich stammelte etwas von »Danke, kein Problem … wäre nicht nötig gewesen.«

Ich hörte mich sprechen wie einen Fremden. Aus meinem tiefsten Inneren drängte etwas heraus, das lange verschüttet gewesen war. Unsere Augen begegneten sich, wurden voneinander angezogen und verschmolzen wie vor Tagen, unter der Tür von Hannas Lädele.

Doch dieses Mal war etwas anders. Etwas Neues. Ein Mehr. Etwas, dass mich erschreckte und zugleich aufwühlte.

»Darf ich hereinkommen?«

Ich nickte und deutete auf das Sofa.

»Setzen Sie sich doch.«

Ich war immer noch völlig durcheinander. Die dunkle Höhle, die Leiter, das Licht …

… und jetzt sie.

Christina Winterer.

War sie tatsächlich gekommen, nur um mir den Schirm zurückzubringen?

Sie gab keine Antwort und blieb vor mir stehen. Dann hob sie den Kopf und streckte mir ihre Hand entgegen.

»Ich zeige dir den Weg.« Sie fasste meine Hand. »Komm!«

Das geheimnisvolle Licht kehrte zurück, von allen Seiten, erfüllte das Zimmer. Die Wände wurden durchschimmernd und lösten sich auf.

Wir standen am Fuße eines grünen, mit Gras bewachsenen Hügels. Das Licht zog sich über der Kuppe zusammmen, eine goldene, seltsame Verheißung strahlte es aus.

»Komm«, sagte Christina erneut.

Unsere Finger verschlungen sich, nebeneinander gingen wir langsam den Hang hinauf. Der Duft von Veilchen erfüllte die Luft, es war warm wie im Frühling.

Der Weg wurde steiler, meine Füße waren nackt, das Gras streichelte mich wie ein dicker Teppich.

Wir erreichten das Plateau. Das Licht war so nah über uns, dass ich das Gefühl hatte, es mit Händen greifen zu können.

Ohne Worte wandten wir uns einander zu und umarmten uns. Ihr Körper war warm und sanft, ihre Augen glänzten.

»Es ist Zeit.« Das Licht hüllte uns völlig ein. Wir klammerten uns aneinander wie zwei Ertrinkende. Jahrhundertealte Sehnsucht brach sich ihre Bahn.

Alles Schwere fiel von uns ab. Alles wurde einfach.

Ich und Du wurden zum Wir.

Das Ende aller Zeiten.

Jetzt.

KAPITEL 8

Das Morgenlicht fiel in schrägen Strahlen auf mein Bett. Ich war schweißgebadet. Meine Glieder schmerzten, der Schädel brummte. Um meine Füße schlang sich ein zerknülltes Laken. In der Luft schwebte der Duft von Veilchen.

Die Witwe – Christina. Wo war sie?

Um mich herum war es vollkommen still. Auch aus dem Badezimmer war kein Laut zu hören. War sie bereits nach Hause gegangen?

Ich stand auf, stellte mich unter die Dusche und genoss es, wie das warme Wasser über meinen Körper lief. Euphorie wuchs in mir. Was für ein Tag! Die sensationelle Entdeckung in der Kapelle, die geheimnisvolle Krypta und am Ende der Besuch der Frau, die mein Herz gefangen nahm.

Die Erinnerung an die Spalte im Fels, an einen engen Gang, an den Abstieg in die Tiefe wischte ich beiseite. Sicher gab es eine einfache Erklärung für meine Vision. Das ungläubige Staunen in der Krypta musste mich überwältigt haben. Möglicherweise war es ein Gas, das aus einer Erdspalte herausströmte und das mich vorübergehend orientierungslos machte. Irgendwie hatte ich es zurück nach Hause geschafft und war vor Erschöpfung eingeschlafen. Bis zu dem Abend, an dem sich alles änderte.

Heute wollte ich sehr früh losziehen, um die Entdeckung in der Kapelle genauer zu untersuchen. Ich verzichtete darauf, mir einen Tee zu machen. Stattdessen entschloss ich mich, zu Hanna zu gehen, um bei ihr im Laden ein kleines Frühstück einzunehmen.

»Sali, Professor. Früh heute!« Hanna und ihr Mann waren noch dabei, Verkaufskisten mit Gemüse, Salat und Obst aufzureihen. Es roch nach Frischgebackenem.

»Hat der Kuchen geschmeckt?«

Erst jetzt fiel mir ein, dass das Kuchenstück bis heute ungeöffnet in der Tüte in meiner Küche lag. Zerknirscht dachte ich daran, dass ich ihn zumindest hätte einmal probieren sollen.

Ich nickte. »Danke, sehr gut.«

Hanna freute sich. »So ist's recht! Die Weckle sind heute wieder ganz frisch. Willst du eins?«

»Drei! Und einen guten Kaffee dazu. Gibt es schon einen?«

»Für dich immer, Professor. Setzt euch da hinten hin. Am Fenster ist noch alles frei.«

»Haben Sie auch noch etwas Wurst? Oder Käse vielleicht?«

Sie lachte und schüttelte den Kopf. »Nein, das gibt es bei uns nicht. Wir sind ja keine Wirtschaft. Aber Marmelade kannst du haben.«

Während ich mir die Brötchen mit Butter bestrich

und der Reihe nach die verschiedenen Konfitüresorten ausprobierte, ging mein Blick immer wieder hinaus aus dem Fenster. Ob sie heute Morgen kam? Wie würde sie sich verhalten? Würde sie sich öffentlich mit mir zeigen wollen?

Doch Christina Winterer war nicht zu sehen. Ich schaute auf die Uhr, es war noch früh am Morgen. Ein wenig konnte ich noch warten. Vielleicht kam sie ja doch noch.

Unterdessen füllte sich Hannas Lädele mit den übrigen Frühaufstehern. Bald entstand ein emsiges Kommen und Gehen und Austauschen. Ich holte mir am Tresen eine Tageszeitung und überflog die Schlagzeilen.

Die täglichen lokalen Nachrichten unterschieden sich in nichts von denen vom Tag zuvor. Der Schützenverein hatte getagt und einen neuen Vorsitzenden gewählt, für den örtlichen Handballclub hatte es zum dritten Mal nacheinander nur für ein Unentschieden gereicht. Ich vermisste meine Tageszeitung, die sich inzwischen zu Hause im Briefkasten stapelte.

Zufällig fiel mein Blick auf das Datum. Ich musste grinsen. Kein Wunder, dass mir die Meldungen überholt vorkamen. Ich wollte nicht meckern, doch dachte ich, dass ich Hanna darauf hinweisen sollte.

»Gab es heute keine Tageszeitung?«, fragte ich, als ich die Zeitung zurück an den Tresen brachte. Ich setzte mein gewinnendstes Lächeln auf. »Die ist von gestern.«

Hannas Mann nahm die Zeitung und schlug sie auf. »Unsinn. Hier, sieh mal, Professor. Der Unfall aus dem

Polizeibericht, der Porsche aus Basel. Das war gestern und heute bringen sie es. Hier steht es.«

Ich versuchte einen Scherz. »Hat der Redakteur zur Meldung des Vortages gegriffen? Eine Verwechslung vielleicht?«

»Nein, nein, das ist von heute. Der Brunner Alois hat sie am Morgen aus der Stadt mitgebracht. Sieben Stück. Wie jeden Tag.« Hannas Mann sah mich mit einem Blick an, der die geistige Zurechnungsfähigkeit des Großkopferten aus der Stadt ernsthaft in Frage stellte.

Ich schüttelte unwillig den Kopf und ging zurück zu meinem Platz, um das restliche Brötchen zu essen. Ein wenig ärgerlich war das schon. Die beiden konnten doch zugeben, dass auch einmal etwas nicht klappte. Ich sah auf meine Uhr, um das Datum zu vergleichen. Es war dasselbe wie das auf der Zeitung. Ich beschloss, die Sache auf sich beruhen zu lassen.

»Willst du nichts mitnehmen? Morgen haben wir zu!«, rief Hanna mir hinterher, als ich auf dem Weg zur Tür war. »Ausnahmsweise. Sonst haben wir natürlich samstags auf. Wir fahren nach Waldshut, unsere Tochter besuchen«, fügte sie entschuldigend hinzu.

Ich hatte keine Lust herumzustreiten und gab es auf.

Von Christina war leider nichts zu sehen. Vielleicht war es besser so. Ihr blieb dadurch die Peinlichkeit erspart, ihre Zurückhaltung aufgeben zu müssen.

Und mir auch. Der Professor aus der Stadt und die Verfemte des Dorfes. Zu einem solchen Szenario wollte ich es nicht kommen lassen.

Zu meiner Erleichterung war der Fahrweg durch den Wald vom gestrigen Unwetter einigermaßen verschont geblieben. Ich musste lediglich einmal einen größeren Ast beiseite räumen.

Ich parkte an der gewohnten Stelle. Das Gras auf dem Weg zur Kapelle war nass, an den Sträuchern am Waldrand hingen Regentropfen. Von Weitem sah ich die Kapelle unschuldig an den Berghang geschmiegt. Keiner konnte ahnen, dass sich in diesem unscheinbaren Kirchlein einer der größten archäologischen und kunsthistorischen Schätze der letzten Jahrzehnte verbarg!

Es würde sich einiges ändern, sobald meine Entdeckung öffentlich wurde. Zuerst würden die Reporter kommen, Radio und Fernsehen. Dann die Politiker und alle anderen, die sich wichtig fühlten – Kulturhistoriker, die Kirchenleute, nicht zuletzt die Vertreter der Tourismusindustrie. Und jede Menge Sensationshungrige.

Mit der beschaulichen Ruhe würde es vorbei sein. Wahrscheinlich würde man diesen Weg ausbauen, vielleicht würden sogar eine Straße und ein Parkplatz entstehen, damit die Besucher bequemen Zugang hatten.

Auch im Dorf würde sich vieles tun. Hanna würde aus dem Lädele einen Laden machen, vielleicht sich sogar einer Kette anschließen. Eventuell würde ein zweiter entstehen. Zumindest ein Souvenirshop mit der Heiligen in allen heute gängigen Formaten, angefangen von Ansichtskarten über bedruckte Schirme bis hin zu T-Shirts und Baseballmützen.

Die Originalstatue der Barbara käme zurück an ihren ursprünglichen Platz. Vielleicht würde das die aufgebrachten Gemüter der Dorfbewohner besänftigen, die sich auf größere Veränderungen einstellen mussten. Der Fortschritt und die Neugier der Menschen würden ihren Tribut fordern. Und niemand würde es aufhalten können.

Die Fundamentmauern der Kapelle sahen von Weitem in keiner Weise so aus, aus als ob sich in ihnen ein geheimer Gang befinden könnte.

Ich schmunzelte. Man brauchte Mut und Köpfchen, um eine Idee zu verfolgen, selbst wenn sie noch so unwahrscheinlich klang. Die heilige Barbara selbst hatte mir letztlich den Weg gewiesen.

Heute war die Tür so verschlossen, wie ich sie zurückgelassen hatte. Ich öffnete sie und trat ein. Das Licht war düster wie bei meinem ersten Besuch. Auch das würde sich ändern. Eine Lichtinstallation vom Feinsten, in der die Schätze der Kapelle am besten zur Geltung kämen.

Ich öffnete die Tür weit und lies das Tageslicht herein. Mein Herz schlug höher, als ich mich an den gestrigen Triumph erinnerte.

Ich sah es sofort. Mein Atem stockte. Das Loch in der Seitenwand war verschwunden!

Es gab kein Anzeichen, dass an dem Sims unter dem Fenster etwas aufgebrochen worden war.

Ich schüttelte ungläubig den Kopf. Wie konnte das sein? Hatte die Gassnerin oder jemand anders den vermeintlichen Frevel beseitigt?

Ich untersuchte die Stelle genauer. Die Wand sah aus, wie ich sie gestern aufgefunden hatte. Es gab keine Zeichen dafür, dass die Wand gestern aufgebrochen worden war. Noch nicht einmal Kratzer.

Die Werkzeuge, die ich gestern benutzt und zurückgelassen hatte, waren nirgends zu sehen.

Ich klopfte ein paar Mal auf das Holz, es klang dumpf und ohne Widerhall.

Mir brach der Schweiß aus. Ich musste träumen!

Ich schaltete die beiden großen Strahler ein und nahm meine Taschenlampe. Doch auch aus der Nähe betrachtet waren keine Spuren erkennbar. Im Gegenteil. Die Wand sah aus, als habe sie sich in den letzten Jahren nicht verändert – grau, rissig, staubig.

Ich atmete ein paar Mal tief durch und ließ mich auf eine der Kirchenbänke fallen. Hatte ich mich falsch erinnert? War der Zugang an einer anderen Stelle gewesen? Das konnte nicht sein. Ich war mir meiner Sache völlig sicher.

Ein ungeheuerlicher Gedanke stieg in mir auf. Hatte ich mir das alles nur eingebildet? Was wäre, wenn es das alles gar nicht gab – keinen Gang, keine Krypta, keine Spalte in den Berg?

Keine Nacht mit Christina.

Was war hier los? Hatte mir meine Vorstellungskraft einen derart ungeheuerlichen Streich gespielt – und warum?

Ich konnte mich nicht erinnern, etwas zu mir genommen zu haben, das mein Bewusstsein in dieser Art verändert hätte. Kaffee natürlich, wenig und schlecht geschlafen, die Aufgeregtheit wegen Christina – das war aber schon alles. Es gab keine Erklärung.

Die Luft in der Kapelle wurde stickig. Ein Geruch nach Weihrauch lag in der Luft. Ich stand auf und ging mit schleppendem Schritt hinaus.

All das, was ich in den letzten Tagen erlebt hatte, war nichts weiter als ein Produkt einer überbordenden Fantasie, die Ausgeburt einer Vorstellungskraft, wie ich es bisher in meinem Leben noch nicht erlebt hatte.

Ich war erschrocken und erleichtert zugleich.

Ich war nicht verrückt!

All meine Zweifel, all meine Hirngespinste waren mit einem Mal verschwunden. Ich war wieder ganz bei mir selbst, bei dem einfachen, zuweilen biederen, akademisch gebildeten Kunsthistoriker Bernhard Oswald aus Heidelberg, der aus dem einzigen Grund hierhergekommen war, eine Kapelle zu untersuchen und seine Ergebnisse den Behörden mitzuteilen.

Für heute war mir nicht mehr nach Arbeiten zumute. Es war genug. Ich beschloss, in meine Wohnung zurückzugehen und es gut sein zu lassen.

Vielleicht sollte ich ins Tal nach Todtnau fahren und in einem gemütlichen Café einen ordentlichen Cappuccino trinken. Oder mich bei Maria mit einer Portion Pasta verwöhnen lassen. Aufräumen würde ich, wenn die Arbeit abgeschlossen war.

Ich trat ins Freie, verschloss sorgfältig hinter mir die Tür. Trotz der emotionalen Achterbahnfahrt kam sogar eine gewisse Heiterkeit in mir auf. Georg würde staunen, wenn ich ihm von meinen Erlebnissen erzählte.

Wenn ich es überhaupt tat. Das Ganze war so unwahrscheinlich, ja verrückt, dass es mir niemand glauben würde.

Der Weihrauchduft durchmischte sich mit einem unangenehmen Geruch von verbranntem Stroh. Ein Geruch, den ich schon einmal erlebt hatte!

Grauer Rauch kam aus dem Wald neben dem Weg, als ob irgendwo im Gebüsch ein Feuer brannte. Der Geruch verstärkte sich. Aus dem Berg tönte ein dumpfes Klopfen, Schläge auf Stein direkt unter mir. Der Wind trug den leisen Gesang der Klageweiber, die um ihre Männer fürchteten. Die Glocke der Kapelle begann zu läuten.

Ich schüttelte unwillig den Kopf. Nicht schon wieder, dachte ich.

Bleib ruhig, es ist alles nur Einbildung.

»Der junge Asal!«

Die Stimme des Alten war durchdringend.

»Du kommst zu spät! Du kannst sie nicht mehr retten! Du kannst nichts mehr tun!« Der weißhaarige Alte saß auf einer Holzbank am Waldrand, die es zuvor nicht gegeben hatte. Mit weit aufgerissenen Augen streckte er beide Arme in meine Richtung, die Finger weit abgespreizt. Seine Augen glühten.

»Du kommst zu spät, Asal. Sie wird sterben! Sterben!« Er hob beide Hände. »Alle werden sterben! Verflucht und siebenfach verflucht!«

Es war das Ende.

Der Moment war erreicht, an dem ich nichts mehr denken konnte. Panisch rannte ich los, rannte so schnell ich konnte.

Weg, nur weg von hier! Keine Minute länger würde ich hier bleiben.

Mit dem letzten Aufgebot an Konzentration gelang es mir, den Octavia zurück ins Dorf und auf die Straße zu lenken. Ich hielt nicht an und raste auf der Straße ins Tal.

Es gab kein Zurück, es gab keinen Abschied – nicht von Christina, nicht von Stocker, von der Gassnerin, von Hanna, vom Ortsvorsteher. Mein Gepäck und meine Unterlagen mussten bei Erika zurückbleiben.

Fort, nur Fort!

Der schnellste Weg heraus aus dem Schwarzwald führte über die gut ausgebaute Straße über den Feldbergpass. Erst nach ein paar Minuten wagte ich es, vorsichtig zurückzublicken. Das Hochtal war nicht mehr zu sehen. Eine graue Wolke stand über dem Bergrücken.

Alles war still.

HEIDELBERG,
DREI WOCHEN SPÄTER

Es war ein eigenartiges Gefühl, Post aus Todtnauberg in den Händen zu halten. Die Finger der Vergangenheit griffen nach mir.

Ich saß an meinem Schreibtisch und betrachtete für einen Moment den Brief. Ein typischer Umschlag der Deutschen Post, wattiert, gelblich. Meine Adresse in Großbuchstaben fein leserlich auf der Vorderseite. Der Absender: Stocker.

Ich war gespannt und aufgeregt. Seit drei Wochen hatte ich versucht, die Erlebnisse im Schwarzwald zu vergessen. Doch mehr als ein hilfloses Verdrängen wollte mir nicht gelingen. Die seelischen Höhen und Tiefen, durch die ich gegangen war, hatten ihren Tribut gefordert.

Nach meiner Rückkehr war ich zunächst ein paar Tage mit Fieber im Bett gelegen, erst dann schaffte ich es, mich wieder an den Schreibtisch zu setzen und meiner Arbeit zu widmen.

Den Abschlussbericht fasste ich kurz und pragmatisch. Georg hatte nicht weiter nachgefragt. Er schien zufrieden und autorisierte meine Zeilen durch seine Unterschrift.

Die Arbeit war abgeschlossen. Die Erinnerung nicht.

Und jetzt dieser Brief.

Wie kam Stocker dazu, mir zu schreiben? Hatte ich etwas vergessen? War er nur neugierig?

Seit meiner überstürzten Abfahrt aus Todtnauberg hatte ich nichts mehr von ihm gehört. Kilian Wehrle, der Mann meiner Vermieterin, hatte sich freundlicherweise darum gekümmert, dass ich meine zurückgelassenen Sachen bekam.

Ich nahm einen Brieföffner und schlitzte den Umschlag auf. Ein Stück Papier und eine kleine Ledertasche fielen mir entgegen. Der Brief war handgeschrieben, Tinte auf weißem Papier.

»Lieber Benedikt Oswald, sicher sind Sie erstaunt, von mir Post zu bekommen. Doch es gibt zwei Gründe, warum ich mich auf diesem Weg noch einmal an Sie wende. Zunächst möchte ich mich für Ihre Arbeit bedanken. Vor allem für die positive Bewertung der Kapelle. Die übergeordneten Stellen werden dies nicht ignorieren können. Ihre Arbeit hat die Menschen in Todtnauberg wieder stärker mit ihren Wurzeln verbunden und ihnen neue Hoffnung gegeben.«

Ich ließ das Blatt sinken. Es war das, was ich mir im Stillen erhofft hatte. Den Bericht hatte ich betont so offenlassend geschrieben, dass die Menschen vor Ort letztlich selbst entscheiden konnten, wie es mit der Kapelle weitergehen würde. Ob es eine Hotelanlage geben würde, ob das Gebäude abgerissen würde, ob alles beim Alten blieb – das war nun nicht mehr meine Entscheidung.

»Doch es gibt einen weiteren Grund. Eine Pflicht sozusagen. Ein Auftrag, den ich im Namen von Christina Winterer erfüllen werde. Kurz nach Ihrer Abreise verschwand sie aus dem Dorf. Sie sagte niemandem, wohin sie ginge, und sie ließ nichts zurück. Am Abend zuvor brachte sie mir einen Umschlag, den ich an Sie weiterleiten sollte. Was ich hiermit tue. Ich weiß nicht, was es ist, aber Sie wüssten dann schon Bescheid. Es war schön, Sie kennengelernt zu haben, vielleicht führt Sie der Weg ja wieder einmal zu uns in den Schwarzwald.«

Ich verspürte einen Stich im Herz. Christina Winterer hatte sich an mich erinnert. Es war etwas zwischen uns, auch wenn es nicht die Liebesnacht war, die mir meine fiebrige Fantasie vorgegaukelt hatte.

Ich öffnete das beiliegende Kuvert.

Ein Anhänger mit einem Kreuz fiel mir entgegen. Meine Hände zitterten, als ich es aufnahm. Ein kleines Metallkreuz, silbern glänzend, der eine Arm etwas kürzer als die anderen, in der Mitte ein eigenartiger Splitter.

Mein Herz klopfte wild. Mein Kopf wurde leer.

Langsam ließ ich das glänzende Metall durch meine Finger gleiten. Das Kreuz war warm und funkelte in der Morgensonne.

ENDE

Alle Bücher von Thomas Erle

Weinhändler Lothar Kaltenbach ermittelt:
1. Fall: Teufelskanzel
ISBN 978-3-8392-1394-0

2. Fall: Blutkapelle
ISBN 978-3-8392-1592-0

3. Fall: Höllsteig
ISBN 978-3-8392-1748-1

4. Fall: Hochburg
ISBN 978-3-8392-2110-5

Weitere:
Freiburg und die Regio für Kenner
ISBN 978-3-8392-1704-7

Mörderisches Freiburg
ISBN 978-3-8392-2357-4

Die Kapelle
ISBN 978-3-8392-0580-8

Das Lied der Wächter:
Das Erwachen
ISBN 978-3-8392-2337-6

Der Gesang
ISBN 978-3-8392-2354-3

Das Gesetz
ISBN 978-3-8392-2360-4

GMEINER SPANNUNG

WWW.GMEINER-VERLAG.DE
Wir machen's spannend